Le doux rêve d'une infirmière

*

L'amour à tout prix

CAROLINE ANDERSON

Le doux rêve d'une infirmière

Traduction française de
CAROLINE JUNG

BLANCHE

HARLEQUIN

Collection : Blanche

Ce roman a déjà été publié en 2020

Titre original :
FROM HEARTACHE TO FOREVER

HARPERCOLLINS FRANCE
83-85, boulevard Vincent-Auriol, 75646 PARIS CEDEX 13
Service Clients — www.harlequin.fr
ISBN 978-2-2805-1536-8 — ISSN 0223-5056

Édité par HarperCollins France.
Composition et mise en pages Nord Compo.
Imprimé en décembre 2024 par CPI Black Print (Barcelone)
en utilisant 100% d'électricité renouvelable.
Dépôt légal : janvier 2025.

FSC
www.fsc.org
MIXTE
Papier issu de sources responsables
FSC® C159065

Pour limiter l'empreinte environnementale de ses livres, HarperCollins France s'engage à n'utiliser que du papier fabriqué à partir de bois provenant de forêts gérées durablement et de manière responsable.

1

— Ah, Beth, je vous cherchais. J'ai un service à vous demander.

Son sang ne fit qu'un tour. *Encore ?*

— C'est drôle, je pressentais que vous alliez avoir besoin de moi juste à la fin de mon service.

Elle se tourna vers James, un sourire ironique sur les lèvres, avant de se figer sur place en apercevant l'homme qui se tenait près du chef de clinique du service des urgences, et qu'elle reconnut aussitôt.

Il la fixait de son regard bleu étrangement perçant et ouvrit la bouche comme s'il allait prendre la parole. Mais James continuait à parler, manifestement insensible à la tension qui était apparue entre eux.

— Beth, je vous présente le Dr Ryan McKenna, notre nouveau remplaçant dans le service. Ryan, voici…

— Bonjour, Beth, dit-il dans un doux murmure, le regard adouci.

Il avança vers elle et la prit dans ses bras. Il la serra avec une telle spontanéité et une telle tendresse qu'elle sentit les larmes lui monter aux yeux.

— Oh ! Ryan…

Il se détacha d'elle aussi vite qu'il l'avait prise dans ses bras et la regarda dans les yeux. Puis il déposa un baiser sur sa joue.

— J'ai l'impression que vous vous connaissez déjà, dit James d'un ton un peu sec. À moins qu'il s'agisse d'un coup de foudre.

Ryan pouffa de rire et recula, ce qui donna à Beth une occasion tout à fait bienvenue de se ressaisir.

— Oui, nous nous connaissons, répondit Ryan d'une voix soudain sérieuse. Nous… Nous avons travaillé ensemble, avant que je parte à l'étranger. Beth est l'une des infirmières les plus compétentes que j'aie eu l'occasion de côtoyer dans mon travail.

Ryan n'en dit pas davantage. James hocha la tête, inconscient de l'agitation qui s'était emparée d'elle.

— C'est une bonne chose que vous vous entendiez bien. C'est important pour l'esprit d'équipe. Beth, je voulais vous demander… Je vous serais très reconnaissant si vous pouviez faire visiter le service à Ryan et, peut-être, lui offrir un café. On m'attend en urgence en réanimation. Ce sera l'occasion de vous donner des nouvelles.

— Maintenant ? s'écria-t-elle tandis qu'un vent de panique se soulevait en elle.

— Oui, si c'est possible. Je vous en serais très reconnaissant. Il faut vraiment que j'y aille.

Ryan la regarda d'un air interrogateur.

— Tu as le temps ? murmura-t-il.

Comme si James lui laissait le choix…

— Oui. Je n'ai pas de rendez-vous, répondit-elle, résignée, avant de se tourner vers James. Allez-y, ils ont vraiment besoin de vous. Sam s'arrache les cheveux et Livvy a dû partir en catastrophe. Je m'occupe du Dr McKenna.

James opina, manifestement soulagé.

— Merci, Beth. Vous êtes un ange. Et si, de plus, vous parvenez à convaincre le Dr McKenna de postuler comme médecin titulaire, je vous en saurai éternellement gré.

Son cœur fit un bond dans sa poitrine. Le vent de panique se transforma en bourrasque.

— Je croyais que le poste n'était plus vacant…

— On a prolongé l'appel à candidatures. Alors… Je compte sur vous pour le convaincre de rester.

James souriait, mais sa requête était des plus sérieuses. Le service avait vraiment besoin d'un autre médecin.

Mais le simple fait de revoir Ryan la perturbait au point de menacer l'équilibre qu'elle avait eu tant de mal à recouvrer. Qu'il soit médecin remplaçant était une chose, qu'il devienne titulaire et qu'elle ait à collaborer avec lui au quotidien de façon permanente en était une autre. Elle commençait à peine à redonner à sa vie un semblant de normalité, après deux années passées à ramasser les morceaux de son cœur brisé.

Cela dit, la situation n'était plus la même.

Et elle savait combien Ryan était lié à l'organisation pour laquelle il travaillait depuis deux ans. Il serait étonnant qu'il renonce à aller soigner les gens à tous les coins de la planète pour s'installer dans une vie rangée. Deux ans auparavant, il s'était engagé dans Médecine pour tous et s'était même séparé de Katie, sa petite amie de l'époque, qui ne comprenait pas ce choix.

James se faisait sans doute des illusions. Ryan ne pouvait pas être candidat au poste permanent.

— Je ferai de mon mieux, dit-elle, incapable de donner une réponse plus enthousiaste.

Elle était partagée entre l'envie de partir à toutes jambes et celle de profiter de ce moment pour parler avec Ryan, pour prendre de ses nouvelles.

Car quelque chose en lui avait changé, elle l'avait vu au premier coup d'œil. Il avait maigri, ses traits étaient tirés et une ombre flottait au fond de ses yeux. Était-ce la même ombre que celle avec laquelle elle-même avait vécu après tout ce qu'il leur était arrivé ? Ou celle de fantômes qu'il avait croisés au cours de ces deux années ? Les deux, probablement.

— Je vous le confie ? demanda James, moins catégorique, sentant peut-être, finalement, que la situation était un peu tendue.

Elle hocha la tête.

— Merci. Je sais que vous ferez de votre mieux. Ryan, on se voit lundi. Je suis ravi que vous fassiez partie de notre équipe.

— Moi aussi. Je suis impatient de commencer.

Les deux hommes se saluèrent. Beth et Ryan regardèrent James s'éloigner, puis Ryan se tourna vers elle et lui décocha un sourire complice qui la toucha.

— Laisse tomber la visite. Il y a un endroit tranquille pas loin, où on peut aller boire un café ? demanda-t-il.

Elle poussa un soupir de soulagement.

— Il y a un café qui donne sur le parc. Avec une terrasse.

Ils marchèrent jusqu'au café et trouvèrent une petite table libre, au soleil, un peu à l'écart des oreilles indiscrètes. Ryan s'assit en face d'elle et plongea ses yeux dans les siens.

— Comment vas-tu, Beth ?

Son cœur fit un autre petit bond.

— Oh ! tu vois bien…, répondit-elle en s'efforçant de sourire. Je me suis remise, pas à pas. Et toi ?

Il fit un nouveau sourire en coin, un peu triste.

— Ça va.

Elle n'en fut pas totalement convaincue.

— C'est drôle de te voir de nouveau à Yoxburgh. Qu'est-ce qui t'a décidé à venir ici ?

Et surtout, qu'est-ce qui l'avait décidé à faire un remplacement à l'hôpital : savait-il qu'elle y travaillait ? Étaient-ils vraiment tombés l'un sur l'autre par hasard ?

— J'avais besoin de travailler, j'ai appris qu'un poste était vacant ici et je sais que c'est un bon hôpital. Mais j'ignorais que tu y travaillais, si c'est le sens de ta question. Jusqu'à ce que je te voie, tout à l'heure. C'est incroyable !

— Tu n'aurais pas postulé si tu avais su que j'étais là ?

Il haussa les épaules.

— Je t'aurais au moins demandé ton avis.

— Mais tu as besoin de travailler.

— Il y a des postes partout.

— Oui, mais tu voulais revenir à Yoxburgh.

— Oui. Mais maintenant… Ça dépend.

— Ça dépend de quoi ?

— De toi. Si tu es infirmière aux urgences, nous allons certainement travailler ensemble. Cela ne me pose pas de problème. Je sais que nous travaillons bien ensemble. Mais nous, je veux dire, toi et moi… C'est une autre histoire. Je ne veux pas te compliquer la vie. Il faut que tu me dises clairement si tu es prête à m'avoir dans les pattes tous les jours ou presque.

Était-elle prête à cela ?

— Tant que tu ne me demandes pas de reprendre les choses là où elles s'étaient arrêtées. Enfin... Tu comprends ce que je veux dire.

— Je ne te demande rien, Beth. Je n'aurais aucun droit de le faire. Mais, de toute façon, tu es avec Rick, non ?

— Rick ? répéta-t-elle dans un sursaut.

Elle se mit à rire. Après tout ce qui s'était passé, l'idée que Rick fasse partie de sa vie était saugrenue.

— Il m'a trompée et menti. Je ne risquais pas de passer une heure de plus avec lui. Pas plus que toi avec Katie.

Ryan rit à son tour.

— Je vois. Mais tu pourrais avoir rencontré quelqu'un d'autre.

— Non, je suis seule et cela me va très bien. Et toi ?

Il se remit à rire.

— Moi ? J'ai à peine le temps de respirer, je ne vois pas comment je pourrais sortir avec quelqu'un. Ma dernière expérience sentimentale a été suffisamment chaotique pour que je n'aie pas envie de recommencer.

— Toutes les femmes ne sont pas comme Katie.

— C'est vrai, dit-il avant de la dévisager d'un regard tendre qui lui donna l'impression qu'il caressait son visage.

Puis il ferma les yeux et secoua la tête.

— Je n'en reviens pas de t'avoir retrouvée ici. Mais qu'est-ce que tu fais aux urgences ? Je croyais que tu étais passionnée par le travail au bloc opératoire.

— Cela te va bien de dire ça ! Toi qui ne jurais que par la chirurgie.

— On change, dit-il dans un haussement d'épaules. Personnellement, j'ai pris conscience que je n'avais pas envie de passer ma vie à me spécialiser et à travailler toujours dans le même domaine. J'avais envie de changer et j'ai trouvé Médecine pour tous. En travaillant là-bas, je me suis rendu compte que j'étais à ma place en traumatologie. J'aime bien la variété, les changements de rythme... Et toi ?

— Moi aussi, j'ai eu besoin de changement.

Ne serait-ce que pour sortir du bloc où elle croisait Rick sans arrêt, pour fuir tout ce qui lui rappelait ce à côté de quoi elle était passée.

— Quand est-ce que tu es arrivé ?

— Je suis dans la région depuis deux semaines. J'étais déjà revenu entre deux missions pour MPT, j'ai même fait quelques remplacements pour renflouer mes comptes et mettre à jour mon inscription à l'Ordre des médecins. Mais cette fois, j'ai envie de rester.

— Ah bon ? s'entendit-elle s'exclamer, le cœur battant.

— Oui, acquiesça-t-il d'un air triste. J'ai besoin de me poser, de recouvrer un équilibre. C'était dur, là-bas. J'ai été le témoin de trop d'horreurs, j'ai perdu des amis, j'ai vu trop d'enfants mour...

Il s'interrompit.

— Je suis désolé, dit-il. Je ne voulais pas...

— Ce n'est rien, mentit-elle. Je n'ose pas imaginer ce que tu as vécu, que tu aies perdu des amis. C'est ce qui t'a décidé à revenir en Angleterre ?

— Non, curieusement, c'est ce qui m'a décidé à rester, dans un premier temps. Je voulais poursuivre ce qu'ils avaient commencé tant leur travail était primordial. Mais je sais que d'autres prendront la relève après moi et, de toute façon, il fallait que je rentre parce que, d'une manière ou d'une autre, on a aussi besoin de moi ici. Mes grands-parents ne sont plus tout jeunes et ma mère ne peut pas s'occuper d'eux toute seule. Il faut croire que c'était le bon moment. Le bon moment de passer à autre chose, de me poser, de reprendre un travail fixe. De penser à mon avenir.

Son avenir... Avec elle ?

Il voulait passer à autre chose et se poser mais n'évoquait pas la présence d'une femme. Katie l'avait peut-être dégoûté, en cherchant à tomber enceinte simplement pour l'empêcher de partir en mission.

Cela dit, son expérience auprès de MPT l'avait changé. Qui sait s'il n'était pas revenu dans la région avec l'arrière-pensée de redonner une chance à leur amour ? Plus sérieusement, cette fois – encore que la conséquence majeure de leur relation passée avait été, en soi, très sérieuse.

Et si telle était vraiment son intention ?

Elle n'était pas certaine d'être tout à fait prête. Elle en était encore à vivre un jour après l'autre, pas à pas.

— Voilà où j'en suis, murmura-t-il. Et toi, tu es heureuse, ici, à Yoxburgh ?

Elle regarda sa tasse et touilla son café machinalement. *Heureuse ?* Se souvenait-elle seulement de ce que le mot signifiait ?

— Yoxburgh est un bel endroit. Je me souviens du week-end que nous y avions passé ensemble, les balades, la mer, le vent salé sur le visage... Nous nous étions dit que ce devait être merveilleux de vivre ici. Quand j'ai su qu'un poste d'infirmière se libérait ici, je me suis dit : « Pourquoi pas ? » J'en avais assez de travailler en ville, assez du bruit, de la poussière. J'avais envie de tourner la page, de recouvrer la paix.

Envie de panser ses plaies, de se retrouver, de réapprendre à vivre. Quel meilleur endroit que Yoxburgh, cet endroit de rêve, où tout avait commencé ?

Elle prit une grande inspiration et releva la tête.

— Comment en es-tu venu à présenter ta candidature au poste de remplaçant ?

Il haussa une épaule.

— Pour les mêmes raisons que toi, je présume. J'aimais beaucoup cet endroit, la tranquillité, la beauté sauvage de la côte et de la campagne. J'avais besoin de ça, après mes deux ans à MPT. Nous n'avons passé qu'un week-end ici, mais il a vraiment compté.

Il détourna le regard, l'air grave. Puis il replongea ses yeux dans les siens.

— Si j'avais su que tu étais enceinte, Beth, je ne serais pas parti – pas à ce moment-là, en tout cas. Je me serais débrouillé, j'aurais repoussé mon départ. Cela n'aurait peut-être rien changé dans le fond, mais au moins j'aurais été là, je t'aurais aidée. Tu sais, dès que j'ai appris la nouvelle de la grossesse, j'ai décidé que j'allais m'arranger. Mais il m'a semblé que tu ne tenais pas à ce que je reste, alors je suis parti.

Il marqua une pause et regarda dans le vague.

— J'ai essayé de ne plus penser à toi, de t'oublier. Mais je n'y suis pas arrivé. Chaque fois que je revenais en Angleterre, j'étais obsédé par l'idée de savoir que tu allais bien.

Il avait essayé de l'oublier ? En vain ? Ils étaient donc deux dans ce cas.

— Pourquoi tu ne m'as pas appelée ? Pourquoi n'as-tu pas cherché à me joindre, depuis deux semaines ?

— Tu as changé de numéro, je te rappelle.

Elle sentit la culpabilité l'assaillir.

— C'est vrai. J'aurais dû te donner mon nouveau numéro. Cela dit, si vraiment tu avais voulu me retrouver, tu aurais pu. Tu as un bon réseau.

— Tu as raison, reconnut-il en opinant. J'avais juste besoin de me poser un peu, de m'organiser, mais je comptais le faire. Mais bref : je t'ai retrouvée et je suis rentré, pour de bon. Et je suis soulagé de voir que tu vas bien. Aussi bien que possible, en tout cas.

Elle sentit un frisson la parcourir devant son regard empli de compassion.

— Tu m'as manqué, s'entendit-elle dire, presque indépendamment de sa volonté.

Il lui adressa un autre sourire las.

— Toi aussi, tu m'as manqué. C'est en te revoyant que j'ai compris à quel point. Comment ai-je pu imaginer une seconde que je pourrais t'oublier ?

Elle sentit les larmes lui monter aux yeux et cligna des paupières.

— Ryan, j'ai changé, tu sais. Je ne suis plus celle que tu as connue.

— Je sais. Nous avons tous changé. Heureusement ! Ne t'inquiète pas, je n'attends rien. Je suis heureux de te voir et désolé de ne pas t'avoir soutenue davantage. Si je pouvais remonter le temps, il est certain que je prendrais d'autres décisions.

Elle hocha lentement la tête et détourna les yeux pour échapper à l'intensité de son regard. Elle se remit à tourner la cuillère dans le fond de sa tasse.

— Tu as vraiment l'intention de candidater pour le poste de médecin permanent ? L'autre jour, James râlait à propos des candidats qu'il avait reçus. De toute évidence, il aimerait bien te voir postuler.

— Il faut voir.

— De quoi cela dépend-il ?

— Essentiellement de toi, Beth. Je ne veux pas faire quoi que ce soit qui ne te convienne pas. Si tu n'as pas envie que je vienne, je ne postulerai pas, d'autant que nous risquons de travailler ensemble. J'ai accepté d'être remplaçant, pour l'instant, mais si cela te pose problème, je peux toujours me désister. Je n'ai encore rien signé.

Elle fronça les sourcils.

— Mais tu t'es engagé. Je sais que tu n'es pas du genre à revenir sur ta parole.

— Mais je suis prêt à le faire si cela te dérange. Je t'ai fait suffisamment de mal comme cela.

— Tu ne m'as pas fait de mal, protesta-t-elle en secouant la tête. Rick m'a fait du mal, lui. Toi, tu ne m'as pas menti, ni trompée, ni couché avec ma meilleure amie ni fait croire que c'était fini avec elle alors que ce ne l'était pas. La seule chose que tu aies faite, c'est de t'engager auprès de MPT, mais c'est une chose positive. J'ai compris et je t'ai même admiré pour cela.

— Ce n'est pas le cas de Katie.

— Je sais. Je ne suis pas Katie et tu n'es pas Rick. Je te suis très reconnaissante d'avoir été là au bon moment et d'être resté aussi longtemps que tu as pu le faire.

— J'aurais pu rester plus longtemps. J'aurais *dû*, même.

— Non, je n'avais pas besoin de toi. Tu avais ta vie et, moi, j'avais besoin d'être seule. Tu n'aurais pas pu m'aider davantage et des tas d'autres gens dans le monde avaient plus besoin de toi. Je ne veux pas que tu culpabilises.

— Je ne peux pas m'en empêcher.

Elle se redressa et lui sourit, comme pour chasser les ombres.

— Je n'ai pas besoin de ta culpabilité. J'ai déjà suffisamment de fardeaux à porter. Tu as fait ce que tu devais faire.

Elle prit une grande inspiration.

— Et si je te faisais visiter le service, maintenant ? Je peux te présenter à ceux qui y travaillent. Cela t'aidera peut-être à prendre ta décision pour le poste permanent.

— Tu es sûre que tu as envie que je vienne ?

— Le service a vraiment besoin d'un médecin supplémentaire. Rien que pour cette raison, ce serait égoïste de ma part de m'opposer à ta candidature. Cela dit, je ne peux pas te promettre quoi que ce soit en dehors du travail. Alors si jamais tu postulais pour te rapprocher de moi, sache que...

— Ce n'est pas le cas. Je ne te demande rien, Beth.

— Bien. Dans ce cas, allons-y.

Le service des urgences de l'hôpital de Yoxburgh était tel que Ryan s'y attendait, à savoir moderne et très bien équipé. Mais il y régnait une activité à la limite de la frénésie, qui finit de le convaincre de l'urgence d'embaucher un nouveau médecin.

C'était exactement ce qu'il cherchait. Un travail passionnant dans un endroit magnifique, où il pourrait enfin poser ses valises. Et s'installer pour de bon. Avec Beth ?

Non. Elle avait été claire sur ce point. Elle avait changé, disait-elle. Lui aussi avait changé, mais cela n'avait pas empêché son cœur de cogner contre sa poitrine dès qu'il l'avait aperçue ni son corps de réagir quand il l'avait prise dans ses bras pour la saluer.

Serait-ce de l'amour ?

Bien sûr que non. L'amour n'était pas fait pour lui. Plus, en tout cas. De toute manière, cela ne pourrait pas fonctionner. Elle avait d'autres projets, d'autres envies qui ne le concernaient pas. Mais ils pourraient rester amis. C'était possible, s'ils le souhaitaient l'un et l'autre. Quoi qu'il en soit, il était sur le point de travailler dans un bon hôpital, dans un coin magnifique de l'Angleterre. Que demander de plus ?

Il s'agissait d'un poste de remplacement, pour l'instant. Rien qui l'engage à long terme. Cela leur laissait le temps de voir comment ils allaient collaborer aux urgences. S'ils ne parvenaient pas à retravailler ensemble, il pourrait toujours s'en tenir là et prendre une autre direction.

— Tu veux voir autre chose ?

Il croisa ses yeux gris-vert, toujours aussi expressifs, incapable de cacher ses émotions, et comprit qu'elle avait envie de partir.

— Non merci, Beth. Il faut que j'y aille. Je dois me trouver un logement d'ici lundi. À tout hasard, tu ne connais personne à qui je pourrais m'adresser ?

— Attends, je vais demander à Livvy Henderson.

Elle fit quelques pas en arrière.

— Livvy, sais-tu si tes anciens propriétaires ont trouvé un locataire pour te remplacer ? Ryan cherche un logement.

— Oui, Ben a trouvé un nouveau locataire.

— Dommage.

— Désolée, Ryan. J'espère que vous trouverez vite.

— Je vais m'y atteler dès ce soir. Merci, en tout cas.

Il se tourna vers Beth.

— Merci. Tu aurais d'autres pistes ?

— Va voir à l'agence Baldwin. Je sais qu'ils avaient des appartements à louer près de chez moi, il n'y a pas longtemps. Cela vaut la peine de leur demander. Leur bureau est sur High Street. Tout dépend de ce que tu cherches.

Il sourit en pensant aux endroits où il avait dormi au cours des deux années qui venaient de s'écouler.

— Je ne suis pas difficile, mais j'aimerais beaucoup qu'il y ait un extérieur. Il faut que je puisse sortir. Et un parking ou un garage, pour me garer sans avoir à tourner des heures.

— Passe les voir. Je suis sûre qu'ils te trouveront quelque chose.

Il hocha la tête.

— Merci. Je pense que je vais aller m'installer à l'hôtel pour ce soir. J'irai visiter des appartements demain.

Il vit une lueur fugace traverser son regard, comme si elle hésitait.

— Bonne idée, se contenta-t-elle de dire.

Il eut l'impression qu'elle n'était pas allée au bout de sa pensée. Ou alors elle s'était ravisée. Il prit conscience qu'il allait devoir faire des efforts s'il voulait regagner son amitié. À cette pensée, il sentit son cœur se serrer.

Une chose après l'autre. Il venait d'arriver à Yoxburgh et l'urgence était de se loger.

— Alors à lundi ! dit-il.

Il décela une autre lueur d'incertitude dans son regard.

— Appelle-moi pour me dire où tu en es.

— Encore faudrait-il que j'aie ton numéro, dit-il en souriant.

En général, on changeait de numéro de téléphone pour fuir quelqu'un. Avait-elle cherché à se protéger de Rick ? De lui ? Ou des autres, ces soi-disant amis qui n'avaient pas été là pour elle ?

Lui aussi avait bloqué quelques numéros...

Il sortit son portable, composa le numéro qu'elle lui dictait et l'appela.

— Parfait, dit-il en entendant le portable de Beth vibrer. Je te dirai comment ça s'est passé à l'agence... Baldwin, c'est ça ?

— Oui. Baldwin. Bonne chance !

La chance ne sembla pas être de son côté.

L'agent immobilier lui décrivit plusieurs logements dont aucun ne lui plut, avant de lui faire une ultime proposition.

— Il y a bien autre chose, dit-il avec circonspection. C'est une maison que les propriétaires avaient mise en vente mais, comme elle ne se vendait pas, ils ont décidé de la louer. Les locataires sont partis avec plusieurs mois de loyer en retard, en la laissant dans un sale état. Le propriétaire est handicapé et n'a pas les moyens de faire faire les travaux. Alors si vous êtes prêt à vous retrousser les manches, je pense que vous pourriez négocier le loyer. C'est une chouette maison. Du moins, elle l'était. Elle est située sur Ferry Lane, et donne sur les marais et le fleuve. On voit les bateaux au loin, dans le port.

Le détail piqua sa curiosité.

— Le fleuve ?

L'agent hocha la tête.

— Il y a de la place pour se garer ?

— Oui, dans l'allée. Il y a aussi un garage double et un grand jardin. La maison sent un peu le chien mais un grand nettoyage de printemps devrait venir à bout de l'odeur.

— Est-ce que je peux la visiter ? demanda-t-il avec impatience, curieux de voir ce qui, avec ou sans odeur de chien, lui paraissait approcher de la maison idéale.

L'agent immobilier consulta sa montre.

— Je ne peux pas vous y emmener, je suis tout seul à l'agence, aujourd'hui. Par contre, je peux vous donner les clés si vous avez envie d'y jeter un coup d'œil. Je pense que je peux vous faire confiance.

Ryan se mit à rire.

— Vous pouvez. De toute façon, que puis-je faire que les précédents locataires n'ont pas fait ? À part le ménage ?

— Bien vu. Tenez. Et voici ma carte. Appelez-moi quand vous l'aurez vue.

— Je n'y manquerai pas. Merci.

Il glissa la clé dans sa poche et regagna sa voiture. Puis il prit la route longeant les falaises et tourna dans Ferry Lane. Il scruta les numéros et aperçut une maison défraîchie au bout d'une allée goudronnée dont des herbes folles s'échappaient des fissures.

Il emprunta tout de même l'allée et se gara. Lorsqu'il descendit de la voiture, il embrassa la vue du regard et, étrangement, sentit la paix l'envahir.

Il s'approcha du portail, glissa la clé dans le verrou et avança jusqu'à la maison. Il fit le tour et entra dans un décor multicolore et chaotique. L'agent immobilier avait raison : la maison sentait le chien, la cuisine et la salle de bains étaient crasseuses et le jardin ressemblait à une jungle. Mais les fenêtres donnaient sur le fleuve.

Avec un bon décrassage et un bidon de peinture blanche, il y avait moyen de transformer cette vieille bicoque en petit paradis. Il faudrait aussi tondre les herbes folles du jardin. C'était faisable. Il fallait simplement relever ses manches et s'atteler à la tâche.

Il sortit son portable et appela l'agent immobilier.

— Je la prends, dit-il.

Il entendit son interlocuteur rire.

— J'ai vu votre regard s'illuminer quand j'ai parlé du fleuve.

— C'est vrai. Alors, comment procédons-nous ? En fait, je suis assez pressé. Je commence à travailler à Yoxburgh lundi. Pensez-vous qu'on puisse trouver un arrangement d'ici là ?

— Oui. Nous pouvons même régler cela aujourd'hui. Si vous repassez à 18 heures, j'aurai le temps de préparer le dossier.

Il avait à peine raccroché qu'il composa le numéro de Beth, comme par automatisme.

— Dans quel coin se trouve-t-elle ?

— Dans Ferry Lane, sur la gauche, au numéro 11.

— Tu es là-bas ?

— Oui, pourquoi ?

— Je ne suis pas loin. Il faut que je voie ça.

— Tu risques d'être surprise, dit-il en riant. Elle est dans un sale état. Je vais devoir investir dans du matériel d'entretien et de la peinture.

— Je suis sûre que tu exagères.

Il se remit à rire et sortit de la maison pour l'attendre.

— C'est dingue !

— C'est super, non ? Bon, d'accord, il faut aimer le rose bonbon. Mais regarde !

Il posa ses grandes mains chaudes sur ses épaules et la fit pivoter vers la fenêtre.

— Oh ! on voit le fleuve ! Et l'échalier ! C'est exactement l'endroit où nous nous étions promenés le jour où…

Le jour où il l'avait prise dans ses bras et embrassée, et où elle était tombée un peu amoureuse de lui. Le jour où tout avait commencé…

— Oui, je m'en souviens. L'idée d'avoir cette vue de chez moi me rend fou de joie.

Il la lâcha et s'écarta d'elle. Elle sentit la chaleur de ses mains s'attarder un moment sur ses épaules.

— Viens voir le reste. L'agent immobilier m'a dit qu'il y avait trois chambres. Pour le moment, je n'en ai vu qu'une. Je ne suis pas allé plus loin.

Il y avait de quoi renoncer. La maison était sale et en désordre, comme si les locataires s'étaient enfuis sans se retourner. Il y flottait une odeur de chien mouillé. Il y avait du travail à faire pour la rendre accueillante.

Ils partirent à la découverte des autres pièces et entrèrent dans ce qui devait être la troisième chambre, à l'autre bout de la maison par rapport aux deux autres, derrière la cuisine. Elle donnait sur le jardin et avait un cabinet de toilette attenant.

— Ce sera ta chambre ?

— Non, comme elle donne sur le jardin, je vais en faire mon bureau. La maison est sale mais, sous la crasse, elle est en bon état, malgré tout. Je ne pense pas qu'il faille des semaines et des semaines de travail pour la remettre en état.

Elle jeta un regard circulaire sur les moquettes dégoûtantes, les rideaux délavés, la salle de bains crasseuse.

— Si tu le dis.

— Elle a juste besoin d'un grand nettoyage de printemps. Je m'en occuperai dès demain. Je dois repasser à l'agence tout à l'heure pour signer le bail. Il faudrait aussi que je mange et que je trouve un lit pour la nuit. Tu as une idée ?

Elle ne comprit pas comment cela se produisit, mais elle ouvrit la bouche et s'entendit lui répondre.

— J'ai une chambre d'amis et un ragoût pour au moins trois personnes qui ne demande qu'à être réchauffé. Tu pourrais venir dîner après être passé à l'agence et revenir ici pour commencer à ranger. Qu'en dis-tu ? Je suis du matin, demain, mais je peux te donner un coup de main ce soir et demain soir, après le travail. Il te reste trois jours avant de prendre ton poste. Il faudra aussi que tu trouves des meubles.

— C'est vrai, ce serait pratique, dit-il en riant.

Puis son regard s'assombrit.

— Beth, tu n'es pas obligée, tu sais. Je ne veux pas exagérer.

Elle n'était pas sûre que ce soit la meilleure solution, mais après tout cela lui paraissait être la plus logique et la plus pratique.

— Tu ne m'as rien demandé, c'est moi qui te l'ai proposé.

Pourvu qu'elle ne soit pas en train de faire une énorme erreur...

Il se réjouit que Beth ait proposé son aide lorsqu'il se rendit compte que l'état de la maison était pire que ce qu'il s'était imaginé.

Après avoir dîné chez Beth, ils se changèrent et reprirent le chemin de son futur chez-lui, armés de tout le matériel de ménage qu'ils avaient trouvé chez elle. Beth s'attela au nettoyage de la cuisine tandis qu'il arrachait la moquette de la chambre, qui s'en trouva déjà métamorphosée. Puis il examina la moquette du salon. Lorsqu'il en souleva un coin, il s'émerveilla devant le parquet qu'elle recouvrait. Il tira et se mit à rire de surprise et de joie.

— Beth ! Viens voir ! cria-t-il.

Beth apparut, gantée de caoutchouc rose assorti aux murs, une trace noire sur la joue. Il sentit son cœur se serrer.

Comment pouvait-elle être aussi sexy dans une tenue pareille ?

— C'est le parquet d'origine ? Il est magnifique !

À contrecœur, il détourna le regard de cette apparition charmante en dépit de la poussière et de la sueur sur son visage, et scruta le sol.

— Magnifique, peut-être pas mais il vaut mieux que cette moquette dégoûtante que je ne serai même pas obligé de remplacer. Je me demande si c'est la même chose dans l'entrée.

C'était le cas, ainsi que dans la salle à manger. Il n'en revenait pas.

— C'est incroyable. Et tu as raison : si on le cire, il sera magnifique. On verra ça demain. Il est tard. Tu commences tôt, demain. Je boirais bien une bonne tasse de thé.

— Moi aussi, pour laver la poussière que j'ai dans la gorge.

Ils se sourirent. Sans réfléchir, il l'attira à lui et la serra dans ses bras en enfouissant son visage dans ses cheveux poussiéreux mais dont il reconnut une odeur qui lui serra le cœur.

— Merci, Beth. Merci pour tout ce que tu as fait. Je n'aurais jamais pu faire tout cela tout seul.

Elle se détacha de lui. Il se sentit soudain démuni et gauche.

— Bien sûr que si. Tu aurais sans doute fait moins de pauses. Allez, on y va ?

— Thé ou café ?

— Du thé, s'il te plaît. Mais je peux t'aider, si tu veux.

— Non, reste au salon et détends-toi. Je n'en ai pas pour longtemps.

Comment pouvait-il se détendre alors que ses muscles étaient tout tendus d'avoir soulevé et tiré pendant des heures ? Il aurait des courbatures le lendemain, c'était certain. Mais qu'importe ! Au moins avait-il attaqué le chantier.

Il s'étira et se dirigea vers les étagères encadrant la cheminée. Une boîte à bijoux en argent attira son attention. Elle était polie et arrondie, en forme de cœur, sobre et... attirante.

Il tendit la main et déposa la boîte dans le creux de sa main. Il caressa du doigt l'inscription gravée sur le couvercle et sentit les battements de son cœur accélérer en la déchiffrant.

Il s'agissait d'une date. Une date qu'il n'oublierait jamais parce qu'elle était également gravée dans son cœur.

Il entendit des pas derrière lui.

— Le thé est servi, dit Beth en posant les tasses sur la table basse.

Il se retourna lentement, le cœur sur la paume de sa main.

— Qu'est-ce que c'est ? demanda-t-il un peu trop brusquement, alors qu'il connaissait la réponse.

Le sourire qu'elle lui décocha lui serra la gorge.

— Ce sont ses cendres.

Sa poitrine se serra. Il se pencha et porta la boîte à ses lèvres, luttant pour que les larmes ne jaillissent pas.

— Tu les as gardées, murmura-t-il quand il put enfin parler.

— Bien sûr. Je ne savais pas ce que j'aurais pu en faire d'autre. Tu n'étais pas là quand je les ai récupérées et j'ai préféré les garder avec moi en attendant de te voir et de prendre une autre décision. Je n'ai pas voulu les laisser là-bas. Je ne voulais pas que quoi que ce soit me rattache à cet endroit.

Il leva vers elle ses yeux emplis de larmes et vit son sourire se briser.

— Oh ! Beth...

De sa main libre, il l'attira de nouveau vers lui. Elle posa la main sur l'urne minuscule et se blottit contre son épaule.

— Grace n'a pas souffert, Ryan.

Il hocha la tête. Elle prit le cœur, déposa un baiser sur le couvercle avant de le reposer sur l'étagère, à côté d'une boîte en carton. Elle effleura la boîte du bout des doigts.

— C'est la boîte des souvenirs, dit-elle doucement. Les sages-femmes me l'ont offerte, à l'hôpital. Tu veux voir ?

— Non, pas ce soir, répondit-il en secouant la tête. Je suis épuisé. Je pense qu'il vaut mieux que j'aille dormir. Demain, j'ai du pain sur la planche. Toi aussi, d'ailleurs, tu devrais aller te reposer. Tu commences tôt.

Elle lui adressa un sourire compréhensif.

— Quand tu seras prêt, dit-elle.

Il avait passé deux années à fuir. Serait-il prêt, un jour, à découvrir le contenu de cette boîte ?

Il était peut-être temps d'arrêter de fuir. Peut-être, mais pas maintenant. Pas encore...

2

— Bonjour, Ryan. Comment vas-tu ? demanda Beth.

Il s'appuya sur le chambranle de la porte de sa nouvelle maison et lui adressa un sourire en coin.

— Ça va.

— Tu es sûr ? J'ai l'impression que tu n'étais pas très bien, hier soir.

En effet, entre les souvenirs que le petit cœur en argent avait fait remonter à la surface et la pensée que Beth soit couchée à quelques mètres de lui, juste de l'autre côté du mur, il avait eu du mal à trouver le sommeil. De plus, en voyant la maison en plein jour, au petit matin, il avait pris conscience de l'énormité de la tâche qu'il avait devant lui et s'était demandé ce qui lui avait pris.

Donc, pour une raison ou pour une autre, il n'était pas au mieux de sa forme.

Il se passa la main dans les cheveux et s'écarta pour la laisser entrer.

— J'étais épuisé. Et, c'est vrai, un peu remué par le fait de savoir que Grace était là.

— Je comprends, dit-elle en entrant, l'air sérieux.

Puis elle s'arrêta net, jeta un coup d'œil circulaire dans la pièce, bouche bée.

— Où est passé le rose bonbon ?

— Il a été englouti sous deux couches de peinture blanche.

— Tu as déjà eu le temps de passer deux couches ? Aurais-tu des pouvoirs magiques ?

— La première couche a eu le temps de bien sécher. L'air était sec, il y avait du vent, j'ai laissé les fenêtres ouvertes toute la journée. J'ai aussi repeint le salon. Viens voir.

Il ouvrit la porte du salon et la suivit.

— Il paraît deux fois plus grand. Et deux fois plus lumineux.

— Ce n'était pas difficile, cela dit. Tu veux un thé ?

— Avec plaisir. Je n'ai pas assez bu aujourd'hui.

Elle sortit des vêtements de son sac.

— J'ai apporté de vieux vêtements usés pour t'aider.

— Tu n'es pas obligée, tu sais. Tu as déjà ta journée de travail dans les pattes.

— Et alors ? La journée n'a pas été si terrible aux urgences. La soirée le sera sans doute davantage. Nous sommes vendredi.

Ryan se rendit dans la cuisine.

— Je peux aussi faire du café, si tu préfères. J'ai apporté une bouilloire et des tasses.

— Non, merci. Je préfère du thé.

Il sentit son regard posé sur lui tandis qu'il sortait les sachets de thé et versait le lait dans les tasses, les mains pleines de peinture. Il prit conscience qu'il avait aussi de la peinture dans les cheveux. Il allait falloir qu'il se récure soigneusement avant lundi.

— C'était comment, à l'hôpital ? Des cas intéressants ?

— Pas vraiment. Quelques blessures de sport ou de jardinage, mais rien de grave. La routine.

Il repensa à ses journées à MPT et se mit à rire.

— La routine…

— Oui, cela va te changer.

Il hocha la tête, chassant de son esprit les souvenirs, et sourit de nouveau.

— Viens, on va se poser dans le jardin. J'ai trouvé un banc. Il est un peu branlant mais en faisant attention…

Ryan sortit un paquet de biscuits et la précéda jusque dans le jardin.

Elle s'assit et se figea en entendant le banc craquer sous son poids.

— Je vais plutôt m'asseoir là, dit-elle en prenant un biscuit avant de s'installer sur les marches de la terrasse.

Enfin, terrasse était un grand nom. Au sol, pas un carreau n'était à la même hauteur que l'autre, mais il y avait la place de mettre une table et des chaises.

— Le jardin est beau, dit-elle.

Il eut l'air dubitatif.

— Si ! Regarde ces plantes, tout autour.

— Oui, je les vois. Je vois aussi le chiendent, les herbes folles et la clôture qui, en soi, est une invitation à l'évasion. Je ne sais pas depuis combien de temps il est à l'abandon, mais je pourrai jardiner pendant mon temps libre. Ce sera mon luxe.

— D'avoir du temps libre ?

Il hocha la tête.

— Oui. On en a peu quand on part en mission. On s'engage pour des périodes de trois mois d'affilée, sans congés.

Il se tut, manifestement absorbé par des souvenirs lointains. À quoi pensait-il ? Peut-être valait-il mieux ne pas savoir quelles images il avait en mémoire.

— Tiens, prends un biscuit avant que je dévore tout le paquet.

Il lui tendit le paquet et se rassit. Le banc craqua et se souleva d'un côté, comme une balançoire.

Elle se retint d'éclater de rire en voyant son visage dépité.

— Ça te fait rire ? dit-il d'un air faussement sérieux, en se relevant.

Ils éclatèrent de rire et il vint s'asseoir à côté d'elle, sur les marches.

— Tu vas devoir investir dans du nouveau mobilier de jardin, dit-elle quand elle eut recouvré son souffle.

— Tu as raison. Je vais peut-être changer les fenêtres, aussi. Elles sont vraiment en mauvais état.

— Mais cela va te coûter une fortune. Et tu n'es pas propriétaire.

— Pas encore.

Elle tourna la tête.

— Comment ça, pas encore ?

— Il se peut que la maison soit à vendre.

— Mais tu n'as même pas de poste fixe. Pour le moment, tu fais un remplacement.

— Pour le moment, oui. Mais cela peut changer.

Il fit une pause et regarda au loin.

— Je crois que je vais postuler pour le poste permanent.

Elle ne s'attendait pas à ce qu'il prenne une telle décision. Pas aussi rapidement, en tout cas. Il n'avait même pas commencé à travailler à l'hôpital. Cela dit, il avait déjà rencontré James et ses futurs collègues de travail, et il adorait Yoxburgh et sa région. Que fallait-il de plus ?

À lui, rien. Elle, en revanche, avait besoin de temps pour intégrer cette nouvelle donne. Et, depuis qu'elle avait vu sa réaction, la veille, devant la petite urne de Grace, elle ne savait justement plus que penser.

— Attends au moins de voir si le travail te plaît. Ce sera peut-être très différent de ce à quoi tu t'attends.

— J'en doute. De toute façon, je peux toujours retirer ma candidature.

— Retirer ta candidature ? Tu penses vraiment que James te laissera partir ?

— C'est à moi que revient la décision, de toute façon. Laquelle dépend aussi de toi. Si tu ne veux pas que je reste, Beth, je partirai, quoi qu'en dise et quoi qu'en pense James.

Elle comprit, à l'expression de son regard, qu'il était sincère. Il se préoccupait vraiment de son bien-être. Et, en repensant au petit cœur d'argent lové dans sa main…

Elle souhaitait qu'il reste.

Aussi surprenant que cela paraisse, cela lui apparut comme une évidence. Elle prit une profonde inspiration et se leva.

— On verra, dit-elle en faisant couler les dernières gouttes de son thé dans l'herbe. En attendant, quelle est la prochaine étape du chantier ?

— La chambre. Je vais aller chercher des affaires chez ma mère dimanche – mes vêtements, un matelas pneumatique.

— Un matelas pneumatique ? Tu peux rester chez moi le temps des travaux, tu sais.

Il secoua la tête.

— Je t'ai déjà trop demandé, Beth. J'accepte encore ton hospitalité ce soir et demain soir, mais dès dimanche je m'installerai ici.

— Mais tu n'as aucun meuble ! C'est un peu précaire, comme installation.

— Précaire ? Avoir un toit est un luxe dans beaucoup d'endroits où je me suis rendu. Cette maison est un palace. On va me livrer un lit et un canapé lundi soir. Ce sera parfait.

— Si tu le dis.

Elle haussa les épaules, incrédule, et rentra dans la maison. Comment devait-elle prendre le fait qu'il n'ait pas envie de rester chez elle ? Quelle question ! Ryan était d'une nature indépendante. Elle l'admirait pour cela, entre autres.

— Si tu veux, je vais continuer à nettoyer ici pendant que tu attaques la chambre.

Ils arrêtèrent le ménage vers 20 heures. La lumière commençait à diminuer et ils étaient fatigués. Ryan avait repeint la chambre, et Beth avait fini de nettoyer à fond les deux salles de bains et le débarras. Elle avait même commencé à laver les fenêtres.

Il attendit qu'elle termine de nettoyer la vitre qu'elle était en train de frotter et lui prit le chiffon des mains.

— C'est fini pour aujourd'hui. Il est tard et tu travailles demain. Ça te dit qu'on se fasse livrer le dîner ?

— Bonne idée, dit-elle, un sourire las sur les lèvres. Tu as fini la chambre ?

— Oui. Elle paraît immense et la vue est magnifique.

— Cela tombe bien, tu n'as pas de rideaux. Allez, tu as raison, allons nous reposer.

— Tu es sûre que cela ne te dérange pas que je dorme encore chez toi ? Je ne veux pas abuser de ta générosité.

— Ne dis pas de bêtises. C'est moi qui te l'ai proposé. Cela me fait plaisir.

S'il y avait une chose qui n'avait pas changé, c'était la gentillesse de Beth. Elle avait un cœur en or. Un cœur qu'il avait brisé, sans le vouloir, en ne prenant pas suffisamment de précautions pour qu'elle ne tombe pas enceinte.

— Tu es un ange, dit-il, reprenant les mots de James.

Elle secoua la tête.

— Non, Ryan, je suis une amie, rétorqua-t-elle simplement.

Il sentit une boule se former au fond de sa gorge. Beth était une amie, certes, mais leur relation avait à ses yeux encore plus de valeur qu'une amitié. Comment la définir ? Il l'ignorait. Il était incapable de trouver les mots pour le faire. Mais y avait-il vraiment un mot qui décrive avec justesse ce qu'ils étaient l'un pour l'autre ? Au fond de lui, il savait simplement que Beth était une partie irremplaçable de sa vie et qu'elle le serait toujours.

Lorsque la journée du samedi s'acheva, la maison était métamorphosée. Il avait fini de repeindre le salon, la salle à manger et l'entrée avant de retirer la moquette et, ensemble, ils avaient remis à neuf le parquet.

Ils se levèrent pour admirer leur œuvre.

— Tu avais raison, Beth, dit-il, admiratif. Il est magnifique. Je n'en reviens pas de la transformation !

— J'étais sûre que ce serait une bonne surprise, acquiesça-t-elle avec enthousiasme. Mais dis-moi, comment comptes-tu vivre ici si tu n'as ni vaisselle ni casseroles ? Sans parler du linge.

— Je suis sûr que ma mère pourra me prêter de quoi m'organiser au début. Je n'ai pas besoin de grand-chose pour la cuisine. D'ailleurs, j'ai vu qu'il restait un carton dans le cagibi. Je peux peut-être récupérer deux ou trois choses.

Ils allèrent ouvrir le carton et examinèrent son contenu.

— Je vais emporter tout cela chez moi et tout passer au lave-vaisselle. Je te le rapporterai demain, si tu veux. Tu peux me laisser une clé.

Il opina, transporta le carton jusqu'à la voiture, ferma la maison et prit la route de chez Beth pour la troisième et dernière nuit.

Il n'avait pas encore de lit, mais peu importait. Il avait pris l'habitude de dormir partout. D'ailleurs, il dormirait peut-être mieux sans Beth dans la chambre voisine, à quelques mètres de lui...

— Bonjour, Beth !

Elle se retourna, le cœur battant plus fort au son de la voix familière de Ryan.

— Bonjour ! Prêt pour ta première journée aux urgences ?

— Oui. Cela va me changer de la peinture. Je suis content de passer à autre chose. Il me tarde de me remettre en selle.

— Fais attention aux désirs que tu exprimes. Tout s'est bien passé, hier ? Tu as bien dormi, dans ta nouvelle maison ?

— Comme une bûche. Mais il me tarde de recevoir mon lit. Finalement, j'en ai assez des sacs de couchage.

— Je te l'ai dit, tu aurais pu dormir chez moi.

— Je sais, mais je ne voulais pas abuser. Merci pour la plante et la petite carte que tu as déposées. La maison a l'air habitée, même si elle est encore plutôt vide.

— Avec plaisir. Les plantes mettent de la vie dans une maison. J'ai rangé le contenu du carton dans le cagibi, d'ailleurs. Cela m'a paru pratique. D'ailleurs, tiens, je te rends la clé.

— Merci.

— En parlant de clés, est-ce qu'on t'a donné un casier ?

— Pas encore, répondit-il en fourrant la clé dans sa poche. Il me faudrait aussi une blouse.

Elle l'accompagna et l'aida à trouver un casier et des vêtements de travail.

— Voilà, conclut-elle. As-tu besoin d'autre chose ?

— J'ai tout ce qu'il me faut, merci. Je vais essayer de trouver James.

— Il est en réanimation.

Ils se séparèrent pour se retrouver peu de temps après dans le service de réanimation, auprès d'un patient dont la moto avait été heurtée par une voiture. Apparemment, le conducteur de la voiture ne l'avait pas vu. Il avait une fracture ouverte à la jambe gauche, sur laquelle les ambulanciers avaient posé une attelle.

Mais la douleur était très vive et sa tension, trop basse pour ne pas être préoccupante.

— Pouvez-vous retirer ses vêtements pour qu'on ait une meilleure visibilité, s'il vous plaît ? demanda promptement Ryan. Il me faudra une FAST écho et une perfusion de 1 g d'acide tranéxamique. Il me faut aussi une radio du crâne et de la jambe. On va lui laisser la minerve et le casque pour l'instant. Bonjour, je suis Ryan, le médecin. Pouvez-vous me dire ce qui s'est passé, Jim ?

Tandis que Jim donnait des éclaircissements et qu'on faisait les radiographies, Beth posa la perfusion visant à ralentir le débit sanguin. Ryan se mit à palper les côtes et l'abdomen du patient, dont elle prit les pouls au pied.

— Absence de pouls pédieux, dit-elle.

Ryan hocha la tête.

— Jim, le sang ne circule plus dans votre pied. Je vais devoir redresser votre jambe, ce qui risque d'être douloureux mais devrait améliorer la situation. Vous êtes prêt ? Beth ? À trois ?

Il compta et repositionna la jambe, vérifia son pouls et revint examiner l'abdomen du patient, laissant Beth lui mettre une attelle. Puis il fronça les sourcils en procédant à l'échographie abdominale, quand la baguette passa sous les côtes.

— Il y a une tache, dit-il. Je crains qu'il y ait une hémorragie interne.

— La rate ?

— Non, peut-être le rein gauche. La zone est contusionnée. Injectez-lui encore 1 g de TXA par bolus. Je voudrais voir la radio de ses côtes. Peut-on le cathétériser, s'il vous plaît, et faire une analyse d'urine ?

Le diagnostic avancé par Ryan s'avéra fondé. Ils trouvèrent du sang dans les urines et, l'état du patient se détériorant, on l'emmena dans le service de radiologie d'intervention pour qu'ils procèdent à l'embolisation des vaisseaux sanguins. Après quoi le chirurgien orthopédique interviendrait sur la fracture.

Ils regardèrent le chariot sortir de la pièce. Ryan retira ses gants en secouant la tête, une expression perplexe sur le visage.

— C'est bizarre de ne pas terminer le travail qu'on a commencé, dit-il. Je n'ai pas l'habitude de n'en faire qu'une partie. Mais l'essentiel est que nous soyons parvenus à rétablir la circulation dans son pied et qu'il n'ait pas de fracture du crâne.

— Tu as pris l'habitude de tout faire tout seul, fit-elle remarquer.

— C'est vrai. Mais je suis content de pouvoir passer le relais à des confrères. C'est difficile de jongler avec trop de balles. Trop risqué. Je ne suis pas mécontent de pouvoir faire une pause de temps à autre.

Mais il ne fut pas vraiment question de pause. Les patients défilèrent toute la matinée. Ryan était compétent et efficace, et elle se réjouit de travailler à ses côtés. Cela lui donna en outre l'occasion de l'observer de plus près, de se rappeler tous les petits détails de lui qu'elle avait oubliés, comme son expression quand il était concentré, la façon dont son front se déridait dès que tout rentrait dans l'ordre ou le léger hochement de tête qu'il faisait quand il était satisfait.

— Vous pouvez aller déjeuner, dit James.

Beth prit conscience qu'il était 14 heures. Ils avaient travaillé sans interruption depuis 8 heures.

— Un sandwich et un café ? suggéra-t-elle.

— Avec plaisir. Je meurs de faim.

Mais un autre patient arriva dans le service. Par chance, Jenny, sa cadre, vint à sa rescousse, si bien qu'elle put faire une pause. Elle alla acheter de quoi déjeuner pour Ryan et elle. Ryan finit par trouver, plus tard, un moment pour manger son sandwich et boire le café devenu tiède qu'elle lui avait apporté.

— Un médecin supplémentaire n'était pas du luxe, en effet, dit-il en riant.

— Tu ne regrettes pas les heures où tu repeignais les murs de ta maison ?

— C'est vrai que c'était moins exigeant, psychologiquement parlant.

— À quelle heure viennent-ils livrer tes meubles ?

— Je leur ai demandé de ne pas venir avant 18 heures, mais j'espère qu'ils viendront plus tard. De toute façon, ils doivent m'appeler avant de venir. Bon, je te laisse. Il faut que j'y retourne. À plus tard !

Il ne s'écoula pas beaucoup de temps avant qu'ils se retrouvent dans le service de réanimation, devant une hémorragie artérielle. Ryan était en train d'examiner le crâne du patient lorsque son téléphone se mit à vibrer dans la poche de sa blouse.

— Est-ce que quelqu'un peut répondre pour moi ? demanda-t-il.

Une infirmière prit le téléphone et le lui tendit. Il jura dans sa barbe.

— Est-ce que quelqu'un peut aller chercher Beth, s'il vous plaît ? Si toutefois elle est encore là.

— Elle devrait être rentrée chez elle, à cette heure-là, dit Jenny. Mais il me semble l'avoir vue.

— Je vais la chercher, dit l'infirmière.

— Il y a un problème ? demanda Beth quelques minutes plus tard en entrant dans la pièce.

— J'ai besoin d'un service. Je viens de recevoir un message des livreurs qui disent qu'ils seront là à 17 heures. Mais je ne vais pas pouvoir partir d'ici avant une heure – et encore. Est-ce que tu voudrais aller leur ouvrir ?

— Bien sûr. Il est grand temps que je parte, d'ailleurs. J'aurais dû le faire depuis longtemps.

— Je sais. Je suis désolé de te demander encore un service, mais je suis vraiment coincé.

Elle haussa une épaule.

— Ne dis pas n'importe quoi et donne-moi plutôt la clé.

Il réfléchit à l'endroit où il l'avait mise.

— Dans la poche droite de mon pantalon.

Leurs regards se croisèrent puis elle détourna promptement le sien, avant de glisser la main dans la poche de son jean, sous son tablier en plastique. Il fit des efforts démesurés pour ne pas laisser son esprit s'égarer. Sans parler de son corps.

— C'est ça ? demanda-t-elle en sortant un trousseau.

— Non, c'est une clé toute seule. Celle que tu m'as rendue tout à l'heure.

Il serra les dents tandis qu'elle replongeait la main dans sa poche.

— Il faut que je vérifie le contenu des colis ?

— Non, ce n'est pas la peine. Signe la déclaration précisant que tu as reçu mais pas ouvert les colis. À moins qu'ils soient visiblement abîmés. En tout cas, merci, Beth. Je te revaudrai ça.

— J'espère bien. Je note tout sur ton ardoise, répondit-elle en riant, avant de tourner les talons et de le laisser avec son artère perforée et sa culpabilité croissante.

Depuis qu'ils s'étaient retrouvés, elle n'avait pas cessé de lui rendre service. Il était tiraillé entre son nouveau travail et son amie – si tant est qu'il puisse désigner ainsi la femme avec qui il avait eu une brève aventure, qui avait fini par donner naissance à un bébé atteint de malformation cardiaque et condamné dès la conception à ne pas vivre.

Il devait y avoir un mot plus juste qu'« amie ». C'était le mot qu'elle-même avait employé quand il l'avait remerciée, mais Beth était beaucoup plus que cela à ses yeux. Ils étaient liés par un lien complexe et par la perte douloureuse de leur petite fille.

Il sentit sa poitrine se serrer et s'efforça de reporter son attention sur son patient, chassant Beth, leur bébé et son sentiment de culpabilité de son esprit.

Il était plus de 20 heures lorsqu'elle entendit le bruit du moteur dans l'allée. Elle lissa le drap sur le lit puis alla ouvrir la porte.

— Ne me dis pas que tu es encore là ! dit-il d'un air contrit. Je suis désolé. Ils n'ont toujours pas livré les meubles ?

— Si, si. Ils sont venus à 17 heures, comme prévu. J'ai fait deux ou trois petites choses en t'attendant. Jenny m'a prévenue que tu rentrerais tard.

— Je ne pensais pas finir aussi tard, mais je n'ai pas pu faire autrement.

— Pour ton premier jour, tu as été servi, avec toutes ces victimes d'accidents de la route.

— Effectivement, j'ai commencé sur les chapeaux de roues. Heureusement que j'ai travaillé avec toi. Cela m'a considérablement simplifié la tâche. Alors, tout s'est bien passé avec les livreurs ?

— Parfaitement bien. Viens voir.

Elle ouvrit la porte de la chambre. Ryan s'arrêta net.

— Ils ont monté le lit ?

— Non. C'est moi qui l'ai fait. Je me suis dit que ce serait au-dessus de tes forces après cette journée dingue.

— Toi ? Je n'en demandais pas tant. Merci !

— C'était assez simple, mentit-elle, consciente qu'une autre paire de bras n'aurait pas été de trop. Huit vis et huit boulons. L'outil était même fourni.

Elle lui tendit une clé Allen.

Il se mit à rire et la prit dans ses bras.

— Merci, Beth. Vraiment, je ne m'attendais pas à ce...

Elle posa la main sur sa bouche pour l'empêcher de continuer.

— Chut. Tu as passé ta vie à t'occuper des autres. Il est temps qu'on s'occupe un peu de toi.

Il prit sa main et la porta à ses lèvres avant d'entrelacer ses doigts aux siens.

— Merci, dit-il, les yeux emplis d'émotions contradictoires.

Peut-être était-il aussi désorienté qu'elle. Et le fait qu'ils se trouvent à côté d'un lit immense n'arrangeait rien.

Elle retira doucement la main et s'écarta de lui, essayant d'ignorer les picotements qui remontaient jusque dans son bras.

— J'espère que j'ai mis les bons draps. Ils sont neufs, mais je n'en ai pas trouvé d'autres.

— Ce sont les seuls que j'aie, en effet. Ils ont aussi livré le canapé ?

— Oui. Ils l'ont déballé, ainsi que la table basse, et ont remporté les emballages. C'est vraiment joli. Va voir.

Elle le suivit dans le salon et exhala un soupir de soulagement en le voyant s'asseoir sur le canapé puis s'allonger, jambes tendues, exprimant son contentement.

— Un canapé suffisamment long et suffisamment large pour qu'on puisse s'allonger ! Il est confortable, en plus.

Il parcourut la pièce du regard.

— Cela commence à ressembler à un petit chez-soi. Et, décidément, le parquet est vraiment beau.

Il se leva et s'approcha d'elle.

— Est-ce que tu as dîné ?

Elle secoua la tête.

— Moi non plus. Je meurs de faim. Que dirais-tu d'aller dîner dehors ? Un plat au pub. Ou quelque chose de plus sophistiqué si tu veux. À toi de choisir.

Son estomac se mit à gargouiller.

— Bonne idée. Il n'y a pas grand-chose dans mon frigo. J'avais l'intention de faire les courses en sortant de l'hôpital, mais mes plans ont été légèrement modifiés, dit-elle d'un air entendu.

— Dans ce cas, repasse chez toi si tu veux te changer. Je prends une douche et passe te prendre d'ici une demi-heure. D'ici là, réfléchis à un endroit où tu as envie d'aller. C'est moi qui t'invite, évidemment.

— D'accord, dit-elle avant de se hisser sur la pointe des pieds pour déposer un baiser sur sa joue.

Le contact de sa peau déclencha une vague de chaleur dans tout son corps. Elle recula, troublée.

— Alors à tout à l'heure, dit-elle avant de sortir de la maison.

Une fois dehors, elle poussa un profond soupir. De toute évidence, son corps n'avait pas oublié le sien...

— Où veux-tu aller ?

— Que penses-tu du pub, sur le port ?

Il lui jeta un coup d'œil à la dérobée. Son choix n'était pas anodin. Mais, après tout...

— Si tu veux, répondit-il. C'est sympa et ce n'est pas très loin.

Il prit la direction du petit port de plaisance et du pub où ils avaient déjeuné, deux ans et demi plus tôt, juste avant qu'il l'embrasse pour la première fois, commençant une histoire brève mais intense.

Il avait rompu avec Katie quand il avait compris qu'elle cherchait à tomber enceinte à la seule fin de l'empêcher de rejoindre Médecine pour tous. À l'époque, il travaillait au bloc avec Beth. Cette femme l'intriguait, le tentait. Mais quand il l'avait invitée à sortir un soir, elle avait décliné l'invitation et gardé ses distances avec lui, prétextant qu'elle ne souhaitait pas s'investir dans quelque relation que ce soit.

Cela dit, telle n'était pas non plus son intention. La rupture avec Katie était trop fraîche et il avait du mal à s'imaginer de nouveau en couple. Mais il n'était pas non plus entré dans les ordres. Aussi, après une semaine où le bloc opératoire ne désemplissait pas – à croire que tous les habitants des Midlands s'étaient donné le mot pour se faire opérer cette semaine-là – et où ils étaient restés enfermés pendant des heures devant la table d'opération, la tension qui couvait entre eux depuis leur première rencontre avait atteint un point de non-retour.

Il fallait qu'il parte, qu'il quitte cette ville et s'éloigne de Beth mais, comme par hasard, on leur avait accordé à tous les deux un week-end de congé. Alors il lui avait demandé, sans ambages, de partir en week-end avec lui. Pas d'engagement, pas d'attaches, rien de sérieux. Simplement quelques jours à la mer après une semaine infernale, pour se changer les idées entre adultes consentants.

Il espérait qu'elle accepte, évidemment, mais, même si elle refusait, après tout, qu'avait-il à perdre ?

À son grand étonnement, elle avait dit oui. Alors il avait réservé une chambre dans un hôtel chic de Yoxburgh et était passé la prendre chez elle, le samedi matin, un peu fébrile. Comme ils étaient arrivés en avance, ils étaient allés déjeuner dans un petit pub, sur le port, avant d'aller marcher le long du fleuve pour passer le temps.

C'est là, en l'aidant à descendre de l'échalier, qu'il l'avait embrassée.

Elle ne l'avait pas repoussé. Ils avaient passé la majeure partie du week-end dans leur chambre. Cela avait été le week-end le plus torride de sa vie.

Il gara la voiture et claqua fermement la portière, espérant chasser ces souvenirs brûlants de son esprit.

— Il n'a pas changé, murmura-t-il en s'approchant du pub.

— À mon avis, il est resté dans son jus depuis son ouverture. C'est ce qui fait son charme, d'ailleurs. Qu'est-ce que tu as envie de manger ?

— *Fish and chips.*

— Ce n'est pas très léger, fit-elle remarquer.

— Je m'en fiche. Après la journée d'hier, j'ai besoin de calories et de réconfort. Mais prends ce que tu veux.

— Je vais prendre le cabillaud, avec une salade, dit-elle avant de relever la tête et de le fixer.

Il sentit chaque cellule de son corps se réveiller doucement.

— Tu as des nouvelles de Jim ? demanda-t-elle.

— Oui. Il va bien. On lui a retiré le rein gauche et posé un fixateur externe sur la jambe. Son état est stable. Il est vivant, en tout cas.

— Et les victimes de l'accident qui t'ont retenu ce soir ?

— Ils s'en sont tous sortis, heureusement. Je n'aurais pas aimé perdre un patient dès le premier jour.

Son regard se fit plus intense.

— Je suis contente qu'on travaille ensemble, dit-elle.

Il hocha la tête.

— Moi aussi. J'avais oublié à quel point c'est fluide. C'est comme si tu savais ce qu'il fallait faire, sans me demander, comme si tu lisais dans mes pensées.

— C'est peut-être simplement que je connais bien mon métier et que je le fais bien.

— Tu crois ? dit-il, feignant l'incrédulité, le sourcil levé.

Elle le regarda d'un air renfrogné qui lui donna envie de l'embrasser.

— Je retire, dit-il en souriant. Tu as raison, tu es une excellente infirmière. L'infirmière la plus compétente avec laquelle il m'ait été donné de travailler. Ça te va, comme ça ?

— Oui, c'est mieux, merci.

Elle lui adressa à son tour un grand sourire. Il se sentit attiré comme par un aimant.

— Le *Fish and chips* ?

Il se cala sur sa chaise et leva les yeux vers le serveur arrivé à point nommé.

— C'est pour moi, merci, dit-il avant de prendre une profonde inspiration.

— Tu veux que je te fasse un café ou tu es pressé de rentrer pour essayer ton nouveau lit ? dit-elle une fois qu'ils furent garés devant chez elle.

Il hésita puis finit par se laisser tenter. Il savait qu'il prenait des risques, qu'il marchait sur le fil du rasoir, mais il était incapable de prendre une décision plus sage.

— Je m'accorde encore une petite demi-heure. Juste le temps d'un café, dit-il en coupant le moteur.

Il la suivit jusque dans la maison et lui proposa son aide.

— Non, assieds-toi dans le salon, je m'occupe du café.

Il entra dans le salon et tira les rideaux, puis s'assit sur le canapé, cherchant des yeux la petite boîte en argent sur l'étagère.

S'ils avaient su les conséquences que ce week-end torride allait avoir sur leur vie, ils auraient agi différemment, bien entendu. Mais ils avaient passé le week-end et les deux mois qui avaient suivi dans la plus grande insouciance. Puis, fin janvier, il avait obtenu sa première mission pour MPT.

Pas d'engagement, rien de sérieux. Ils étaient d'accord. Alors il ne l'avait pas recontactée – de toute façon, une fois parti au bout du monde, il avait été tellement submergé de travail qu'il était incapable de penser à quoi que ce soit d'autre. Mais quand il était revenu, début mai, Beth lui avait appris qu'elle était enceinte.

Son pire cauchemar s'était réalisé. Sa première réaction avait été la colère : comme Katie, Beth l'avait peut-être fait exprès ? Mais il s'était ravisé en apprenant que le bébé – une petite file – souffrait d'une malformation cardiaque congénitale et qu'il ne survivrait pas. Loin de le soulager, la nouvelle avait fait voler son cœur en éclats.

Il était encore sous le choc de la nouvelle quand elle était morte, à vingt-sept semaines de grossesse, une semaine plus tard. Il avait perdu cette enfant qu'il n'avait pas désirée jusqu'à ce qu'il apprenne son existence. Mais il était trop tard. Son cœur défaillant avait cessé de battre avant qu'ils aient l'occasion de faire connaissance et qu'il lui dise à quel point il l'aimait.

Il avait passé les deux années suivantes à essayer d'oublier – en vain, bien sûr.

Il se leva et marcha vers l'étagère, prit le petit cœur avec une tendresse infinie entre ses deux mains.

Pourquoi cette petite fille leur avait-elle été enlevée ?

Pourquoi ?

— Ryan ?

Il reposa la boîte, tout doucement, comme pour ne pas la déranger. Lorsqu'il se tourna vers Beth, elle le prit dans ses bras.

— Je suis désolé, murmura-t-il d'une voix brisée. Pourquoi est-ce arrivé, Beth ? Est-ce qu'ils ont trouvé la cause de la malformation ?

— Non. Personne ne sait. Les examens n'ont pas révélé d'aberrations chromosomiques ni de lien génétique, aucune piste à part celle d'un dysfonctionnement au cours du développement de l'embryon. Un genre de bug imprévisible.

Elle se détacha de lui et s'assit sur le canapé.

— Viens boire ton café.

Il s'assit, toujours obsédé par le petit cœur et la boîte des souvenirs, sur l'étagère.

Beth but une gorgée et posa doucement sa tasse sur le plateau.

— Tu veux voir la boîte ? demanda-t-elle comme si elle lisait dans ses pensées.

— Je ne sais pas, dit-il, soudain paralysé par la peur.

Elle se leva et alla la chercher, la posa sur la table basse. Il sentit les battements de son cœur accélérer dans sa poitrine et la peur se répandre dans tout son corps.

Mais qu'est-ce qui lui faisait peur, au juste ?

Le contenu de la boîte ou ses propres sentiments ? Peut-être le temps était-il venu de faire face à tout cela.

Il posa sa tasse et attrapa la boîte, la posa sur ses genoux. Telle la boîte de Pandore, une fois ouverte, elle ne pourrait plus être refermée. Il ne pourrait plus revenir en arrière.

Il déglutit, prit une profonde inspiration et souleva le couvercle.

3

De tout ce qu'il découvrit dans la boîte, c'est la lettre qui lui fit le choc le plus grand.

Le reste, il s'y attendait plus ou moins. La boîte contenait toutes les petites choses émouvantes qu'il avait cherché à effacer de sa mémoire, comme les empreintes minuscules que la sage-femme avait prises de ses pieds, une photographie d'eux avec Grace, la couverture dans laquelle ils l'avaient enveloppée et tenue dans leurs bras pendant quelques heures avant de lui dire adieu.

Puis, il trouva une feuille de papier pliée en quatre, au fond de la boîte. Il la sortit et la déplia sans se douter de l'effet qu'elle allait produire sur lui. C'était une lettre rédigée par Beth et adressée à sa fille.

Grace chérie,

Comment te dire à quel point je t'aime, à quel point tu me manques, à quel point je pense à toi, de tout mon cœur, chaque jour qui passe. Tu fais partie de moi et tu es avec moi, où que je sois.

Te porter en moi pendant ta courte vie, te donner naissance, te tenir dans mes bras a été un honneur et un privilège qui restera à jamais gravé dans ma mémoire et dont je resterai éternellement reconnaissante.

Tu es la part de moi la plus belle, que je chérirai toute ma vie.

Dors bien, ma chérie.

Ta maman qui t'aime

Les mots se mirent à danser devant ses yeux. Beth lui prit la feuille des mains et la reposa doucement dans la boîte, avec tous les autres trésors qu'elle contenait. Puis elle le prit dans ses bras et le serra tandis qu'il laissait libre cours à des sanglots retenus depuis trop longtemps.

Ils demeurèrent enlacés l'un à l'autre un long moment, le temps que la douleur s'estompe, lui laissant la sensation d'avoir subi un profond nettoyage, comme si on l'avait lavé à grande eau. En lui subsistait néanmoins le souvenir de Grace, l'empreinte de ses petits pieds, sa photo, gravés dans son cœur, à leur juste place.

Beth lui tendit des mouchoirs en papier.

— Ces larmes venaient de loin, dit-elle, le regard empli de compassion et de douceur.

— J'en ai l'impression. Je suis désolé.

— Ne sois pas désolé. Tu as le droit de pleurer. Tu n'imagines pas toutes les larmes que j'ai versées pour elle.

Il essuya ses joues et secoua la tête.

— Je ne me le suis pas autorisé, dit-il. C'est pour cela que j'avais peur d'ouvrir cette boîte. Je pensais qu'il valait mieux l'oublier, que le souvenir disparaîtrait de lui-même. Mais c'était illusoire. Le souvenir ne s'est jamais estompé. Pendant deux ans, il est resté là, enfoui en moi, me rongeant le cœur comme un acide.

Il marqua une pause et sourit.

— C'est drôle, je n'ai plus cette sensation. Je suis triste, certes, mais j'ai l'impression de m'être allégé d'un poids. Tu comprends ce que je veux dire ?

— Je comprends, oui. Tu as accepté, Ryan. Tu n'es plus dans le déni. Il faut du temps pour accepter mais, une fois qu'on y arrive, on est soulagé. Cela n'enlève rien à la tristesse et n'efface pas les souvenirs, mais cela fait du bien.

Il hocha la tête et se cala sur le canapé, le bras sur les épaules de Beth. Ils demeurèrent dans cette position, en silence et, pour la première fois de sa vie, il laissa remonter les images du jour où leur petite fille était née. Il repensa à l'accouchement et à la difficulté de savoir qu'il ne resterait rien d'autre de cet enfant que des souvenirs. L'accouchement avait été provoqué car Beth ne voulait pas attendre plus longtemps. Elle avait refusé la péridurale, affirmant qu'elle ne voulait pas se couper de la moindre sensation la liant à sa fille. Alors il était resté avec elle, l'avait soutenue tant qu'il avait pu tout en sentant son cœur se refermer sur lui-même, comme pris dans la glace.

La nuit avait été longue. Au petit matin, alors que l'horizon commençait à peine à se teindre d'or, la sage-femme avait déposé le corps minuscule de Grace dans les bras de Beth.

Il était demeuré là, impuissant, dans ce silence assourdissant, ce silence dans lequel auraient dû retentir les cris de leur nouveau-né. Il avait l'impression de ne pas être à la hauteur dans cette tragédie, incapable d'agir mais tout aussi incapable de quitter la pièce et de laisser Beth seule avec leur fille mort-née. Alors il était resté là, les yeux secs et irrités par la fatigue, le corps tendu, le cœur anesthésié, tandis que Beth versait des larmes silencieuses en parlant doucement au bébé dans ses bras.

Quand Beth avait déposé Grace dans ses bras, il avait senti son cœur se briser. C'était la seule fois qu'il avait pleuré pour sa fille, jusqu'à ce soir. Mais, à l'époque, ses larmes n'avaient rien lavé.

Une semaine plus tard, ils étaient allés déclarer sa naissance et son décès, avant la cérémonie funéraire. Trois jours plus tard, on le rappelait pour une nouvelle mission de MPT. Beth lui avait dit d'accepter, alors il était parti, presque soulagé de pouvoir échapper au deuil impossible et de se rendre utile pour quelqu'un quelque part, alors qu'il ne pouvait rien faire ni pour elle ni pour lui.

Bien entendu, il n'avait échappé à rien. Il s'était contenté de refouler ses émotions, de les enfouir en lui jusqu'à avoir l'illusion de les avoir digérées…

Il finit par rompre le silence.

— Je suis désolé de ne pas t'avoir aidée davantage. Je ne sais pas comment tu as fait, comment tu as trouvé le courage de traverser tout cela, dit-il, désireux de reconnaître la force intérieure dont elle avait fait preuve, ainsi que sa propre culpabilité de l'avoir laissée seule face à cette perte.

— Ce n'est pas du courage, Ryan. J'ai simplement fait ce qu'il fallait faire. Puis je me suis retrouvée vide.

— Je n'aurais pas dû partir.

Elle prit sa main et déposa un baiser dans sa paume. Ses mains étaient chaudes et douces, à son image.

— C'est moi qui t'ai dit de partir, Ryan. Je ne voulais pas gérer ton chagrin en plus du mien. Nous aurions pu faire le deuil de notre fille ensemble, mais je crois que nous ne nous connaissions pas suffisamment. Nous ne nous connaissons toujours pas bien mais, petit à petit, nous y arriverons.

— Tu as sans doute raison, dit-il avant de jeter un coup d'œil à son portable. Je suis désolé, il est 23 heures passées. Il faut que je rentre. Mieux vaut que je sois reposé pour affronter mon deuxième jour.

— Tu as raison. Tu dois être épuisé.

— C'est le moins que l'on puisse dire. Mon lit a intérêt d'être confortable.

— S'il ne l'est pas, il te reste toujours le grand canapé.

Elle pencha la tête sur le côté et le fixa.

— Ça va, Ryan ?

Il rit doucement et acquiesça.

— Oui, Beth. Ça va. Et toi ?

Elle lui adressa un sourire un peu triste.

— Ça va. Je m'y suis faite, avec le temps. Cela fait partie de ma vie.

Il hocha la tête, se demandant combien de temps il lui faudrait pour s'y faire, lui aussi. Il se leva, la prit dans ses bras et la serra doucement.

— Merci, Beth. Merci infiniment, pour tout. Tu as été incroyable depuis mon arrivée. Comme tu l'as toujours été.

— N'exagérons rien.

— Je n'exagère pas, je le pense vraiment. Tu es la personne la plus forte et la plus bienveillante que je connaisse. Merci.

Elle le serra à son tour contre elle.

— Je t'en prie. J'espère que tu vas bien dormir.

— À mon avis, je vais m'écrouler, dit-il en riant.

Elle l'accompagna à la porte. Il se pencha et déposa sur ses lèvres un baiser fugace. Puis il marcha jusqu'à sa voiture et reprit le chemin de la maison.

Lorsqu'il descendit de la voiture, il leva la tête pour contempler le ciel étoilé. C'était le même ciel que partout dans le monde. Il adorait les étoiles. Elles étaient toujours là, quel que soit le chaos autour de lui, rares points fixes dans ce monde en mouvement perpétuel. Les regarder l'aidait à se recentrer et à prendre du recul. À voir combien l'humain n'est qu'une partie infime du tout.

Il entra dans la maison, lut rapidement ses e-mails et se dirigea vers la chambre. Il posa les yeux sur le lit que Beth avait préparé pour lui éviter de le faire en rentrant – encore une preuve de sa prévenance et de sa générosité. La culpabilité de l'avoir laissée seule l'assaillit de nouveau.

À l'époque, elle lui avait fait comprendre qu'elle n'avait pas besoin de lui. Pour elle, ils ne se connaissaient pas suffisamment. Cela ne les avait pas empêchés de faire un enfant – seulement d'en faire le deuil ensemble. Peut-être qu'avec le temps ils parviendraient à se rapprocher suffisamment pour aller au bout de ce processus. Il l'espérait, en tout cas.

Pour accueillant que soit le lit, il sentit qu'il n'était pas prêt à se coucher. Il alla se préparer une camomille dans la cuisine et s'installa sur les marches de la terrasse. Les mots que Beth avait couchés sur le papier à l'adresse de sa fille tourbillonnaient dans son esprit.

Peut-être pourrait-il écrire à Grace, lui aussi ? Pour lui dire ce qu'il ressentait et ses regrets de ne pas avoir pu partager avec elle ses rires, ses larmes, ses sourires, ses premiers pas…

Il entendit un bruit de feuilles dans le jardin. Un hérisson, peut-être, ou un renard. Puis un gémissement lui fit tendre l'oreille. Il tourna la tête et vit s'approcher une forme plus imposante qu'un hérisson et moins craintive qu'un renard.

Un chien ?

— Salut, toi. Qu'est-ce que tu fais là ? dit-il doucement.

Le chien s'approcha en remuant la queue, la truffe étincelant à la lumière de la lune. Il tendit la main, que le chien lécha avec enthousiasme, et se mit à caresser la grosse masse de poils emmêlés. Une forte odeur de chien et de vase parvint à ses narines.

— Regarde dans quel état tu t'es mis mon pauvre ! D'où est-ce que tu sors ? Qu'est-ce que tu fais là ?

Le chien posa sa grosse tête sur ses genoux. Ryan continua à le caresser et sentit sous ses doigts ses côtes et sa colonne vertébrale saillantes.

— Tu as faim, c'est ça ?

Le chien se redressa en remuant la queue puis monta les marches et entra dans la maison. Il se dirigea vers le canapé et s'y installa de toute sa longueur.

— Qu'est-ce que tu fabriques ? Non ! Descends !

Il remua la queue de plus belle, langue pendante, sans bouger, comme s'il était chez lui.

Ryan éclata de rire.

— C'est ça ! Tu es chez toi, en fait. C'est ta maison !

Le chien sembla acquiescer en silence.

— Bon. En attendant, descends de ce canapé. Tu es beau et sympathique, mais tu sens la vase à des kilomètres. Viens, pour commencer, je vais te trouver quelque chose à te mettre sous la dent. Ensuite, on avisera.

Le chien le suivit dans la cuisine et posa les pattes sur le plan de travail, les yeux pleins d'espoir.

— Bas les pattes ! Assis !

Le chien obéit et s'assit devant lui en gémissant. Ryan ouvrit le placard dans lequel il avait rangé les vivres généreusement offerts par sa mère, la veille.

— Voyons... Du thon. Tu aimes le thon ? Je vais te faire un sandwich au thon. On ne dira rien au vétérinaire.

Il prépara un sandwich qu'il découpa en petits morceaux dans une écuelle que Beth avait trouvée dans le carton abandonné par les anciens locataires. Le chien n'en fit qu'une bouchée.

Il emplit une autre coupelle d'eau et la déposa sur le sol.

Il le regarda laper bruyamment. Puis le chien revint vers lui et se mit à aboyer.

Il était affamé. Et sale.

Ryan fouilla dans le peu d'affaires qu'il possédait et trouva un pot de beurre de cacahuètes. Il en fit une tartine que le chien engloutit aussi vite que le sandwich au thon.

— Tu aurais bien besoin de passer chez le toiletteur. Je n'ai jamais vu de chien aussi sale et aussi ébouriffé que toi.

Il prit son téléphone et composa le numéro de Beth.

— Désolé de te déranger, Beth. Tu es encore debout ?

— Oui. Que se passe-t-il ? Le lit s'est écroulé sous ton poids ?

— Je n'en suis pas encore là. Est-ce que, à tout hasard, tu aurais du shampoing et de l'après-shampoing ? Ainsi qu'une vieille brosse et une paire de ciseaux ? Et aussi un sèche-cheveux. Et des vieilles serviettes. Plein de serviettes.

Il entendit un petit rire.

— Qu'est-ce que tu racontes ?

— Je crois que j'ai trouvé la source de l'odeur de chien qu'il y avait dans la maison. Un chien est entré dans la maison qui, à mon avis, était la sienne. Il a la même odeur, en tout cas. Je crois qu'une douche s'impose.

Beth se mit à rire plus franchement.

— J'arrive.

— Je suis content que cela te fasse rire. Mets des vêtements qui ne craignent rien.

Il raccrocha en souriant et se retourna. Le chien était remonté sur le canapé, une banane dans la gueule.

— Qu'est-ce qui t'est arrivé ? demanda Beth en le regardant de la tête aux pieds. Tu es couvert de boue.

— Je pense que le chien a fait un tour dans le fleuve avant de venir.

— Où est-il ?

— Dans le cagibi. Je l'ai mis en quarantaine. Il n'arrête pas de se coucher sur le canapé et m'a volé une banane.

— Sur le canapé neuf ? s'exclama-t-elle en se retenant d'éclater de rire. Heureusement qu'il est en cuir et qu'il se lave facilement. Bon. Montre-moi l'animal.

L'animal était une grosse boule de poils sales, emmêlés et malodorants mais, lorsqu'il lui lécha la main, elle sentit son cœur fondre.

— Je me demande de quelle couleur sont tes poils sous cette vase.

— Je ne sais pas par où commencer, dit Ryan. Je ne sais même pas si c'est un mâle ou une femelle.

Elle retroussa ses manches en riant.

— De l'eau. Il nous faut de l'eau, et un saladier pour diluer le shampoing.

Après plusieurs lavages soigneux, le chien était devenu gris-beige. Ils coupèrent les boules de poils autour de ses oreilles et de son cou, puis l'examinèrent.

— C'est une femelle, dit Ryan quand la chienne se roula sur le dos sur le sol de la cuisine. Je me demande comment tu t'appelles, ma belle.

Il s'accroupit, observa la chienne un moment et sourit.

— Et si on l'appelait « Belle » ? Parce qu'elle est vraiment belle, maintenant qu'on a enlevé ces tonnes de vase.

— Mais elle a peut-être déjà un maître. On ne sait même pas d'où elle sort, fit remarquer Beth.

— Tu as raison. Elle porte peut-être une puce électronique.

— Peut-être que les voisins la connaissent. Tu leur as parlé ?

— Non, je ne les ai pas encore rencontrés.

Beth avait raison. Mieux valait ne pas s'emballer. Le chien avait certainement déjà un maître. De toute façon, il n'aurait pas le temps de s'occuper de lui. Il travaillait comme un fou et vivait seul.

— N'y pense même pas, Ryan.

— À quoi ?

— Tu ne peux pas la garder.

La chienne leva vers lui des yeux d'une douceur infinie. Il eut l'impression de la trahir.

— On verra tout ça demain. En attendant, il faut que je lui trouve un endroit pour dormir et, toi, il faut que tu rentres.

Beth haussa les épaules.

— Je commence tard, demain.

— En tout cas, merci encore. Je n'aurais pas pu faire tout cela sans toi. Je l'emmènerai chez le vétérinaire pour voir si elle a une puce électronique. Je suis presque sûr que c'était le chien des derniers locataires et qu'ils l'ont laissé là en partant.

— Je peux y aller demain matin, si tu veux. Je reprends le travail à midi. Il faut simplement que tu me redonnes la clé. Je demanderai à Annie Shackleton où elle amène son chien.

Il pensa à la journée qu'il avait passée à l'hôpital et se demanda quand il pourrait se libérer pour aller lui-même chez le vétérinaire. Il se rendit à l'évidence et tendit la clé à Beth.

— Autant que tu la gardes, s'entendit-il dire. Je vais laisser la chienne dans le cagibi. Si ton amie peut te prêter un collier et une laisse...

— Ne t'inquiète pas, je m'en occupe. On se voit demain à l'hôpital, à midi. Je te raconterai.

Il hocha la tête et se pencha pour l'embrasser. Au même moment, elle se hissa sur la pointe des pieds. Leurs lèvres se rejoignirent et il sentit une vague de chaleur embraser son corps. Ils se figèrent l'un et l'autre, avant de s'embrasser de façon beaucoup plus délibérée pendant un moment qui ne semblait pas vouloir se terminer.

Impossible de savoir qui se détacha de l'autre. Il vit simplement Beth ouvrir la porte et faire un petit signe de la main avant de sortir précipitamment. Il regarda la porte se refermer, le corps et le cœur sens dessus dessous.

La chienne se mit à gémir à côté de lui.

— Elle est partie, ma belle, dit-il en lui caressant la tête. Allez, viens, c'est l'heure d'aller se coucher. Je me lève dans cinq heures.

Quelle bonne blague... Entre le souvenir des lèvres de Beth et les gémissements de la chienne dans le cagibi, il ne parvint pas à trouver le sommeil. Au bout de deux heures, il finit par céder, alla ouvrir la porte du cagibi, étendit une serviette par terre, à côté du lit, et lui ordonna de se coucher.

À son grand soulagement, elle se coucha sur la serviette si bien qu'il put enfin s'assoupir.

Mais quand le réveil sonna, à 6 heures, la chienne était là, étendue à côté de lui, la tête sur son oreiller.

— Non, ce n'est pas possible ! Descends de là !

Elle le regarda d'un air qui lui parut goguenard et lui lécha le visage. La question de savoir quand – ou, pire, *si* – elle avait été vermifugée lui traversa l'esprit.

Il rejeta les draps, se leva et se dirigea vers la salle de bains, le chien sur ses talons.

— Tu vas aller chez le vétérinaire et, moi, je vais prendre une douche et trouver des vêtements qui ne sentent pas la vase. Il faut que j'aille travailler, tu comprends. J'imagine que tu veux manger d'abord ?

Il marcha jusqu'à la cuisine. À peine eut-il le dos tourné qu'elle goba sans vergogne le pain qu'il avait sorti pour son petit déjeuner.

Il la remit dans le cagibi et partit travailler, le ventre vide.

Pauvre Ryan. Quelle tête il avait faite en comprenant qu'il ne pouvait pas garder la chienne ! Il s'était peut-être raisonné, depuis. Peut-être s'était-il raisonné aussi au sujet du baiser qu'ils avaient échangé ?

C'est en tout cas ce qu'elle avait tenté de faire. Sans grand succès.

Elle se leva, se doucha et se lava les cheveux pour se débarrasser des derniers relents de vase dont ils avaient dû s'imprégner – comment expliquer cette odeur, sinon ? Puis elle enfila un jean et un vieux sweat-shirt, et se rendit chez Annie et Ed Shackleton qui vivaient à deux pas de chez elle, sur le front de mer. Lorsqu'elle arriva, Annie rentrait avec leur chien, Molly.

— Quel timing ! Bonjour, Annie !

— Bonjour, Beth ! Quel bon vent t'amène ? Tout va bien ?

Dix minutes plus tard, Beth ressortit de chez ses amis avec un collier, une laisse et un rendez-vous chez le vétérinaire. Elle se rendit chez Ryan et fit sortir la chienne du cagibi. Au moment de la faire monter dans la voiture, elle entendit une voix dans son dos.

— Elle est revenue ! Je me demandais si on allait la revoir un jour.

Elle se retourna et aperçut un vieil homme derrière la haie.

— Bonjour ! Vous la connaissez ?

— Oui, c'était la chienne des locataires de la maison. Ils m'avaient dit qu'ils allaient la faire adopter, mais ils sont partis en pleine nuit, sans elle. Alors c'est vous qui vous êtes installée, avec votre ami ?

— Oui. Enfin... C'est Ryan qui la loue. Moi je suis juste une amie.

Pourquoi eut-elle l'impression de mentir ?

L'homme passa par un trou dans la haie.

— Je m'appelle Reg, dit-il en tendant la main.

— Et moi, Beth.

Ils se serrèrent la main puis il caressa la tête du chien et désigna la maison d'un signe de tête.

— Il a du courage de reprendre la maison. Ils l'ont laissée dans un sale état.

— C'est vrai. Mais il l'a déjà bien arrangée. Mais je suis désolée, il faut que j'y aille. J'ai un rendez-vous chez le vétérinaire.

— Je ne veux pas vous retenir. Dites à votre ami que, s'il a besoin de quoi que ce soit, je suis là.

— Je n'y manquerai pas.

Elle le regarda traverser la haie en sens inverse puis ouvrit le coffre.

— Allez, viens ! Saute ! dit-elle.

À son grand étonnement, la chienne sauta dans le coffre, lui lécha la main et s'assit.

Elle prit le volant et roula en direction du cabinet vétérinaire, un œil sur le rétroviseur. La chienne était toujours assise mais elle gémissait. Peut-être avait-elle un mauvais souvenir de voyage en voiture. Peut-être les anciens locataires l'avaient-ils emmenée et abandonnée au milieu de nulle part ? Peut-être l'avaient-ils effectivement fait adopter et s'était-elle enfuie de chez ses nouveaux maîtres ?

— Pauvre Belle ! dit-elle.

Les gémissements redoublèrent.

— Alors ? On sait d'où elle vient ? demanda Ryan avec impatience.

— Elle n'a pas de puce électronique, mais j'ai rencontré ton voisin, Reg, qui a confirmé que c'était la chienne des anciens locataires.

— J'en étais sûr. Elle est très à l'aise chez moi. Après le canapé, hier soir, je l'ai retrouvée dans mon lit, ce matin.

Beth écarquilla les yeux.

— Tu sais, elle est très persuasive quand elle pleure vers 3 heures du matin. Je n'avais pas envie de me faire expulser par le propriétaire.

— Je doute que cela arrive. Après les derniers locataires qu'il a eus, je pense qu'il va être ravi que tu t'installes chez lui. Au fait, Reg a dit que si tu avais besoin de quoi que ce soit, il suffisait de lui demander. Il a cru que nous vivions ensemble. Je lui ai dit que nous étions amis.

Encore ce mot, qui sonnait encore moins juste après le baiser de la veille.

— J'irai le voir en rentrant. Il a dit comment elle s'appelait ?

— Non. Mais le vétérinaire a dit qu'elle était probablement un croisement de retriever, qu'elle était jeune et, autre chose : elle est enceinte de quatre ou cinq semaines.

Il la regarda, bouche bée, puis leva les yeux au ciel.

— Oh ! non ! C'est pas vrai. Mais qu'est-ce qu'on va faire ?

— *On* ?

Elle éclata de rire et s'éloigna.

— C'est *ton* chien, McKenna, pas le mien. Je te suggère de retrouver ses maîtres.

Plutôt mourir. Mais avait-il le choix ? Il appela l'agent immobilier et lui expliqua la situation. Comme on pouvait s'y attendre, ce dernier n'avait pas les coordonnées des anciens locataires qui étaient partis avec deux mois de loyer impayé.

Il fallait lui trouver une famille.

En rentrant chez lui, il appela un refuge, qui était plein. On promit de l'appeler au cas où une place se libère.

— Mais cela peut prendre du temps. Vous avez les moyens de la garder chez vous en attendant ?

Il répondit oui, éprouvant une sensation qui ressemblait étonnamment à du soulagement, et raccrocha après avoir donné ses coordonnées.

Dans la cuisine, il trouva un petit mot de Beth collé sur la bouilloire.

J'ai mis des croquettes dans le placard. Elle pèse vingt-cinq kilos mais donne-lui 20 % en plus parce qu'elle est enceinte. Je n'ai pas trouvé de balance mais je lui ai quand même donné à manger. Elle ne s'est pas fait prier !

Il sourit et alla lire les recommandations sur le paquet de croquettes. Belle le suivit avec un enthousiasme non dissimulé.

Puis il regarda l'heure sur son portable. Il était 19 h 45. Ils avaient encore le temps d'aller marcher avant que la nuit tombe. Il lui mit la laisse et l'emmena se promener le long du fleuve. Lorsqu'ils rentrèrent, il se nourrit d'un bol de céréales, se fit un café et alla s'asseoir dans le salon pour lire ses e-mails et faire des recherches sur l'adoption et la grossesse chez les chiens. Mais Belle revint du jardin, victorieuse, et déposa une balle couverte de boue à ses pieds.

Il aurait dû s'en douter. Elle avait du sang de retriever. Lequel, comme chacun sait, peut passer ses journées à rapporter des balles.

Il se leva et envoya la balle, que Belle rapporta. Qu'il renvoya. Qu'elle rapporta. Qu'il renvoya, encore et encore, jusqu'à ce qu'il décide de la cacher dans son dos.

— C'est fini. Il n'y a plus de balle. Couchée !

La chienne gémit, puis grimpa sur le canapé, et s'allongea en fermant les yeux.

Enfin, presque. Elle en garda un entrouvert, au cas où.

Ryan grogna et retourna à sa recherche de refuges.

4

— Comment va-t-elle ?

— Elle est affectueuse, collante, même. Très joueuse. Et elle prend de la place. J'ai acheté un lit de 1,80 m de large pour avoir de la place et elle en occupe plus de la moitié.

Beth réprima un sourire.

— Tu pourrais lui acheter un panier.

Ryan grogna avant de se masser le cou.

— Tu as mal ?

— J'ai le cou raide à force d'avoir dormi au bord du lit toute la nuit. Au fait, j'ai fait la connaissance d'Ed Shackleton, au bord de la rivière, ce matin. C'est lui qui s'est présenté quand il a reconnu Belle. Il m'a dit que Belle et Molly s'entendaient bien et qu'Annie se proposait de les promener toutes les deux et de donner à manger à Belle le matin. Je lui ai laissé la clé. Au moins je n'aurai pas à m'en occuper aujourd'hui.

— C'est gentil de sa part.

— Oui. Pour en revenir au travail, comment s'annonce la matinée ?

— Plutôt calme, répondit-elle en parcourant des yeux la liste étonnamment courte des patients inscrits sur le tableau.

— Dans ce cas, je crois que je vais m'accorder le temps d'un café. Je n'ai pas encore reçu ma machine à expr…

Il fut interrompu par une annonce.

— Urgence adulte dans cinq minutes. Urgence pédiatrique dans cinq minutes.

Il leva la tête vers le haut-parleur.

— Oh ! non ! J'avais vraiment besoin d'un café !

— Pauvre Ryan ! dit Beth en riant. Le café attendra. Le dernier arrivé en réa offre le déjeuner !

Le déjeuner ? Il ne se souvenait même plus de ce que ce mot voulait dire. Il ignora les gargouillements de son estomac jusqu'à ce qu'il puisse enfin prendre une pause, vers 15 heures.

— Tu viens déjeuner ? demanda-t-il à Beth.

— Avec plaisir ! D'autant que c'est toi qui m'invites.

— D'accord. Sortons vite avant qu'une nouvelle urgence arrive. Vous êtes toujours en sous-effectifs ?

— Non. Mais ce sont les vacances de Pâques. Andy Gallagher travaille officiellement à temps partiel mais, comme il est souvent venu prêter main-forte avant que tu arrives et qu'il a cinq enfants, il a pris des jours de congé. Quant à Sam Ryder, sa femme est malade, alors il garde les enfants. Quand Andy va revenir, James sera en congé pendant une semaine. Pour couronner le tout, deux infirmières sont absentes aussi. La situation est pire que d'habitude.

— Je n'ose pas imaginer ce que ce sera à Noël.

Elle poussa la porte du café en riant.

— Tu as raison, mieux vaut que tu n'imagines pas.

Ryan prit un plateau et le fit glisser devant la vitrine de salades. Il fallait vraiment qu'il fasse des courses, quitte à se faire livrer.

— Alors, tu vas postuler ?

— J'ai eu James sur le dos toute la matinée. Il n'a pas arrêté d'y faire allusion.

Il prit une assiette de salade composée, à laquelle il ajouta une part de poulet, un petit pain et une banane.

— Cela ne répond pas à ma question.

— Je pense que je vais postuler, oui, dès que j'aurai cinq minutes devant moi. La chienne prend pas mal de mon temps.

Elle posa sa salade sur le même plateau.

— Tu ne veux pas la faire adopter ?

— J'ai appelé tous les refuges de la région. Il n'y a plus de place nulle part. Je prendrai un café allongé. Et toi, Beth ?

— Un cappuccino, s'il vous plaît. Qu'est-ce que tu comptes faire ?

— Je ne sais pas, dit-il, les yeux fixés devant lui. En théorie, je ne devrais même pas me soucier d'elle.

— Mais en pratique ?

Il leva les sourcils, prit les cafés, passa à la caisse puis sortit pour trouver une table.

— En pratique ? insista-t-elle.

— Que veux-tu que je fasse, Beth. Elle attend des chiots. Je ne peux pas la jeter dehors. Ce serait pire que ce qu'ont fait les précédents maîtres. Oh ! d'ailleurs, son vrai nom, c'est Dolly.

— Dolly ?

— Oui. Reg, le voisin, m'a dit que les enfants des anciens locataires lui avaient donné ce nom quand elle était bébé.

Beth fronça les sourcils.

— Elle doit leur manquer !

— Oui, et je crois qu'ils lui manquent aussi. Elle n'arrête pas d'aller voir dans l'autre chambre, comme si elle les cherchait. Bref. Il faudrait que le refuge lui trouve une nouvelle famille.

Il prit une bouchée de poulet mais la boule qui venait de se former dans sa gorge l'empêcha d'en apprécier le goût. Il l'avala, but une gorgée de café mais se brûla la langue.

Livvy Henderson leur sourit en passant devant eux, avant de rejoindre un homme attablé plus loin. Il avait déjà eu l'occasion de travailler avec elle.

— Qui est l'homme à côté duquel elle vient de s'asseoir ?

— C'est Matt Hunter. Il est chirurgien en traumatologie et c'est aussi son fiancé. Ils vont se marier d'ici quelques semaines. Dans *notre* hôtel, d'ailleurs. Je te le présenterai.

— Bel endroit.

— Oui, d'ailleurs, j'ai un service à te demander. Je suis invitée, bien sûr, mais je n'ai pas envie d'y aller seule. Est-ce que tu voudrais m'accompagner ? Je sais qu'avec toi il n'y a pas d'ambiguïté.

Il manqua s'étrangler avec sa salade. Il n'en était pas si sûr, à plus forte raison s'ils retournaient dans l'hôtel où ils avaient autant de souvenirs torrides. De plus, il n'aimait pas les mariages. C'était un événement que les gens surinvestissaient, qui engendrait souvent des dépenses outrancières et ridicules pour ce qui était, tout bien considéré, ni plus ni moins qu'une soirée.

Ce n'était pas l'avis de Katie, évidemment. Il avait fini par se rendre compte que Katie et lui ne s'entendaient finalement pas sur grand-chose. Il lui avait expliqué qu'il ne souhaitait ni se marier ni avoir des enfants avant d'avoir pu travailler pour MPT ailleurs dans le monde. Et, quand il s'était rendu compte qu'elle avait arrêté de prendre la pilule et qu'elle réfléchissait déjà aux dates du mariage, il avait tapé du poing sur la table. Quand elle avait compris qu'il était sérieux, elle l'avait menacé à grands cris de le quitter s'il ne renonçait pas à s'engager auprès de MTP ; il avait mis fin à la discussion : qu'elle ne se donne pas cette peine : il partait.

Il s'était avéré qu'elle n'était pas enceinte. Il avait éprouvé une certaine culpabilité, en même temps qu'une once de regret et un immense soulagement. C'était juste avant qu'il commence à travailler avec Beth.

Tout cela expliquait pourquoi il avait été aussi clair avec Beth sur le fait qu'il ne voulait rien d'autre qu'une relation légère et physique, sans aucune forme d'engagement.

Leur relation avait finalement eu des conséquences plus lourdes que prévu. Après la colère initiale à l'idée que Beth ait pu le piéger là où Katie n'y était pas parvenue, il avait appris que le bébé ne survivrait pas à une maladie, ce qui avait éveillé en lui un instinct paternel qu'il ignorait posséder. Presque deux ans plus tard, il ne comprenait toujours pas ce qui lui était arrivé.

Alors, retourner dans l'hôtel où tout avait commencé ne faisait pas partie de ses vœux les plus chers. D'autant que le fait de travailler avec Beth était déjà suffisamment perturbant.

— Il n'y a personne d'autre qui pourrait être ton cavalier ? Tu sais bien que je n'aime pas les mariages.

— C'est non, alors ? dit-elle, manifestement déçue.

— C'est quand ?

— Dans un mois. Le 11 mai. C'est...

— Je sais quel jour c'est, dit-il sur un ton bourru.

Cela ferait exactement deux ans que le petit cœur de Grace avait cessé de battre. Elle était née le lendemain, à la date gravée sur le cœur en argent. Et dans le sien, et certainement aussi dans celui de Beth.

Quelle ironie que le mariage ait lieu ce jour-là, dans cet hôtel ! Pouvait-il ne pas accompagner Beth, sous prétexte qu'il n'aimait pas les mariages ? Était-il égoïste et égocentrique à ce point ?

— Je vais venir. Comment faut-il s'habiller ?

Peu importait, de toute façon. Il irait, vêtu d'un sac-poubelle s'il le fallait, pour ne pas laisser Beth seule le jour de ce triste anniversaire.

— Smoking pour les hommes, parce que Livvy trouve que Matt est magnifique en smoking.

Il fronça les sourcils. Où avait-il pu ranger son smoking ? Chez sa mère, peut-être ? Il avait maigri, depuis la dernière fois qu'il l'avait porté. Mais qu'importe. Il avait un mois pour trouver une solution.

— Il y a un problème ? demanda-t-elle, l'air inquiet.

Il secoua la tête et sourit.

— Non, ce n'en est pas vraiment un. Je me demandais juste où était mon smoking, mais j'ai le temps de trouver la réponse. Par contre, le problème pour lequel je n'ai pas de solution, c'est celui du chien. Vu le travail que j'ai, je ne peux pas m'occuper d'elle. Je ne sais pas quoi faire.

— J'ai une idée. Et si tu demandais à ton voisin de venir lui donner à manger dans la journée ? J'ai l'impression qu'il l'aime bien.

— Tu crois qu'il accepterait ?

— Demande-le-lui.

Il finit sa salade et son café.

— Il faut retourner travailler, dit-il.

— Qu'est-ce que tu fais, après ?

— Je vais promener le chien, quelle question !

— Est-ce que je peux venir ?

Au bord du fleuve, là où ils s'étaient embrassés pour la première fois ? Son cœur se mit à battre plus fort.

— Bien sûr, s'entendit-il dire.

À condition qu'il sache résister à la tentation, cette fois.

Beth enfila un jean et des bottes, et se rendit chez Ryan en voiture pour aller plus vite.

— Bonjour, Belle, dit-elle quand la chienne vint à sa rencontre.

Ils passèrent par un trou dans la haie pour emprunter le chemin qui traversait les marais jusqu'au fleuve.

Elle accorda son allure à celle de Ryan qui marchait à côté d'elle. Leurs mains s'effleurèrent plusieurs fois jusqu'au moment où elle glissa sur de la vase. Il la rattrapa mais, au lieu de la lâcher, il lui prit la main et la garda fermement dans la sienne. Par moments, elle sentait son pouce la caresser ou sa main serrer doucement la sienne et cela lui fit chaud au cœur.

Ils atteignirent le fleuve puis le longèrent un moment avant de prendre la direction du port niché dans l'embouchure, empruntant le chemin qu'ils avaient parcouru à l'époque. Ryan guida Belle dans l'échalier puis tendit de nouveau la main à Beth. Elle monta les quelques marches puis plongea son regard dans le sien.

— C'est ici que tu m'as embrassée pour la première fois, dit-elle doucement.

— Je me souviens.

Un éclair traversa le regard de Ryan, un éclair fugace, chargé de désir et de quelque chose qui lui parut soudain dangereux pour la paix de son esprit, et qui disparut aussi vite qu'il était venu.

Il lâcha sa main et se remit à marcher d'un bon pas. Belle attendit patiemment qu'elle saute de l'échalier avant de le rejoindre.

Quelque chose flottait toujours entre eux, qui ressemblait à de la lave en fusion, et elle regretta soudain de lui avoir demandé de l'accompagner au mariage de Livvy et de Matt. Ce serait une soirée romantique par nature où, inévitablement, ils danseraient, ce qui ne ferait qu'empirer une situation qui était déjà assez complexe. Avec un peu de chance, Ryan changerait d'avis. Ce n'était pas impossible, vu la manière dont il semblait avoir envie de s'éloigner d'elle en cet instant précis.

Il s'arrêta et se retourna, le visage impassible.

— Tu veux qu'on retourne au pub pour le dîner ? demanda-t-il, contre toute attente.

Elle qui pensait qu'il mourait d'envie de rentrer chez lui ! Il fallait croire qu'elle avait mal interprété son attitude.

— Tu crois que Belle va rester tranquille ?

— On peut toujours essayer. Ed m'a dit qu'ils acceptaient les chiens. De toute façon, il n'y a rien à manger chez moi. Je n'ai toujours pas fait les courses et je meurs de faim.

— Alors d'accord, dit-elle en priant pour que la proposition ne soit pas une invitation pour une soirée en amoureux.

Il était encore trop tôt. La situation était encore trop embrouillée.

Mais ce n'était certainement pas l'intention de Ryan. De toute façon, elle avait accepté, alors elle le suivit jusqu'au pub. Ils trouvèrent une petite table au fond de la salle. Belle se coucha, la tête posée sur ses pattes avant et eut l'air de s'endormir.

— Elle est fatiguée. Il faut que je l'emmène chez le vétérinaire pour parler de la grossesse.

— Tu ne veux plus la mettre au refuge ?

— Si mais, pour l'instant, il n'y a pas de place. En attendant, il faut bien que quelqu'un s'occupe d'elle.

— Que quelqu'un la laisse dormir dans son lit et se laisse mener par le bout du nez ?

Il sourit.

— Entre autres, oui. J'ai parlé à Reg, tout à l'heure en rentrant. Il est d'accord pour la sortir et la faire manger à la mi-journée. Il y a moins d'urgence à lui trouver une famille. Bref. Je meurs de faim. Qu'est-ce qu'on mange ?

— Je te fais un café ?

Beth hésita.

— En fait, j'ai besoin de ton aide, ajouta-t-il. Il faut que je refasse mon CV. Je dois envoyer ma candidature d'ici vendredi dernier délai, et nous sommes déjà mercredi.

— En quoi vais-je pouvoir t'aider ? C'est plutôt à James que tu devrais t'adresser. Il a tellement envie que tu aies le poste qu'il serait sûrement prêt à écrire ta lettre de motivation.

— Je m'en passerai. Et, ne t'inquiète pas, je vais me débrouiller, ajouta-t-il en percevant probablement sa réticence.

Elle se ravisa et lui sourit.

— Qu'est-ce que je peux faire pour t'aider, au juste ?

— Merci, dit-il, un sourire de soulagement sur les lèvres. Je vais donner à manger à Belle et j'arrive.

— Je fais chauffer l'eau.

Elle mit la bouilloire en marche et regarda, par la fenêtre, les marais qui s'étendaient jusqu'au fleuve. De là, elle voyait même l'échalier. Ryan contemplait-il, lui aussi, la vue de cette fenêtre ? Se demandait-il, lui aussi, comment tout cela était arrivé ? Comment ce qui n'aurait dû être qu'un moment de plaisir sans engagement avait-il pris de telles proportions ?

Il avait eu une drôle d'expression dans les yeux, quand il l'avait regardée, en haut de l'échalier, comme s'il avait pris conscience de quelque chose, comme si ses sentiments étaient remontés, juste sous la surface. Que se passerait-il s'il leur laissait libre cours ? La pensée la fit frissonner.

— Belle, assise !

Elle se retourna et vit la chienne assise, fixant des yeux son écuelle, la queue balayant le sol de la cuisine.

— Bien, tu es une bonne chienne, dit Ryan en déposant l'écuelle devant elle.

Il lui caressa la tête et se redressa.

— Quoi ?

Elle s'efforça de rester sérieuse.

— Rien, dit-elle en haussant une épaule.

Il émit un petit son qui lui était devenu familier et par lequel il ponctuait parfois leur conversation, puis alla chercher un filtre et du café.

— Ça sent bon ! dit-elle en humant l'arôme du café sur lequel il versait l'eau.

Il posa les tasses sur le plateau et l'apporta dans le salon, Belle toujours sur ses talons. Il lui ordonna de descendre du canapé et invita Beth à s'asseoir à côté de lui, repoussa Belle une fois encore et ouvrit son ordinateur portable.

— Je suis convoqué à un entretien mardi prochain.

Beth leva les yeux de son dossier et sourit.

— Quelle surprise ! dit-elle, feignant l'étonnement.

— Il n'y a qu'un autre candidat sérieux en lice, mais James a l'impression qu'il cherche un joli petit coin au bord de la mer pour attendre tranquillement la retraite.

— C'est James qui t'a dit ça ?

— Oui, de manière confidentielle. L'autre candidat est plus âgé que moi, mais mes expériences sont plus variées que les siennes.

Effectivement, elle avait lu son CV – c'est elle qui l'avait remanié la semaine précédente. Avec tout ce qu'il avait fait dans sa vie, il avait de bonnes chances d'obtenir le poste.

Ce qui signifiait qu'elle avait de bonnes chances de continuer à travailler avec lui, dans cet hôpital.

En avait-elle envie ? Cela faisait à peine deux semaines qu'ils s'étaient retrouvés et qu'ils avaient renoué. Du moins rétabli une relation amicale. Pourtant, elle n'était pas certaine d'avoir envie de le voir tous les jours au travail. Ils étaient très proches, mais il y avait une distance entre eux, un peu flottante et pas très confortable. Car, entre leur première rencontre et leurs retrouvailles, il y avait eu Grace. Le drame de sa mort avait changé leur relation, laquelle était plus étendue qu'une amitié, plus profonde qu'une relation purement physique, plus complexe qu'une ancienne histoire d'amour.

Mais que penser du baiser qu'ils avaient échangé la semaine précédente, et du regard qu'il avait posé sur elle, près de l'échalier ?

— Beth, ça va ?

Elle s'efforça de sourire, chercha quel mensonge elle pourrait lui donner comme réponse puis se ravisa.

— J'étais en train de me demander ce que nous étions l'un pour l'autre, dit-elle avec toute la franchise que leur relation méritait.

Il lui adressa un sourire triste qui lui donna envie de pleurer.

— J'ai arrêté de vouloir trouver une réponse à cette question. Je ne sais pas si c'est la définition la plus juste mais, pour moi, nous sommes amis. Du moins je l'espère.

— Bien sûr que nous sommes amis !

— Merci, dit-il avant de la prendre brièvement dans ses bras. On m'attend en réanimation. James a dû aller faire une thoracotomie à l'extérieur. Je ne plaisante pas. Une voiture est sortie de la route et a fait des tonneaux dans un champ.

— En plein jour ?

— Oui. Le conducteur a été tué sur le coup. Un AVC ou un infarctus, qui sait ? C'est le passager que j'attends au bloc. Je te tiens au courant.

— Bon courage. Moi, je vais m'occuper d'un ongle incarné.

— Passionnant ! Tu es sûre que tu ne veux pas déléguer et venir m'aider, plutôt ?

Elle sourit et le poussa doucement vers le service de réanimation.

— Sûre et certaine. J'ai passé suffisamment de temps en réa ce week-end. Allez, file ! On se voit plus tard.

— Tu viens dîner chez moi, après la promenade du chien ?

Elle hésita.

— Belle ne t'a pas vue depuis longtemps. Tu lui manques.

— Elle ne m'a pas vue depuis trois jours. Je suis passée chez toi dimanche soir.

— Trois jours, c'est long, dans une vie de chien. En plus, tu ne la verras pas le week-end prochain puisque tu vas faire les nuits. Et, si ça se trouve, elle ne sera plus là la prochaine fois que tu viendras, ajouta-t-il dans une tentative flagrante de chantage émotionnel.

Elle leva les yeux au ciel.

— D'accord pour la promenade et le dîner. Maintenant, file au bloc !

Il sourit, lui envoya un baiser et tourna les talons.

Comment avait-elle pu se laisser convaincre aussi facilement ? Dire qu'elle souhaitait instaurer un peu de distance entre eux...

— Bonjour, Beth ! lança Livvy.

— Bonjour, Livvy. Alors, vous êtes dans les préparatifs ?

— Oui. Heureusement que ma mère est là. Elle est venue m'aider. Elle organise des fêtes comme personne. Bref. Tu voulais que je jette un coup d'œil à cet ongle incarné ? Il paraît qu'il n'est pas joli…

Le week-end suivant, Ryan réceptionna ses meubles qui se trouvaient depuis plus de deux ans dans un garde-meuble. Même s'il n'était pas sûr de l'issue de son entretien d'embauche, qu'il n'avait d'ailleurs pas encore passé, il en avait assez de vivre dans une maison vide. Il employa donc ses deux jours de congé à faire des allers-retours et à trouver une place pour ses affaires. Même s'il n'avait pas pour autant l'intention de tout déballer d'emblée.

Comme il n'avait pas encore de bibliothèque, il entreposa ses cartons de livres et de documents dans la pièce qu'il comptait transformer en bureau, ainsi que tout ce dont il n'avait pas besoin pour le moment – d'ailleurs, en aurait-il un jour besoin ?

Il ferma la porte et se concentra sur le reste. Ce qui n'était pas une mince affaire d'autant que, contrairement au week-end où il avait remis la maison en état, Beth n'était pas là pour l'aider.

Cela dit, elle lui avait suffisamment rendu service depuis leurs retrouvailles et il ne voulait pas abuser de sa générosité. De plus, il commençait à se demander s'il ne se servait pas de la maison comme prétexte pour passer plus de temps avec elle. En fin de compte, mieux valait peut-être qu'elle ne soit pas disponible ce week-end. C'était plus sûr.

Le lundi après-midi, il était en train de se demander quand il viendrait à bout de la pagaille qu'il avait mise dans toute la maison quand elle réapparut, tout sourires. Elle sortit un gâteau de son sac et, soudain, tout lui parut redevenir simple.

— Oh ! je t'adore ! dit-il avec enthousiasme. Je fais du café. J'ai enfin déballé ma machine à expressos. Je te fais un cappuccino ?

— Avec plaisir. Et, tiens, mets ça au frigo pour plus tard, dit-elle en sortant du sac une bouteille de champagne. Maintenant que tu es vraiment installé, je me suis dit qu'il fallait pendre la crémaillère.

— Tu es un amour ! Merci. Nous le boirons tout à l'heure.

Il mit la bouteille dans le réfrigérateur et la prit dans ses bras. Elle se blottit contre lui comme si c'était la chose la plus naturelle du monde et il dut déployer des efforts surhumains pour se détacher d'elle. Car la sentir contre lui était la chose la plus naturelle du monde pour lui aussi.

Mais mieux valait ne pas avancer sur cette pente-là. Il avait déjà fait suffisamment de dégâts dans la vie de Beth. D'ailleurs, ils avaient été clairs sur le fait qu'ils étaient amis, rien de plus.

Il s'écarta et se donna du courage.

— Allez ! On va faire une pause-café-gâteau dans le jardin. Après quoi, j'ai du boulot pour toi.

— Cela m'aurait étonné ! dit-elle en riant.

— Si tu veux bien, je voudrais que tu m'aides à choisir des cadres à accrocher au mur. Je vais mettre mon ancien lit dans la chambre d'amis pour que ma mère puisse me rendre visite de temps en temps. J'ai envie de décorer un peu la maison, pour la rendre plus chaleureuse. Mais d'abord, allons goûter ton magnifique gâteau.

Ryan ne possédait pas énormément de cadres. Elle se souvint de certains d'entre eux, notamment la photo d'un paysage sauvage qui se trouvait, à l'époque, au-dessus de son lit et dont la seule vue suffit à faire pétiller son corps comme une coupe de champagne.

Combien de fois avaient-ils fait l'amour sous ce paysage ? Des dizaines de fois, toutes aussi mémorables les unes que les autres. Elle la mit de côté et en regarda d'autres qui ne lui rappelaient pas leur vie d'avant Grace, cette période précédant le premier départ de Ryan pour MPT, quand ils faisaient l'amour comme des fous et que rien d'autre ne comptait vraiment.

Il la faisait rire, jouir de plaisir et gémir de frustration mais, chaque fois, elle s'embrasait. C'était exactement ce dont elle avait besoin : un antidote idéal au fiasco avec Rick. Une relation intense et passionnée mais tout en légèreté, du moins jusqu'à ce que le drame survienne.

Contre toute attente, l'attraction était encore présente, bouillonnant sous la surface et de plus en plus difficile à ignorer.

— J'aime bien celle-ci, dit-elle.

Il s'approcha et regarda la photographie par-dessus son épaule.

— Je l'ai trouvée dans une galerie, dans le comté de Cumbria, où j'étais allé voir mon oncle, juste avant sa mort. Je n'ai jamais eu l'occasion de l'accrocher. J'adore l'immensité de la plage et de la mer, au loin. On dirait que c'est un paysage tranquille mais, quand on voit le ciel sombre, on pressent que la tempête va arriver...

Elle ne put s'empêcher de penser à leur relation, au départ insouciante mais dont le dénouement avait été tragique. Elle prit une inspiration et détourna le regard.

— Où est-ce que tu veux la mettre ?

— Elle serait bien en face du canapé, non ?

— Tiens-la, pour voir ?

Elle s'assit sur le canapé, instantanément rejointe par Belle qui se coucha à ses pieds, et aida Ryan à trouver la place idéale pour la photo.

— Parfait. Ne bouge plus. Tu as un crayon, pour faire une marque ?

— Non. Viens tenir la photo, je vais en chercher un.

Elle se glissa sous son bras et prit le relais, un peu trop sensible à la proximité de son corps.

— Dépêche-toi, c'est lourd !

— J'arrive ! dit-il en se rapprochant pour faire une marque sur le mur.

Elle sursauta quand il effleura sa poitrine, faisant pencher la photo.

— Désolée. Je l'ai lâchée, murmura-t-elle avant de poser le cadre par terre.

— C'est moi qui suis désolé. Je ne cherchais pas à mettre les mains sur toi.

— Je sais. On recommence ?

Il la regarda d'un air faussement intrigué. Elle eut du mal à garder son sérieux.

— Je parle de la photo, pas de tes mains sur moi, idiot !

Ils se mirent à rire de bon cœur.

— J'adore te voir rire, dit-il en l'attirant contre lui. Ça m'a manqué.

— À moi aussi.

Beaucoup de choses lui avaient manqué, en plus des occasions de rire spontanément. Ryan, ses bras tendres et enveloppants, son corps enlacé au sien…

Elle sourit et s'écarta.

— Bon, on l'accroche, cette photo ? dit-elle, les jambes en coton, consciente que l'air s'était brusquement chargé de quelque chose de puissant et de dangereux et, surtout, qui ne figurait pas du tout à l'ordre du jour.

Ryan reprit les mesures et fixa un clou dans le mur, puis accrocha le tableau.

— Alors ?

— C'est parfait, dit-elle sans vraiment regarder le résultat. Ensuite ?

— Tu veux un peu plus de café ? demanda-t-il en se dirigeant vers la cuisine.

Elle le suivit, encore sous le choc de cette caresse accidentelle. Ce genre de contact se produisait sans arrêt à l'hôpital, où ils passaient leur temps à se passer et repasser devant pour s'occuper des patients. Pourquoi cela ne lui faisait-il pas le même effet à présent ?

Parce qu'ils étaient seuls, en train d'aménager la maison comme s'ils allaient y vivre ensemble…

— Je veux bien une autre part de gâteau. Tu en veux ? demanda-t-elle d'une voix qu'elle espérait plus calme que le reste de son corps, dont chaque parcelle semblait hurler son envie de voir se matérialiser le désir qu'elle avait vu dans ses yeux…

Elle servit le gâteau, prit son assiette et alla se poster devant la fenêtre, luttant contre la tentation de se retourner, de se jeter dans ses bras et de perdre le peu de raison qu'il lui restait encore.

5

Ils continuèrent à accrocher des cadres mais, cette fois, c'est elle qui fit les marques pendant qu'il les maintenait en place. Cela ne minimisa pas les sensations qu'elle éprouvait à son contact, notamment quand ils se retrouvèrent tous les deux dans la chambre pour accrocher la photo qu'il avait décidé de raccrocher au-dessus de son lit. *La* photo. Celle qui évoquait des souvenirs qui ne risquaient pas de ramener le calme ni dans son corps ni dans son esprit.

— Qu'est-ce que tu en penses ?

— C'est parfait.

Parfait pour se torturer...

Ryan fixa le tableau selon la marque qu'elle avait faite sur le mur.

— Bien, dit-il en prenant du recul pour admirer le fruit de leur collaboration. Maintenant, il faut que je trouve le bon costume et repasse une chemise, pour l'entretien de demain.

Elle exhala un soupir de soulagement et sortit de la chambre.

— Je vais rentrer, dit-elle, impatiente de s'éloigner de cette maison un peu trop accueillante, avant que Ryan ne dise ou fasse quelque chose qui sape sa détermination déjà mise à mal.

— Tu ne veux pas boire une coupe de champagne ? Tu es en voiture ?

— Non, je suis à pied, répondit-elle, maudissant le fait qu'il n'habite qu'à cinq minutes de chez elle.

Elle entendit le bouchon sauter, les coupes se remplir.

— Tiens.

Elle prit la coupe qu'il lui tendait, se jura de partir dès qu'elle l'aurait vidée et trinqua.

— À ta nouvelle maison !

— À ta santé, et à tout ce que tu as fait pour moi depuis nos retrouvailles. D'ailleurs, où est Belle ?

Ils se précipitèrent dans le cagibi, où elle était en train de lécher une assiette en carton. En l'occurrence, l'assiette qui contenait le gâteau.

— Belle ! cria Ryan.

Elle sortit du cagibi, l'air mi-penaude mi-contente d'elle.

— Oh ! non ! Je suis désolée, c'est ma faute. J'ai oublié de le remettre à l'abri. C'est dangereux pour elle ?

Il secoua la tête.

— Non. Ça l'aurait été s'il s'était agi d'un gâteau au chocolat ou d'un cake aux fruits. Le cake au citron devrait passer.

Il soupira.

— Par contre, j'en aurais bien repris une tranche, dit-il d'un air désolé qui la fit chavirer.

Mieux valait abréger ce moment. Elle leva sa coupe un peu trop rapidement et le champagne éclaboussa son visage.

Ryan accourut avec une serviette en papier et tamponna son visage, s'attardant quelques longues secondes sur le pourtour de sa bouche.

Elle posa la coupe. Ryan s'immobilisa et plongea son regard dans le sien pendant un temps qui lui parut être une éternité.

Il fallait qu'elle se ressaisisse. Elle détourna le regard, se faufila entre Ryan et le plan de travail, et se dirigea vers la porte tant qu'elle en était encore capable.

— Il faut que je rentre.

— Je te raccompagne. Belle ne sera certainement pas contre une petite promenade digestive, dit-il, déviant ses plans.

Cinq minutes plus tard – peut-être dix car Belle prit son temps et renifla tous les brins d'herbe sur le chemin —, ils arrivèrent devant chez elle. Elle mit la clé dans la serrure et se retourna.

— Avant que tu me poses la question : je n'entre pas, dit-il.

Elle hocha la tête en s'efforçant de contenir son soulagement.

— D'accord. Alors bonne chance pour l'entretien.

— Tu es sûre que tu as envie que j'aie le poste ?

En était-elle vraiment sûre ?

Elle hocha la tête en espérant qu'il n'avait pas remarqué son hésitation. Elle n'avait pas vraiment hésité, en réalité, plutôt vérifié si elle était prête à ce qu'il s'installe à Yoxburgh, parce que, après toutes les sensations qu'elle avait éprouvées au cours de l'après-midi à ses côtés, elle se demandait comment elle allait gérer sa présence au quotidien. Cela dit, elle n'était pas la seule concernée par sa candidature. Le service des urgences avait vraiment besoin d'un médecin supplémentaire...

— Oui, je suis sûre, finit-elle par répondre. Merci de m'avoir raccompagnée, Ryan.

— Avec plaisir, dit-il en prenant son visage entre ses grandes mains chaudes. Merci encore pour tout. À demain.

Il déposa un baiser léger et fugace sur ses lèvres, qui souleva en elle une vague de chaleur et de désir. Le cœur battant, elle levait la main pour la glisser sur sa nuque quand il s'écarta d'elle et tourna les talons.

Elle le regarda s'éloigner avant de fermer la porte, les jambes en coton. Elle passa les doigts à l'endroit où ses lèvres l'avaient effleurée. Quelle douceur, quelle tendresse dans ce baiser, loin de la passion dévorante avec laquelle ils s'étaient embrassés, deux ans et demi auparavant, ou le jour où ils avaient trouvé Belle, deux semaines plus tôt. Différente aussi de ce qu'elle avait ressenti au contact de sa main sur son sein.

À vrai dire, il ne s'agissait pas d'un vrai baiser et, pourtant, elle avait été à la limite de l'inviter à entrer. Heureusement qu'elle s'était abstenue, ne serait-ce que parce qu'avec Belle Ryan n'aurait pas pu rester et la situation aurait été encore plus embarrassante qu'elle ne l'était déjà.

Elle continua à les regarder s'éloigner, maître et chien désormais inséparables, et sourit. Pauvre Ryan ! Les chances qu'il trouve une nouvelle famille d'accueil pour Belle étaient minces et, de toute façon, elle n'était pas sûre qu'il en ait vraiment envie.

Elle demeura près de la vitre jusqu'à ce qu'ils soient hors de vue puis entra dans le salon. Son cœur se serra à la vue du petit cœur en argent sur l'étagère. Elle le prit entre ses mains et le scruta.

— Ton papa va passer un entretien, demain. Il va peut-être vivre définitivement à Yoxburgh. Je me demande ce que cela va changer dans nos vies.

Elle n'en avait aucune idée.

Elle secoua la tête, déposa un baiser sur le cœur, alla chercher un verre d'eau et monta dans sa chambre. Elle mit du temps à s'endormir et se réveilla avec, dans la tête, des bribes d'images d'un rêve bizarre qui n'avait aucun sens et la laissa encore plus troublée que la veille.

Le réveil affichait 5 h 50. Elle aurait pu se rendormir pendant quelques heures, puisqu'elle ne commençait sa journée de travail qu'à midi, mais l'idée de Ryan passant l'entretien lui trotta dans la tête et l'en empêcha.

Allait-il obtenir le poste ?

Cette idée lui plaisait-elle ?

Oui, autant qu'elle lui faisait peur.

Mais s'il n'était pas pris ? Si l'hôpital lui préférait le second candidat ? Ou un autre, surgi de nulle part au dernier moment ?

Dans ce cas, il repartirait comme il était venu et leur relation s'arrêterait vraisemblablement là. Il n'avait pas ressenti le besoin de la contacter pendant ses deux ans d'absence, pourquoi le ferait-il maintenant ? Certes, elle avait changé de numéro mais il avait aussi souhaité l'oublier, il le lui avait dit. Même s'il n'y était pas parvenu. S'il n'obtenait pas le poste, il repartirait peut-être travailler pour MPT et, cette fois, il l'oublierait pour de bon.

Et s'il l'obtenait ? Comment leur relation évoluerait-elle ? Ils n'avaient jamais évoqué la possibilité d'un avenir ensemble. Peut-être cherchait-il simplement un travail, aimait-il la ville et se réjouissait-il de l'avoir pour amie.

Est-ce qu'elle pouvait se contenter de cela ? Après l'épisode de la veille, elle commençait à en douter. D'un autre côté, quelle alternative y avait-il ? Une amitié sexuelle ? Elle n'était pas sûre d'avoir le détachement nécessaire à ce genre de relation.

Et s'ils tombaient amoureux ? Seraient-ils capables de former un couple ? De vivre ensemble ? D'avoir des enfants ?

Son cœur fit un bon dans sa poitrine. Ils avaient déjà eu un enfant ensemble, mais ils n'avaient pas eu l'opportunité de vivre avec elle.

À l'époque où ils s'étaient rencontrés, il avait été clair sur le fait qu'il ne voulait pas d'enfant. D'ailleurs, il s'était séparé de Katie parce qu'elle avait tout fait pour tomber enceinte, à son insu.

Et s'il avait changé d'avis ? Il lui avait confié son envie de se poser, de penser à son avenir. En ferait-elle partie ? Le souhaitait-elle, d'ailleurs ?

Oui, s'il l'aimait. Pour sa part, elle était sûre de ses sentiments pour lui. Mais l'aimait-elle suffisamment pour envisager une vie avec lui ? Aurait-elle le courage de se lancer de nouveau dans l'aventure d'une nouvelle relation ? Et d'une nouvelle grossesse ?

Elle rêvait de porter un enfant, de le tenir dans ses bras, mais elle avait peur.

Elle s'égarait. Cela ne se produirait peut-être jamais. Ryan était probablement à mille lieues de penser à ce genre de choses. Et l'équation comportait, pour l'instant, trop d'inconnues. Seul le temps leur dirait le tour que les choses prendraient. Une étape après l'autre.

Elle rejeta le drap, s'habilla et descendit dans la cuisine. Elle fit chauffer de l'eau et sortit boire son thé sur la terrasse en examinant le jardin. Cela faisait des semaines qu'elle ne s'en était pas occupée. Elle avait passé du temps chez Ryan et le printemps en avait profité pour arriver.

Elle avait toute la matinée pour arracher les mauvaises herbes et remplir les mangeoires, en attendant une heure décente pour tondre la pelouse. Ce serait toujours mieux que d'attendre midi, les nerfs en pelote.

— Comment ça s'est passé ?

Ryan poussa un grand soupir et sourit en desserrant sa cravate qui menaçait de l'étrangler.

— Je ne sais pas, Beth. Pas mal, je crois. Ce n'était pas facile. Et James s'est montré aussi intraitable que les autres membres.

— Quel genre de questions t'ont-ils posées ?

— Je ne sais plus. Des questions médicales, de gestion du personnel et aussi des questions sur l'éthique, les droits des enfants, le consentement des familles, bref, tout ce à quoi un médecin peut être confronté dans son métier.

— Tu as vu l'autre candidat ?

— Oui, je l'ai aperçu mais il a dû partir précipitamment pour des raisons familiales, apparemment. Ils ont reporté son entretien à la semaine prochaine.

— Alors ? À quoi ressemble-t-il ?

Il chercha ses mots.

— Disons qu'il a l'air très confiant.

— Confiant ou arrogant ? Je ne suis pas sûre que James apprécie.

— Cela dit, il est brillant et il a plus d'années d'expérience que moi. Mais je pense qu'il est persuadé qu'on m'a fait passer l'entretien simplement parce que j'étais sur place et qu'ils n'avaient pas à payer de frais de déplacement. Quand je lui ai dit ce que j'avais fait avant, il en a conclu que j'étais sorti du circuit. Ce qui n'est pas faux mais qui a aussi beaucoup de points positifs. Je pense que j'ai été confronté à un panel plus grand de situations que lui. Entre l'épidémie d'Ebola, les zones de guerre, les tremblements de terre… On voyait plus de choses en une journée que ce qu'on peut voir en une carrière dans un hôpital tel que celui-ci, dont l'activité est pourtant importante. Je pense qu'il ne tiendrait pas dix secondes. Mais je peux me tromper.

— Cela m'étonnerait. Ce n'est pas à la portée de n'importe qui. Je ne sais pas comment tu as fait.

Il exhala un long soupir et se remémora des situations qui avaient hanté ses nuits et qu'il aurait préféré oublier.

— Moi non plus. Il m'est arrivé de craquer. Quand c'étaient des enfants. Il y a des visages qu'il est impossible d'oublier.

Il se tut, s'efforçant de chasser de son esprit toutes ces images terribles.

— Bref. Je vais devoir attendre une semaine avant qu'on me

donne une réponse. En attendant, je continue mon remplacement. Tu veux bien faire un point sur la matinée ?

— Je suis arrivée tard, aujourd'hui. J'ai promené Belle et Molly avant de venir. Annie m'a appelée, l'un de ses petits garçons était malade, alors j'ai pris la relève.

— Merci. Justement, je me demandais comment allait Belle.

— Reg repassera un peu plus tard. Je crois qu'il est content de s'occuper de Belle. Ça lui change un peu les idées. Il est très seul depuis que sa femme est morte, l'an dernier.

Il éprouva un peu de culpabilité à l'idée de ne pas avoir encore pris le temps de parler avec le vieil homme.

— Je n'avais pas compris que c'était si récent. Effectivement, ce doit être dur de se retrouver seul. À quelle heure finis-tu ?

— À 21 heures, si rien ni personne ne me retient ici.

— Viens dîner à la maison. Nous fêterons le fait que j'ai survécu à l'entretien, à défaut d'autre chose. Et maintenant, où a-t-on besoin de moi ?

— Je ne sais pas. Sam est revenu. Il est en réa, avec Livvy. Mais je pense que ta présence ne sera pas superflue.

— Parfait. Je vais me changer. Dis-leur que j'arrive.

Il était près de 21 h 30 quand elle arriva chez Ryan. Elle sonna mais personne ne répondit. Sa voiture était garée dans l'allée. La nuit était tombée et aucune lampe n'était allumée dans la maison.

Pourtant, une bonne odeur de cuisine parvint à ses narines. Elle entra et trouva une casserole bouillonnant sur un feu un peu vif. Elle baissa la flamme, remua et remit le couvercle. Puis elle vit que les portes-fenêtres de la salle à manger étaient ouvertes sur le jardin.

Ryan était assis sur les marches, la tête entre les mains.

— Ryan ?

Sans voir son visage plongé dans l'obscurité, elle perçut qu'il était arrivé quelque chose.

— Que se passe-t-il ? Où est Belle ?

— Elle est partie, répondit-il d'une voix émue. Un refuge m'a appelé. Ils avaient de la place. Alors je l'ai emmenée. Ils vont la garder jusqu'à ce qu'elle ait mis bas puis ils feront adopter la portée. Ils ne sont pas inquiets sur le fait qu'elle retrouvera une famille, elle est tellement adorable…

Il s'interrompit. Elle s'assit à côté de lui et passa un bras sur ses épaules.

— Oh ! Ryan, je suis désolée. Je sais que tu t'étais attaché à elle.

— C'était une responsabilité trop lourde. Je ne pouvais pas m'occuper d'elle, dit-il d'un ton sec, le corps raidi et résistant. Je suis content qu'elle ne soit plus là.

— Si tu le dis.

— Je n'ai plus envie d'en parler, dit-il en se levant. J'ai fait un tagine.

— J'ai vu. Je me suis permis de baisser le feu, il commençait à attacher au fond.

— Oh ! non ? Il n'a pas brûlé ?

— Non, il sent délicieusement bon.

— Bon, alors allons manger. Je vais faire du couscous.

— Je peux t'aider ?

— Il reste du champagne. Tu peux nous en servir une coupe.

— Je ne bois pas, je suis venue en voiture.

— Juste une coupe. Ou alors tu restes.

Elle ne put soutenir son regard et détourna les yeux, le cœur battant soudain la chamade.

Qu'entendait-il par « tu restes » ? Rester dormir ? Dans la chambre d'amis ? Dans son lit, avec lui ? Faire l'amour, comme avant ?

Pourquoi ce soir en particulier ? Était-ce pour oublier le départ de Belle ?

Il lui fallait une meilleure raison que cela pour *rester*.

— Je ne pense pas que ce soit une bonne idée, dit-elle.

Il se mit à rire. Un rire triste et amer, qui lui serra la poitrine.

— Tu as raison. Sers le champagne, Beth. Au pire, je te raccompagnerai.

Elle ne but qu'une coupe, si bien qu'il n'eut pas à la raccompagner chez elle, ce dont il se félicita. Marcher jusque chez elle lui aurait rappelé qu'ils avaient fait le même trajet, la veille, mais avec Belle. Il n'avait pas envie de remuer le couteau dans la plaie.

Belle était un chien qu'il connaissait à peine. Pourtant, dans son lit deux fois trop grand pour lui, il ne put s'empêcher de penser à elle et de se demander, le cœur gros, comment elle s'accommodait de son nouvel environnement. Et si son futur maître la laisserait dormir sur son lit. Ou si elle devrait rester dehors, dans une niche...

Lorsqu'il trouva enfin le sommeil, il dormit en pointillé jusqu'à 6 heures, puis se décida à se lever et à se rendre à l'hôpital.

— Comment vas-tu ? lui demanda Beth d'un air préoccupé.

— Bien, pourquoi ? répondit-il un peu sèchement.

Elle se contenta de hausser un sourcil.

— Tu as bu ton café ?

— J'en ai bu quatre. Pourquoi ?

Elle s'adossa au mur.

— Manifestement, le café ne te met pas de bonne humeur dit-elle, ironique.

Il se passa la main dans les cheveux.

— Excuse-moi, dit-il dans un soupir. Je suis un peu inquiet.

— Je sais. Mais tout ira bien pour elle. Elle aime tout le monde et tout le monde le lui rend bien.

Il repoussa la main que Beth avait posée sur son bras. Il ne voulait pas être réconforté. Il voulait simplement qu'on lui fiche la paix.

— Qu'est-ce que tu voulais me dire, à part ça ?

— On attend un patient en réanimation dans quelques minutes. Si tu n'as pas envie de t'en occuper, je te trouverai une excuse. Il y a du travail partout, de toute façon.

— Je viens.

— Parfait. Dans ce cas, allons-y, lança-t-elle par-dessus son épaule.

La semaine fut chargée, ce qui lui permit de ne pas penser à autre chose qu'à son travail. Le vendredi après-midi, vers 15 heures, l'activité ralentit de manière inespérée. Il en profita pour aller prendre un café dans le parc.

Son cœur se serra à la vue d'un golden retriever qui passa non loin de la terrasse et, aussitôt, le souvenir de Belle refit surface.

Et si elle était malheureuse ? Si elle ne s'habituait pas à la vie au refuge ?

Quel idiot. Bien sûr qu'elle s'y habituerait. Tant qu'on lui donnait une écuelle et une couche…

Il sortit son téléphone, hésita, les yeux rivés sur l'écran, puis composa le numéro du refuge.

— Zoe, c'est Ryan McKenna. Je ne sais pas si vous vous souvenez de moi, je vous ai amené Belle mardi dernier.

— Oui, je me souviens de vous. Je peux vous aider ?

Il se sentit soudain ridicule.

— Pas sûr, en fait. Je sais que c'est idiot, mais je me demandais comment elle allait.

Son interlocutrice marqua un temps d'arrêt puis soupira.

— Je ne vais pas vous mentir. La personne qui l'a adoptée est un peu inquiète. Belle ne mange pas, elle boit à peine, elle n'arrête pas de pleurer. Nous ne savons pas quoi faire. Elle finira peut-être par prendre ses marques, il faut du temps…

— Mais elle est enceinte. Il faut qu'elle se nourrisse correctement…

— Je sais. La personne a tout essayé, y compris lui donner la becquée. Mais Belle prend une bouchée et tourne la tête.

Il sentit la boule qu'il avait dans la gorge gonfler.

— Et si je la récupérais, au moins le temps qu'elle mette bas ? suggéra-t-il tout en se demandant s'il ne s'était pas produit un court-circuit dans son cerveau.

Mais pouvait-il la laisser dans cet état ?

— Est-ce que vous aurez le temps de vous en occuper ?

— Je peux m'arranger. J'ai une amie et un voisin qui peuvent me donner un coup de main. Je ne peux pas la laisser dans cet état. Ce serait cruel.

Il y eut un long silence puis Zoe poussa un autre soupir.

— Est-ce que je peux vous rappeler ? Je vais en parler à la personne qui l'a accueillie chez elle et à mon chef. Je vous rappelle.

— Merci. Je travaille mais vous pourrez me laisser un message. Je vous rappellerai dès que je pourrai me libérer.

Il consulta sa montre. 15 h 18. Encore deux heures quarante avant la fin de son service. Si toutefois il finissait à l'heure, ce qui n'était pas évident. Il pourrait ensuite aller chercher Belle au refuge...

Il but sa dernière gorgée de café et reprit la direction des urgences. Il n'avait pas parcouru la moitié du chemin que son téléphone sonna. C'était Zoe. Il décrocha, le cœur battant.

— Zoe ?

— Oui. La dame est d'accord. Elle est même soulagée.

Il eut l'impression de se dégonfler comme un ballon de baudruche.

— Très bien. Je passerai la chercher après le travail. Dites-moi où et à quelle heure.

Beth le regarda, les yeux écarquillés.

— Tu vas *quoi* ?

— Je vais la chercher à 19 heures chez la femme qui l'a adoptée. Je n'ai pas le choix, Beth. Elle ne mange pas, elle pleure toute la journée. Ce sera juste le temps qu'elle mette bas.

— Tu crois vraiment que tu réussiras à te séparer d'elle une fois que la portée sera née ?

— Bien sûr. En attendant, il faut sauver les chiots.

Il se demanda qui, d'elle ou de lui, il cherchait à convaincre.

— C'est une question de deux ou trois semaines, selon le vétérinaire. Il n'a pas su dire précisément combien de chiots elle attendait mais ce n'est pas une grosse portée, apparemment. De toute manière, je ne peux pas la laisser dans cet état. Je sais que c'est galère, mais je vais m'arranger.

Galère ? Elle n'y croyait pas un instant. Ryan avait l'air soulagé et, pour la première fois depuis une semaine, il était de bonne humeur.

— Je suis contente pour toi. Et pour nous. Tu seras plus agréable au travail, dit-elle sans ménagement.

— J'imagine que tu n'es pas disponible, ce soir ?

— Pour faire un comité d'accueil au chien que tu n'as pas l'intention de garder ? dit-elle en lui coulant un regard en coin.

— Laisse tomber, dit-il, refroidi.

— Non, désolée ! Si, je suis disponible. Je peux même apporter le dîner. Je finis tôt, j'aurai le temps de cuisiner.

— D'accord. Dans ce cas, je passerai chez le vétérinaire pour racheter des croquettes.

Beth fit un détour par l'épicerie et prépara un curry de poulet. Elle mit un peu de poulet de côté pour Belle. Elle avait beau se moquer de Ryan, le sort de la chienne lui importait aussi et, dans le fond, elle était contente qu'il ait pris la décision de la récupérer. Si cela pouvait les rendre heureux, l'un et l'autre !

Lorsqu'elle arriva chez lui, un peu après 19 heures, la chienne vint à sa rencontre, avant de retourner vers son sauveur, lui-même aux anges.

— J'ai fait du poulet pour tout le monde. Au curry pour nous, nature pour elle.

Ryan lui sourit comme il n'avait pas souri depuis des jours.

— Merci, Beth. Le vétérinaire a dit qu'il fallait lui donner peu à manger mais souvent. Je peux mélanger le poulet et les croquettes.

— J'ai fait une tonne de riz. On peut lui en donner aussi.

— Bonne idée.

Après avoir donné à manger à Belle, ils passèrent à table. La chienne se coucha aux pieds de Ryan.

— Elle te suit partout. Encore plus qu'avant, non ?

Il hocha la tête.

— Elle est contente d'être là. Moi aussi, je suis content qu'elle soit là. Au moins, elle a mangé. À nous, maintenant.

Beth les servit. Ryan dévora le contenu de son assiette comme s'il n'avait pas mangé depuis des jours. Peut-être était-ce le cas.

— C'est délicieux, merci, dit-il.

— Avec plaisir. Tu crois que Belle apprécierait, si nous allions nous asseoir sur le canapé ?

Il rit doucement et se leva, suivi de près par Belle qui lui lécha la main jusqu'à ce qu'il s'asseye. Puis elle posa sa grosse tête sur ses genoux.

— Elle a maigri, dit-il en lui caressant les flancs.

— Si elle n'a pas mangé pendant une semaine…

— Elle va reprendre du poil de la bête, maintenant qu'elle est rentrée à la maison.

Belle était chez elle, en effet. Et lui, se sentait-il chez lui ? Et pouvait-elle espérer qu'un jour ce serait aussi chez elle ?

Elle secoua la tête. Une chose après l'autre. Il fallait tout d'abord qu'il obtienne le poste à l'hôpital. Elle n'avait pas encore eu l'occasion de lui raconter ce que James avait dit, la veille. Il fallait qu'elle le lui dise car, tant qu'il ne serait pas fixé, il ne pourrait pas se projeter dans l'avenir.

Mais s'il n'obtenait pas le poste ? Est-ce qu'il repartirait travailler à l'étranger ? Emmènerait-il Belle avec lui ?

Et elle ? Que deviendrait leur relation ? Et quelle relation, d'ailleurs ?

Tant de questions auxquelles il restait à trouver les réponses. Elle prit une profonde inspiration et se redressa.

— Ryan, il faut qu'on parle.

6

Il éteignit la télévision qu'il venait juste d'allumer et se tourna vers elle en se demandant de quoi elle voulait qu'ils parlent.

— Ça a l'air sérieux.

— Rien de grave. C'est quelque chose que je voulais te dire mais l'occasion ne s'est pas présentée. Je ne sais pas si c'est important, mais voilà : hier, au moment où je partais de l'hôpital, j'ai croisé James qui m'a posé des questions sur toi.

— Mais il n'était pas en congé ?

— Si, mais il m'a dit qu'il était venu chercher quelque chose. Il voulait savoir ce que je pensais du fait que tu prennes ce poste.

— Mais ils n'ont pas encore fait passer l'entretien à l'autre candidat.

— Je sais. Je pense qu'il voulait juste avoir mon avis.

— Mais il n'est pas au courant, pour nous deux… À moins que tu lui en aies parlé ?

Elle regarda ailleurs.

— Je lui ai dit que je serais ravie que tu obtiennes le poste parce que tu étais un médecin brillant, que ce serait un plus pour le service et l'hôpital, que tu aimes beaucoup cette ville et que tu serais certainement très heureux de vivre et de travailler ici.

Il scruta son visage.

— Tu lui as dit ça ?

Elle eut l'air gênée, l'espace d'un instant.

— Heu… Oui. Ce n'est pas le cas ? Il me semblait que tu étais content d'avoir trouvé ce remplacement et que tu aimais bien la région. Tu me l'as dit toi-même.

— Oui, je serai heureux ici. Je le suis déjà. Mais ce n'est pas ce qui m'a intrigué dans ce que tu as répondu à James. Tu as dit que tu serais ravie que j'obtienne le poste ? Est-ce que cela signifie que tu veux que je reste ?

— J'ai dit que je serais ravie *pour toi.*

— Pas pour toi ? Ni pour *nous* ?

— Nous ? Qu'est-ce que tu entends par là, Ryan ? Je ne sais pas s'il y a un nous. Et encore moins si tu en as vraiment envie. À moins que ce soit la raison pour laquelle tu es revenu à Yoxburgh ?

Elle le dévisagea longuement, le regard empli de doutes.

— Ignorais-tu vraiment que je vivais ici ? finit-elle par demander.

Il la regarda, surpris.

— Je n'en avais pas la moindre idée. Je te l'aurais dit. J'ai vu l'annonce pour le poste de remplaçant, j'avais besoin d'un travail, le temps de décider ce que j'allais faire ensuite de ma vie, et tu as croisé mon chemin, pour la deuxième fois de mon existence. Tu penses que je t'ai menti ?

— Non, non, bien sûr que non. Mais je n'ai pas encore bien compris pourquoi tu souhaitais t'installer ici.

Il se mit à rire de cette conversation qui ne menait nulle part.

— Tu l'as dit toi-même : parce que Yoxburgh est un endroit agréable, que j'aime cet hôpital et parce que tu as dit que tu étais d'accord. À moins que tu aies changé d'avis ?

— Je ne sais pas, dit-elle en cherchant son regard. Je ne sais plus quoi penser parce que je ne sais pas où nous en sommes, ce que nous sommes l'un pour l'autre, ni où nous allons. Je ne te connais même pas suffisamment pour savoir si tu me dis la vérité.

Le constat lui fit l'effet d'un coup de poing dans le ventre.

— Pour quelle raison te mentirais-je ? Je ne comprends pas pourquoi tu ne veux pas me faire confiance. Je ne suis pas Rick !

— Je sais que tu n'es pas Rick mais...

— Mais ?

— Je ne sais pas, dit-elle dans un haussement d'épaules. J'ai l'impression que nous ne voyons pas les choses de la même manière.

— C'est-à-dire ?

— Toi non plus, tu n'as pas confiance en moi. Quand je t'ai annoncé que j'étais enceinte…

— Je t'en prie, Beth. Tu sais que j'ai mal réagi à cause de ce que je venais de vivre avec Katie. Je sais que tu n'as rien à voir avec elle, tu m'as même soutenu dans ma décision de partir pour MPT. Mais, sur le moment, il m'a traversé l'esprit que tu cherchais peut-être à faire un enfant toute seule et que tu avais simplement besoin d'un donneur de sperme. Tu n'aurais pas été la première à le faire.

Elle le regarda, les yeux écarquillés.

— Quelle idée ! Je venais juste de rompre avec Rick. J'étais en vrac, émotionnellement. J'ai perdu à la fois mon fiancé et ma meilleure amie. J'étais loin d'avoir envie de faire un enfant, crois-moi.

— Je veux bien te croire. Et, tu as raison, nous ne nous connaissions pas. Pardonne-moi d'avoir tiré des conclusions hâtives. Et sache que, quand j'ai compris ce qui arrivait au bébé, je suis devenu fou de rage et de tristesse. J'ai fait mon possible pour t'aider mais… Et, c'est vrai, je ne fais pas facilement confiance aux gens non plus. Je pense que nous avons appris à nous méfier pour nous protéger mais que, sans nous en rendre compte, nous pouvons faire du mal aux autres.

Elle hocha lentement la tête.

— Est-ce que nous allons être capables de nous faire mutuellement confiance ? Il le faudra bien si nous voulons faire évoluer notre relation.

— C'est vrai.

— Et il faudra être franc si l'on aborde des sujets sensibles.

— Du genre ?

— Du genre *nous*. Notre relation, l'avenir…

Il se passa la main dans les cheveux.

— Nous ne sommes pas encore au point de voir un avenir radieux se déployer devant nous. C'est l'une des raisons pour lesquelles je veux ce poste. Il nous laissera le temps de voir comment notre relation évolue. Pour le moment, même si nous avons été unis par le drame de Grace, on ne peut pas dire que nous nous connaissions bien.

— Nous avons besoin de temps.

Il hocha la tête.

— J'ai commis des erreurs, blessé des gens, j'ai été blessé, moi aussi. J'ai envie de faire les choses bien, désormais. Bien pour moi mais aussi pour toi, et pour nous. Sans précipiter les choses.

— Tu ne veux toujours pas d'enfants ?

— Qu'est-ce que tu racontes ?

— C'est ce que tu m'as toujours dit.

— C'est ce que j'ai dit à Katie et, à l'époque, c'était vrai. J'étais sur le point de partir deux ans à l'étranger, je ne voulais pas être un père absent. Cela ne signifie pas que je n'aurai jamais d'enfants. Mais nous n'en sommes pas là. Et, après ce que tu as vécu avec Grace, il faut que, toi aussi, tu sois prête.

— Je sais que je veux des enfants, dans le fond, mais rien que l'idée me terrorise. D'ailleurs, rien ne me dit que je pourrai en avoir d'autres.

Il la dévisagea en se demandant comment ils en étaient arrivés à parler de cela alors qu'ils s'étaient à peine embrassés.

— Pourquoi parlons-nous de ça maintenant ?

— Parce que je veux savoir où tu en es pour ne pas tomber amoureuse d'un homme qui n'est pas attaché à moi. Je ne veux plus souffrir, Ryan.

— Je n'ai pas l'intention de te faire du mal.

— Je sais. Mais notre relation a changé. Quand nous nous sommes rencontrés, nous étions libres, l'un et l'autre, et nous ne cherchions qu'à passer du bon temps. Ce ne serait plus possible aujourd'hui. J'aurais l'impression de vouloir remonter le temps. Nous avons perdu Grace et nous ne pouvons rien y changer. Mais qu'est-ce qu'on fait, maintenant ?

Elle marqua une pause.

— Qui a dit qu'on ne pouvait pas revenir en arrière pour changer les choses ?

— La vraie citation, c'est : « On ne peut pas revenir en arrière et changer le début mais on peut repartir d'où on est et changer la fin. » On a attribué la citation à C.S. Lewis mais les avis divergent sur ce point. C'est peut-être ce que nous devrions essayer de faire pour ne pas rester bloqués sur le drame que nous avons vécu. Ne pas en faire la fin de l'histoire mais un nouveau départ.

— Ensemble ?

Il haussa une épaule.

— Je ne sais pas, Beth. Cela dépend de tellement de choses, y compris de facteurs sur lesquels nous n'avons aucun contrôle. La seule chose que je sache, c'est que nous méritons l'un et l'autre de prendre un nouveau départ. Je ne sais pas si nous pourrons nous apporter mutuellement ce dont nous avons besoin. Je ne suis même pas sûr de savoir ce dont j'ai besoin. Mais cela ne nous empêche pas d'essayer de nous comprendre, de nous faire confiance et de prendre soin l'un de l'autre.

— Et si cela ne fonctionne pas ?

— Nous aurons au moins essayé.

Elle ferma les yeux et hocha la tête.

— Alors, qu'est-ce qu'on fait, Beth ? demanda-t-il doucement.

Il retint son souffle.

Qu'allait-elle répondre ? Avait-elle envie d'une amitié franche et solide ? Ou d'une relation plus profonde, qui les engagerait davantage ? Il eut l'impression qu'il venait de jeter une pièce en l'air et qu'elle tardait à retomber. Mais Beth haussa une épaule, un mouvement presque imperceptible qui trahit son indécision, au moins aussi grande que la sienne.

— Je ne sais pas. Je t'aime beaucoup, Ryan, mais je ne sais pas si j'ai le courage de me lancer dans une telle aventure. Saurons-nous nous appuyer l'un sur l'autre en cas de coup dur ? Nous n'en avons pas été capables, la dernière fois. Qui nous dit que nous y parviendrons ? Je ne sais pas ce que tu penses, je ne sais pas ce que tu ressens. C'est dur de déchiffrer ce que tu n'exprimes pas.

— Je ne l'exprime pas parce que je ne le sais pas, dit-il après une longue pause. Mais j'ai envie d'essayer. Nous avons changé, depuis la mort de Grace.

— Cela nous rend-il plus compatibles ?

— Pas forcément, mais certainement plus compatissants.

Il y a deux ans, je suis parti alors que j'aurais dû rester. Je ne commettrai pas la même erreur.

— C'est moi qui n'ai pas voulu que tu restes. Je ne voulais pas de ta pitié. Pas plus qu'aujourd'hui, du reste.

— Je n'ai jamais eu pitié de toi. Tu dis que je n'exprime rien mais je n'ai toujours pas compris non plus ce que tu voulais. La seule chose que je souhaite, c'est toi. Cela n'a pas changé et je ne suis pas sûr qu'il ne s'agisse que d'attraction physique, cette fois. La mort de Grace nous a bouleversés et elle nous a transformés. Elle nous a aussi liés l'un à l'autre, d'une manière à laquelle nous n'aurions jamais pensé. Maintenant, je ne peux rien te garantir, mais j'ai envie d'essayer, parce que je n'imagine pas ma vie sans toi, sous une forme ou sous une autre, et que j'en ai assez, moi aussi, de vivre entre deux eaux.

Il s'interrompit pour réfléchir puis reprit.

— Je ne sais pas si la mort de Grace nous rapprochera ou nous éloignera, en fin de compte, mais, de toute façon, elle sera là, présente, dans toutes nos relations, quelles qu'elles soient. Il nous faudra du temps, beaucoup de temps, pour nous en remettre. Et c'est avec toi que j'ai envie de le faire.

Un petit sourire triste se dessina sur ses lèvres puis disparut.

— Et qu'est-ce qu'on fait si tu n'obtiens pas le poste ?

— Comment le savoir ? La seule chose qui est sûre, c'est que je ne veux pas te perdre.

— Et Belle ? dit-elle.

— Belle trouvera une nouvelle maison, dit-il fermement.

La chienne leva la tête en entendant son nom et lui lécha la main.

— Tu plaisantes ?

— Non, je ne plaisante pas. Beth, si je n'ai pas le poste, je n'aurai pas le choix. Il faudra que je bouge, je ne sais ni où ni pour combien de temps ; alors, tant que je ne serai pas fixé, je ne pourrai pas prendre d'engagement vis-à-vis d'elle, ni vis-à-vis de toi, parce que je risque de partir n'importe où.

— Je pourrais peut-être venir avec toi ? Si tu veux ?

Il tourna la tête vers elle.

— Tu ferais ça ? demanda-t-il, incrédule. Tu serais prête à tout quitter pour me suivre ?

— Si nos liens sont suffisamment solides et si l'occasion se présente, je pense que je pourrais l'envisager sérieusement. Mais pour cela, il faut que nous nous ouvrions l'un et l'autre, que nous nous parlions franchement, sans hésiter à dire ce que nous pensons. C'est le seul moyen si nous voulons avoir une chance de construire quelque chose ensemble.

Elle lui tendit la main, qu'il fixa quelques instants avant d'entrelacer ses doigts aux siens.

— Tu as raison, dit-il avant de déposer un baiser sur sa main.

Belle se releva et s'étira avant de se recoucher à leurs pieds.

— Viens, dit-il en attirant Beth contre lui avant de l'embrasser tendrement.

Il serait si simple de profiter de la situation, de la prendre dans ses bras pour l'emmener dans sa chambre. Mais ils n'étaient pas prêts et la situation était encore trop confuse. Il se détacha d'elle, ralluma la télévision, Beth blottie contre lui et le chien à leurs pieds.

Il eut l'impression de vivre un rêve.

— Je vais rentrer, dit-elle un moment plus tard.

Ryan tourna la tête vers elle et opina.

— Tu as raison. Ne précipitons rien.

— Nous savons déjà que nous nous entendons bien, sexuellement parlant, dit-elle d'un air entendu.

Mais elle regretta aussitôt ses paroles.

— Pourquoi dis-tu ça ? murmura-t-il en écartant une mèche de cheveux de son visage.

Ce serait si facile de s'approcher de lui et de l'embrasser, mais elle savait où cela les mènerait. Elle s'écarta et se leva. Il la suivit jusqu'à la porte, escorté par Belle qui semblait ne plus pouvoir le laisser s'éloigner d'un mètre. Une fois devant la porte, il la prit dans ses bras et la serra tendrement. Elle se blottit contre lui pour s'imprégner de sa chaleur, regrettant de ne pouvoir rester.

— Sois prudente, dit-il.

— Je ne vais pas bien loin ! dit-elle en riant.

— Je sais, mais nous sommes vendredi et les routes sont pleines de fous.

Elle sentit ses doigts caresser ses cheveux. Puis il se pencha et déposa sur sa bouche un baiser chaud et ferme. L'instant d'après, ils s'agrippèrent l'un à l'autre et se mirent à se dévorer comme si leur vie en dépendait.

Alors il la plaqua contre le mur et glissa son genou entre ses cuisses sans cesser de l'embrasser comme un fou, une main dans ses cheveux, l'autre sous son chemisier pour caresser ses seins. Elle s'arqua, le corps en feu, les mains plaquées sur ses fesses pour l'attirer contre elle.

— Ryan…

Il gémit et s'écarta légèrement d'elle, et ils demeurèrent un moment immobiles, front contre front, haletant.

— Rentre chez toi, Beth, murmura-t-il d'une voix rauque. Sans quoi nous risquons de faire une chose que nous regretterons peut-être.

Elle hocha la tête et l'embrassa sur la joue avant de caresser la tête de Belle. Puis elle sortit d'un pas mal assuré.

— Appelle-moi pour me dire que tu es bien rentrée, dit-il.

— Pour prolonger la torture au téléphone ? lança-t-elle par-dessus son épaule.

— Non. Appelle-moi, c'est tout.

Quelques minutes plus tard, elle composa son numéro.

— Je suis saine et sauve. J'ai survécu aux chauffards et aux ivrognes. Tu es content ?

— Content que tu sois saine et sauve mais, pour être honnête, je serais encore plus content si tu étais restée pour continuer ce que nous avons commencé. Ce lit est décidément bien trop grand pour moi tout seul.

— Je ne suis pas sûre que Belle soit prête à me laisser sa place.

Elle l'entendit rire et parler à la chienne puis reprendre la conversation.

— Je vais la faire manger et aller la promener. Tu as des projets pour demain ?

— Je travaille à midi. C'est tout ce que j'ai prévu pour l'instant.

— Cela te dit de venir prendre le petit déjeuner au pub et de faire une balade avec nous, demain matin ?

— Volontiers. J'aimerais bien marcher *avant* de manger. Il faut que mon petit déjeuner me fasse tenir le plus tard possible. Je fais douze heures, jusqu'à minuit.

— On passe te prendre vers 9 heures ? Bonne nuit, Beth. À demain. Dors bien.

— Toi aussi.

Difficile de bien dormir avec Belle qui se collait contre lui dès qu'il osait faire le moindre mouvement, comme si elle voulait s'assurer qu'il était toujours là. Il se retrouvait dans une position inconfortable, au bord du lit, mais peu importait. L'essentiel était qu'elle soit revenue. De toute façon, il y avait beaucoup de choses auxquelles réfléchir pendant ses insomnies, à savoir... Beth.

Que ressentait-il pour elle ? Cela ressemblait à de l'amour, tel qu'il l'imaginait, en tout cas. Ce n'était plus la passion sexuelle débridée qu'ils avaient connue, même si l'attirance était toujours là, mais quelque chose de plus profond, né de ce qu'ils avaient traversé ensemble.

Cela dit, ils n'avaient jamais été vraiment ensemble. Juste là, l'un et l'autre, au même moment, bloqués dans la même cabine, sur des montagnes russes. Mais ils avaient été trop choqués et trop tristes, chacun de son côté, pour pouvoir renforcer les liens qui les unissaient malgré tout. Puis il était parti, la laissant seule en proie à son chagrin.

Était-il possible de recréer ces liens, deux ans plus tard ?

Il l'espérait. Il était prêt à tout pour que leur relation s'améliore, mais il n'était pas seul à en décider.

À l'époque, il s'était jeté à corps perdu dans le travail, et les cauchemars et les cicatrices lui rappelaient constamment les horreurs dont il avait été témoin, partout dans le monde, mais ce n'était sans doute rien à côté de ce que Beth avait enduré après la mort de Grace.

Il repensa à toutes les petites attentions qu'elle lui avait prodiguées depuis son arrivée à Yoxburgh. Aurait-elle fait tout cela si elle n'était pas un tant soit peu attachée à lui ? Il en doutait, même si sa générosité était immense.

Quand elle avait insisté pour qu'il parte travailler pour MPT, avait-elle été sincère ou avait-elle cherché à le libérer de ses obligations ? Quoi qu'il en soit, il était parti sans se retourner.

Et il était revenu. Se seraient-ils recroisés s'ils n'avaient vraiment plus rien à faire ensemble ? Seul le temps le dirait. Peut-être qu'un jour ils formeraient un couple heureux. Quant à savoir s'ils auraient d'autres enfants ensemble, il était encore trop tôt pour y penser.

Il se tourna en poussant Belle et finit par trouver le sommeil. Mais un cauchemar le réveilla en sursaut et, quand il ouvrit les yeux, la chienne gémissait et lui léchait le visage comme pour le réconforter.

Il s'assit et alluma.

— Tout va bien, Belle, murmura-t-il.

Elle posa la tête sur ses jambes et le regarda de ses yeux expressifs.

Le réveil indiquait 4 h 30. Trop tôt pour se lever et probablement trop tard pour bien se rendormir, mais cela valait la peine d'essayer. Il poussa Belle et éteignit la lumière.

Ils passèrent une matinée merveilleuse. C'était une belle matinée printanière et ensoleillée, où tout semblait vouloir reprendre vie après les longs mois d'hiver. Pour changer, ils prirent la direction non pas du fleuve mais du petit lotissement dans lequel elle habitait, empruntant le chemin qui passait à l'arrière des jardins. Les cerisiers en fleur commençaient à perdre leurs pétales qui, tels des confettis, leur tombèrent dessus en une pluie légère. Les couleurs des dernières jonquilles et des derniers crocus se détachaient sur le vert cru de l'herbe. Ils se dirigèrent vers les falaises, qu'ils longèrent jusqu'à l'escalier, et revinrent par la plage.

— On peut peut-être la détacher, suggéra Beth en désignant Belle qui tirait sur sa laisse.

Ryan hésita puis détacha la laisse. Belle partit en trombe jusqu'à la mer, pataugea tant et plus, et revint dans leur direction pour s'ébrouer.

— Tu as d'autres bonnes idées ? demanda-t-il en s'essuyant le visage.

Mais elle fut incapable de répondre tant elle riait.

— Je suis désolée, finit-elle par articuler.

— J'espère bien, dit-il en riant.

Il prit sa main dans la sienne pour marcher dans le sable, tandis que Belle jouait au bord de l'eau. Lorsqu'elle recommença à l'éclabousser, il lui remit la laisse. La chienne ne sembla pas lui en vouloir et trotta paisiblement à leurs côtés pendant tout le reste de la promenade.

Lorsqu'ils arrivèrent au pub, ils s'installèrent sur la terrasse et commandèrent des œufs brouillés au saumon fumé et aux épinards, sauce hollandaise, qu'ils arrosèrent de plusieurs tasses de café. Ils s'offrirent aussi une pâtisserie, juste pour le plaisir.

Beth jeta un coup d'œil sur sa montre et soupira. Comment le temps avait-il pu passer aussi vite ?

— Il faut que je parte. Je travaille douze heures d'affilée, cet après-midi. Mais ensuite, je suis libre jusqu'à lundi.

— Tu as de la chance. Je travaille demain, de 8 heures à minuit, et je travaille lundi aussi. Il va falloir que je fasse de bonnes nuits pour récupérer.

— Comment tu vas faire, pour Belle ?

Il regarda la chienne qui dormait à ses pieds et poussa un léger juron.

— Je n'y avais pas pensé. Elle n'était plus là quand j'ai fait mon planning. Et, s'il y a vraiment beaucoup de travail, je risque de dormir sur place. Mince !

Elle ne dit rien et l'entendit soupirer.

— D'accord, dit-elle.

Il tourna la tête vers elle.

— D'accord pour quoi ?

— D'accord pour m'occuper d'elle. Je peux même venir dormir chez toi demain soir. Je prendrai la chambre d'amis, ajouta-t-elle pour lever toute ambiguïté. Cela te laisse la liberté d'aller et venir en fonction de ton emploi du temps, sans te préoccuper d'elle.

Il hésita longtemps avant de hocher la tête.

— Dans ce cas...

— Marché conclu. Il faut vraiment que j'y aille. Le devoir m'appelle.

C'était bizarre d'être chez Ryan, sans Ryan.

Elle y passa un moment le matin puis emmena Belle jusque chez elle pour lui présenter la maison et prendre quelques affaires et le livre qu'elle essayait en vain de lire depuis des semaines. Elle refit le trajet en sens inverse, son sac à dos accroché à l'épaule. Lorsqu'elles arrivèrent chez Ryan, Reg leur souriait par le trou dans la haie.

— Bonjour, Reg, dit-elle en souriant.

Le vieil homme la salua et désigna Belle d'un signe de tête.

— Elle est revenue, à ce que je vois.

Belle comprit qu'on parlait d'elle et s'approcha de lui en remuant la queue. Il finit par traverser la haie et vint lui caresser la tête.

— Je ne pensais pas la revoir un jour. Je croyais qu'il l'avait envoyée au refuge.

— C'est ce qu'il a fait mais il est retourné la chercher parce qu'elle n'allait pas bien. Elle ne mangeait plus. C'est juste le temps qu'elle mette bas. Enfin, c'est ce que dit Ryan. Mais il est du genre à se laisser attendrir.

— Je vois bien comment il se comporte avec elle. Pour tout vous dire, je ne l'ai pas cru quand il a dit qu'il allait l'emmener au refuge.

— Moi non plus, pour être honnête. Mais, peu importe. Elle

est bel et bien revenue. Je suis venue la garder parce que Ryan travaille jusqu'à demain.

— Je peux m'occuper d'elle, si vous voulez. Si vous devez aller travailler aussi. Vous savez, on s'entend bien, elle et moi.

Il la regarda, les yeux emplis d'espoir. Il devait être si seul. Elle connaissait cette sensation de vide béant. Elle l'avait elle-même éprouvée à la mort de Grace. Les gens ne savaient pas quoi lui dire, alors ils ne lui parlaient pas, quand ils ne l'évitaient pas purement et simplement.

— Il faut en parler à Ryan mais je suis sûr qu'il sera d'accord. Il est très reconnaissant de l'aide que vous lui apportez.

Elle s'interrompit, hésita un instant puis mis de côté son envie de passer l'après-midi à lire sur une chaise longue.

— Qu'est-ce que vous faites, cet après-midi, Reg ? J'avais envie de faire un peu de jardinage, mais je n'y connais pas grand-chose. Est-ce que vous voudriez me donner des conseils ? Votre jardin est impeccable. Vous devez être expert en la matière.

En réalité, elle n'avait pas vraiment l'intention de s'occuper du jardin. Ryan avait déjà fait un peu de débroussaillage et, pour être honnête, elle connaissait déjà pas mal de choses en la matière. Mais en voyant le visage du vieil homme s'illuminer, elle se félicita d'avoir pris cette initiative.

— Je vais manger un morceau, dit-il, et je reviens. Laissez le portail ouvert, je ferai le tour.

Que se passait-il ? Ryan entendit des rires provenant du jardin. Manifestement, Beth n'était pas seule. Il entra dans la maison et aperçut Beth, assise sur les marches, et Reg, une tasse à la main. Belle, étalée de tout son long à leurs pieds, était en train de réduire en bouillie un jouet pour chien pourtant décrit comme indestructible.

— Bonjour ! lança-t-il à la cantonade.

Belle accourut et il s'accroupit pour lui donner les caresses qu'elle réclamait.

— Bonjour, dit Beth, un grand sourire aux lèvres. Tu as passé une bonne journée ?

— La routine. Et vous ?

— Nous avons jardiné. Reg a gentiment accepté de m'aider et de me montrer quelles plantes étaient des mauvaises herbes et quelles plantes ne l'étaient pas, dit-elle avec un regard appuyé.

Il comprit au vol et remercia Reg.

— C'est vrai que nous ne sommes pas très doués en horticulture.

— Alors vous êtes bien tombés. J'ai été pépiniériste pendant cinquante ans. Je n'ai arrêté que quand Queenie est tombée malade. Alors si vous avez besoin d'un conseil, n'hésitez pas.

— Merci, Reg. J'y penserai.

Reg donna une petite tape affectueuse au chien et se leva lentement.

— Je vais rentrer, dit-il.

— Vous pouvez rester dîner avec nous, proposa Beth. Je vais préparer une grosse salade. Il y a largement de quoi manger pour trois.

— Oh ! c'est gentil mais, vous savez, la salade ne me réussit pas. Je vais aller me reposer un peu. Et j'ai acheté un bout de poisson ce matin, au port, tout frais pêché de ce matin. Je vais le paner et le faire frire. Ce ne sera pas aussi bon que celui que préparait ma Queenie, mais je m'en contenterai.

Ryan le raccompagna, le remercia de nouveau et revint voir Beth.

— Alors, comme ça, tu ne sais pas distinguer une mauvaise herbe d'une bonne ? dit-il à voix basse.

Elle sourit, mais il décela une tristesse au fond de son regard.

— Cela m'a fait de la peine de le voir tout seul. Il est tellement gentil ! Il adore Belle. Il dit qu'elle lui tient compagnie. Tu pourrais lui demander de s'occuper d'elle quand tu n'es pas là. Tu sais qu'ils ont été mariés pendant soixante-cinq ans ? Queenie est morte l'été dernier, au mois de juillet. Elle avait la maladie d'Alzheimer et elle ne le reconnaissait plus, mais il l'a gardée avec lui, à la maison, jusqu'à la fin. Il doit être perdu, sans elle. Quelle tristesse !

Pauvre Reg. Dans son malheur, lui aussi avait eu de la chance de croiser Beth sur son chemin. Elle était tellement compatissante.

— Tu es adorable, tu sais ? murmura-t-il.

— Je sais simplement ce que c'est d'être seule, face au vide.

— Oh ! Beth...

Il l'attira contre lui et la serra dans ses bras. Il prit une grande inspiration, humant l'air frais, l'odeur du jardin et le parfum de Beth. Comme c'était bon de la trouver chez lui en rentrant !

Il croisa les doigts pour que leur relation évolue dans le bon sens. Peut-être parviendraient-ils à former un beau couple, comme Reg et Queenie ?

— J'ai profité d'une petite accalmie pour faire une pause. Mais je n'ai pas beaucoup de temps, dit-il. On dîne ? Je n'ai pratiquement rien dans le ventre depuis ce matin.

— J'avais prévu de faire une salade. Ce ne sera pas long, dit-elle avant de se hisser sur la pointe des pieds pour l'embrasser.

Il fut tenté de la retenir, mais il devait retourner à l'hôpital et n'avait pas envie de commencer une chose qu'il ne pourrait pas terminer, alors il la serra une dernière fois dans ses bras et la laissa entrer dans la maison.

7

Elle ne comprenait pas pourquoi Belle était aussi agitée. Elle s'était promenée, avait mangé, était ressortie dans le jardin... Et si elle était sur le point de mettre bas ?

Le vétérinaire avait annoncé qu'elle ne mettrait pas bas avant deux ou trois semaines. Mais elle faisait des allers-retours incessants jusqu'à la porte et se mit soudain à aboyer. Beth se leva pour rouvrir la porte et la suivit dans le jardin.

— Que se passe-t-il, Belle ?

Elle scruta le jardin mais ne vit rien d'anormal. Belle se remit à aboyer en regardant la maison de Reg. Elle s'approcha et vit des flammes s'élever dans la cuisine.

— Oh ! non ! Belle, viens ici ! dit-elle en sortant son portable.

Elle l'enferma dans la maison, composa le numéro des pompiers et alla frapper chez Reg. Il ne répondit pas et la porte était fermée à clé.

Pourvu que la porte de derrière soit ouverte !

Elle donna l'adresse aux secours et fit le tour de la maison. Par chance, la porte n'était pas fermée à clé. Elle mit son portable dans sa poche, s'approcha promptement de la cuisinière sur laquelle la friteuse avait pris feu et coupa le gaz. Puis elle ferma la porte derrière elle pour atténuer la propagation de la fumée et retourna dans l'entrée.

— Reg ? Reg ? Où êtes-vous ? cria-t-elle.

Mais la fumée l'empêchait d'y voir clair. Elle ouvrit la porte d'entrée et, à son grand soulagement, entendit les sirènes approcher.

— Reg ? C'est Beth. Où êtes-vous ? répéta-t-elle.

C'est alors qu'elle se souvint qu'il avait l'intention de se reposer un peu avant le repas. Mais il n'était peut-être pas nécessairement allé se coucher dans sa chambre. Il fallait procéder méthodiquement.

La pièce jouxtant la cuisine était vide. Elle entra dans la pièce suivante et l'aperçut, assis dans son fauteuil, la main sur la poitrine, l'effroi dans le regard.

— Beth ! La friteuse… Je ne peux plus respirer…

— Les pompiers vont arriver. Et j'ai aussi appelé une ambulance, au cas où. On va s'occuper de vous. Mais il faut sortir d'ici.

— Je ne peux pas laisser Queenie ! s'exclama-t-il d'une voix brisée. Elle est sur la cheminée. Je ne peux pas la laisser…

— D'accord, d'accord. Je vais aller la chercher. Mais il faut d'abord sortir.

Un pompier fit irruption dans la pièce et évalua la situation d'un regard.

— La friteuse a pris feu dans la cuisine. J'ai éteint le gaz, mais elle brûle toujours, expliqua-t-elle.

— On s'en occupe, ne vous inquiétez pas. Il faut sortir d'ici, maintenant.

— Reg, vous pouvez marcher jusqu'à l'ambulance ?

Il hocha la tête, tremblant de tous ses membres. Le pompier s'approcha, le souleva dans ses bras. Elle en profita pour aller chercher l'urne et les suivit.

— Queenie ! s'écria Reg avant d'être secoué par une quinte de toux.

— Je l'ai prise, Reg. Ne vous inquiétez pas.

— Si je pars, enterrez-moi avec elle…

— Nous n'en sommes pas là. Pour le moment, on va vous emmener à l'hôpital. Je vais suivre l'ambulance et appeler Ryan. Vous serez entre de bonnes mains, croyez-moi.

Elle se tourna vers les ambulanciers.

— Je vous le confie. Je repasse poser l'urne et fermer la maison, et je vous rejoins. Si vous arrivez avant moi, demandez à voir le Dr McKenna.

— Beth ?

Il se leva d'un bond, inquiet à la vue des grandes marques noires sur son visage.

— Que se passe-t-il ? Qu'est-ce que tu fais là ?

— La friteuse de Reg a pris feu.

— C'est donc ça, cette odeur de fumée. Ne me dis pas que tu es entrée dans la maison ?

— Je n'avais pas le choix. Je ne pouvais pas le laisser dans la maison en flammes. Le feu ne s'était pas propagé. Je suis juste allée couper le gaz et fermer la porte de la cuisine. Puis je l'ai cherché...

— Quoi ? Beth, tu plaisantes ? Tu...

Il s'interrompit et la prit brusquement dans ses bras, le cœur battant.

— Il fallait appeler les pompiers.

— C'est ce que j'ai fait. J'ai aussi fait venir une ambulance, mais je n'allais pas attendre les secours en regardant sa maison brûler et lui avec ! Il était terrorisé. Il avait surtout peur de laisser l'urne de Queenie. Alors je lui ai promis que j'irais la chercher, pour qu'il accepte de sortir de la maison. J'ai mis l'urne dans ton bureau. J'espère que cela ne te dérange pas.

— Bien sûr que cela ne me dérange pas. Comment va-t-il ?

— Il souffre de difficultés respiratoires, peut-être à cause de la fumée. Il n'y en avait pas énormément, mais il a peut-être été choqué, aussi. Je ne sais pas ce qui, de la fumée ou de la panique, l'empêchait de respirer correctement.

— C'était quel genre de fumée ?

— C'est l'huile qui a pris feu. Ça sentait mauvais, mais le feu ne s'est pas propagé. Les pompiers l'ont éteint assez rapidement.

— Tant mieux. Mais tu ne savais pas tout cela quand tu es entrée dans la maison. Il faut que tu te fasses examiner.

— Je vais bien et je ne suis pas idiote, Ryan. Je n'ai pas inhalé de fumée. Il faut plutôt aller voir Reg. Je lui ai promis que tu t'occuperais de lui et qu'il serait entre de bonnes mains.

— Il souffre de fibrillation auriculaire ?

— Je ne sais pas. On lui a fait un triple pontage, l'an dernier. Il a été très secoué par la mort de sa femme. Il a l'air solide mais, si jamais il lui arrivait quelque chose, il veut être enterré avec Queenie. Mais je préférerais qu'on n'en arrive pas là.

— Moi aussi. Ils ont des enfants ? Quelqu'un à contacter ?

— Je ne sais pas. Il ne m'a jamais parlé d'enfants, mais il ne m'a pas non plus raconté toute sa vie en un après-midi.

Elle sourit. Il essuya la suie sur sa joue et l'embrassa.

— Viens. Allons le voir.

Il était près de 23 heures quand elle rentra chez elle. Elle avait laissé Reg dans son lit d'hôpital, sous monitoring, et Ryan, heureux qu'elle ne se soit pas intoxiquée avec la fumée.

Il n'avait pas pu s'empêcher de lui faire un autre sermon sur son imprudence, mais elle l'avait laissé parler, persuadée qu'il aurait agi exactement de la même manière à sa place.

Le camion de pompier était parti mais, à sa grande surprise, une voiture d'intervention était toujours garée devant chez Reg. C'était peut-être plus grave qu'il n'y paraissait. En tout cas, la maison était toujours debout, Reg était sain et sauf et Queenie était, elle aussi, à l'abri. Elle se félicita de ne pas être allée s'allonger et d'avoir pris les avertissements de Belle au sérieux.

Elle avança jusqu'à la porte, qui était grande ouverte. Elle frappa et reconnut le pompier qui avait porté Reg.

— Comment va-t-il ?

— Bien. On l'a gardé en observation pour cette nuit. Je venais chercher quelques affaires pour lui, mais cela peut attendre demain. Je suis étonnée de vous trouver encore ici. Tout va bien ?

— Oui. Je finissais de remplir les papiers avant de partir. Il va falloir un bon nettoyage pour venir à bout des traces de fumée dans la cuisine.

— Nous allons nous en occuper. Il voulait rentrer chez lui ce soir, mais je l'en ai dissuadé.

— Une chance que vous ayez été là. C'est vous qui nous avez appelés ?

— Oui. En fait, c'est le chien qui a donné l'alerte. Il s'agitait et aboyait. Je l'ai suivi dans le jardin pour comprendre ce qui le mettait dans cet état et j'ai vu les flammes.

L'homme scruta son visage.

— Vous lui avez sauvé la vie. Sans vous, il ne serait pas sorti et la maison serait partie en fumée. Et vous avez bien fait de ne pas chercher à éteindre le feu. C'est le meilleur moyen de se retrouver brûlé au troisième degré. Encore que vous auriez pu aussi vous brûler en vous approchant pour couper le gaz.

— Je sais, je suis infirmière aux urgences. J'ai déjà vu ce qui peut arriver quand une friteuse pleine d'huile prend feu et que les gens cherchent à l'éteindre. Le pire, c'est de jeter de l'eau. Je n'arrête pas de répéter à tout le monde qu'il faut appeler les pompiers et quitter les lieux. C'est ce que j'ai fait, en étant très prudente pendant tout le temps.

— Bien. Je vais y aller. Je peux vous remettre les clés ?

— Bien sûr. Merci pour tout ce que vous avez fait.

— C'est mon travail. Vous le savez aussi bien que moi.

Ils sortirent. Le pompier ferma la porte, et lui tendit les clés. Elle regarda la voiture s'éloigner puis traversa la haie.

Belle l'accueillit avec enthousiasme.

— Merci, Belle. Grace à toi, tout va bien, dit-elle en la caressant. Viens, je vais te donner à manger et puis j'irai prendre une douche pour me débarrasser de cette odeur.

Elle était à peine sortie de la douche qu'elle entendit une voiture arriver. Elle s'enveloppa dans un grand drap de bain et passa la tête par la porte entrebâillée.

— Comment vas-tu ? demanda-t-il en la rejoignant.

Elle n'était pas très sûre de la réponse à donner à cette question. Elle sentit les larmes lui monter aux yeux et avança vers lui avec le besoin soudain qu'il la prenne dans ses bras.

— Il ne voulait pas partir sans Queenie, dit-elle. Il préférait mourir plutôt que de partir sans elle. Tu te rends compte, si je n'avais pas été là...

— Tu as été là, dit-il en lui caressant les cheveux. Moi aussi, je n'ai pas arrêté de penser à ce qui se serait passé si les choses avaient mal tourné. Tu aurais pu être grièvement blessée. Mourir, même.

— Il ne m'est rien arrivé.

— Tu as eu une chance inouïe, Beth. Ne refais jamais une chose pareille, d'accord ?

— Tu aurais fait exactement la même chose, et tu le sais. Tu as sans doute fait pire.

— Ce n'est pas une raison. Tes cheveux sentaient le roussi. J'aurais pu te perdre...

Il prit son visage entre ses mains et se mit à l'embrasser désespérément. Elle sentit ses jambes et son cœur vaciller.

Le drap de bain se détacha et Ryan la regarda.

— J'ai envie de toi, Beth. Envie et besoin. Je n'ose pas imaginer ce qui...

— Moi aussi, j'ai besoin de toi, Ryan. Je n'en avais pas conscience jusqu'à ce que...

Il recommença à l'embrasser avec fougue. Puis il s'écarta d'elle pour se déshabiller, avant de la serrer de nouveau contre lui avec une urgence fébrile.

— Attends.

Il ouvrit un tiroir et prit un préservatif d'une main tremblante.

— Laisse-moi faire.

— Non, je ne vais pas pouvoir résister.

Il enfila le préservatif et la plaqua contre le mur carrelé de la salle de bains. Elle sentit son sexe dressé entrer en elle. Chaque mouvement, chaque caresse, chaque battement de cœur la rapprochait dangereusement de l'orgasme, jusqu'au moment où elle sentit une secousse plus forte que les autres. Elle s'accrocha à lui en criant. Le corps de Ryan se raidit puis il se laissa aller contre elle, le souffle court.

Quand il eut recouvré son souffle, il leva la tête et la regarda dans les yeux.

— Je suis désolé...

— Ne sois pas désolé. Je crois que nous avions tous les deux besoin de ça.

Il se mit à rire et la fit redescendre doucement jusqu'à ce que ses pieds touchent le sol. Puis il s'écarta d'elle et se retourna pour retirer le préservatif.

— Oh ! Ryan...

Il se figea quand elle posa la main sur son dos.

— Qu'est-ce qui s'est passé ?

Il se retourna et lui sourit, si tant est qu'on puisse appeler cela un sourire.

— Je n'aurais jamais dû me trouver là, mais je voulais retourner à l'hôpital où une bombe avait éclaté et où tous mes amis essayaient tant bien que mal de sauver ce qui pouvait l'être. Je voulais les faire sortir de là, leur dire que c'était dangereux, quand une autre bombe a éclaté.

Il marqua une pause.

— J'ai été touché par un éclat d'obus. Je suis le seul à avoir survécu – de justesse.

— Ce sont les amis dont tu m'as parlé l'autre jour ? Ceux pour qui tu as décidé de rester afin de poursuivre le travail qu'ils avaient commencé ?

Il hocha la tête.

Elle scruta son corps, en quête de marques, et vit les autres cicatrices disséminées sur son dos et ses jambes. Certaines étaient à peine visibles, d'autres plus grosses, comme si on les avait élargies.

— Ils ont réussi à retirer tous les éclats ?

Il se retourna.

— Presque tous. Disons qu'il ne faudrait pas que je passe une IRM.

Elle grimaça.

— Au moins on repérerait ceux qui restent.

— Tu as un sens de l'humour terrible ! dit-il en la serrant contre lui avant de l'embrasser tendrement, sa main caressant ses cheveux humides et emmêlés. Je vais faire taire Belle et je reviens.

Il l'embrassa de nouveau et la libéra.

Beth rentra dans la douche et refit couler le jet d'eau chaude sur sa tête. C'était le moment d'utiliser l'après-shampoing qu'elle avait laissé là le jour où elle était venue laver Belle.

Elle se rinça et était sur le point de refermer le robinet lorsqu'elle sentit les mains de Ryan sur ses hanches.

— Je suis désolé pour tout à l'heure. J'ai été un peu brutal. Mais il fallait que je te sente près de moi, pour pouvoir entendre ton cœur qui bat et être sûr que tu étais vivante.

— Tu ne crois pas que tu es un peu mélodramatique ?

— Si tu avais vu ce que j'ai vu...

— Raconte-moi.

— Non. Il y a des choses qu'il vaut mieux ne pas savoir.

Il posa sa tête contre la sienne.

— Je n'arrive toujours pas à croire que tu étais dans la maison de Reg...

Elle enlaça son corps tendu.

— Je me rends compte maintenant, avec le recul, que j'ai pris des risques, mais tout va bien, Ryan. Et, si c'était à refaire, je pense que je referais la même chose, dans le feu de l'action.

— Rétrospectivement, cela me rend malade.

— Mais tout va bien, Ryan. Je vais bien et Reg s'en est sorti, lui aussi. Comment va-t-il ?

— Il est toujours sous surveillance. Il se peut qu'il souffre d'une fibrillation auriculaire. Comment as-tu su qu'il avait eu un triple pontage ?

— J'ai vu la cicatrice, quand ils lui ont fait l'électrocardiogramme et je lui ai posé la question. Cela date de l'année dernière, juste après la mort de Queenie. Il ne voulait pas le faire avant.

— Je suis content que tu lui aies sauvé la vie, malgré tout.

Elle prit son visage dans ses mains.

— Tu as l'air exténué. Tu devrais aller te coucher.

— Viens avec moi. J'ai encore besoin de te sentir près de moi.

— Il va falloir demander la permission à Belle.

— Elle ira dormir ailleurs.

— J'en doute, mais l'espoir fait vivre. Je me sèche les cheveux et je te rejoins.

Quand elle arriva dans la chambre, il était allongé au milieu du lit. Belle était couchée d'un côté. Elle se coucha de l'autre.

— Ça va ?

Elle hocha la tête et bâilla.

— Moi aussi, je suis éreintée. Il est tard, non ?

— Presque 1 heure. Dors, mon amour. Bonne nuit.

Elle l'embrassa tendrement puis se blottit contre lui, réconfortée par la chaleur de son corps et par la régularité des battements de son cœur. Elle s'endormit dans ses bras.

Ryan ne parvint pas à s'endormir, obsédé par l'idée qu'il aurait pu perdre Beth dans l'incendie. La sauteuse aurait pu exploser, ou la cuisinière...

Il lui avait fallu du courage pour entrer dans la maison. Beaucoup de courage et d'humanité – mais elle en avait à revendre. Elle avait même sauvé l'urne de Queenie pour apaiser Reg.

Comme il aimait cette femme ! Plus le temps passait, plus il espérait obtenir le poste à l'hôpital. Il pourrait s'installer pour de bon et repartir à zéro avec Beth et, qui sait, vivre avec elle ?

Mais cela ne dépendait pas que de lui. Il y avait un autre candidat, qui devait encore passer l'entretien le lendemain. Des envies de sabotage lui traversèrent l'esprit. Pourvu qu'il ne le croise pas !

Beth gémit dans son sommeil et Belle se leva, passa par-dessus lui pour aller se coucher près d'elle. Il se décala pour leur laisser plus de place. Elle se rapprocha et se blottit contre lui.

Comme c'était bon de la serrer dans ses bras !

Il finit par s'endormir, un sourire apaisé sur les lèvres.

Beth sentit les lèvres de Ryan sur les siennes et ouvrit les yeux.

— Bonjour, dit-elle en souriant.

— Bonjour. Il faut que j'y aille mais je voulais d'abord...

Il l'embrassa de nouveau, avec tendresse.

— Tu es vraiment obligé d'y aller ?

— Je crains que oui, surtout si je veux ce poste. C'est aujourd'hui que l'autre candidat passe l'entretien. Ce n'est pas le jour à avoir l'air tire-au-flanc.

Elle sourit.

— Tu as raison. Alors vas-y. On se voit tout à l'heure. Je commence à midi et je finis à 21 heures, cette fois. Il faut que j'apporte des affaires à Reg à l'hôpital. J'irai ce matin. Tu auras le temps de boire un café ?

— Je ne sais pas. Appelle-moi quand tu seras là.

— D'accord. À tout à l'heure !

Elle s'accorda quelques minutes de plus, puis entendit Belle pousser sa gamelle sur le sol de la cuisine. Alors elle poussa le drap et se leva.

Dans la salle de bains, elle scruta son visage dans le miroir. Elle était ébouriffée, avait de gros cernes sous les yeux, mais elle souriait et prit conscience que, pour la première fois depuis longtemps, elle était heureuse. Pas seulement contente, mais sincèrement et véritablement heureuse.

Elle se prépara en chantonnant, se réjouissant d'avoir apporté des vêtements de rechange parce que ceux de la veille étaient immettables tant ils sentaient la fumée. Après avoir fait un petit tour avec Belle, elle se rendit chez Reg.

L'odeur de suie flottait encore dans l'air. Il faudrait du temps pour qu'elle se dissipe. Elle trouva des produits de toilette dans la salle de bains et alla chercher des vêtements. La première armoire qu'elle ouvrit était emplie de vêtements féminins, telle une boîte à souvenirs géante.

Elle caressa la manche d'un joli chemisier et sentit ses yeux s'emplir de larmes. Pauvre Reg…

Elle trouva ce qu'elle cherchait dans une autre armoire, sortit un pantalon, une chemise, un caleçon et un pyjama, et prit la direction de l'hôpital.

Lorsqu'elle arriva, Reg était assis sur une chaise. Elle se posa sur le bord du lit.

— Vous êtes matinal, dit-elle.

— Je ne tenais pas en place dans mon lit. Je pense à ma maison. Je m'inquiète.

— Ne vous inquiétez pas, Reg. Tout va bien dans la maison. La cuisine sent la fumée, mais il n'y a pas eu de dégâts. Les pompiers ont pu éteindre le feu avant qu'il ne se propage.

— Elle n'a pas brûlé, alors.

— Non, tout va bien. Et vous, comment allez-vous ?

— Ça va. Je ne sais pas ce que je fais ici, en fait. J'ai envie de rentrer chez moi.

Elle prit sa main dans les siennes.

— Je ne pense pas qu'on vous garde ici éternellement. Il faut juste vérifier que votre cœur fonctionne bien.

— Oh ! il a toujours fait des siennes. En fait, j'aime être dehors. Je vis avec les fenêtres ouvertes, même l'hiver. Je pense que c'est pour ça que vous avez senti le feu.

— C'est Belle qui m'a prévenue, en réalité. Elle sentait que quelque chose n'était pas normal.

— C'est elle ? Quelle brave chienne. J'étais tellement content de vous voir, hier soir. J'ai eu peur de mourir...

Il lui tapota la main.

— Mais vous êtes vivant. Et vous auriez pu vous en sortir sans moi.

— Je ne voulais pas partir sans Queenie.

Elle sentit sa gorge se serrer.

— Queenie est à l'abri, dans le bureau de Ryan. Elle vous attend. Vous avez des proches, de la famille qu'on peut appeler ?

Il secoua la tête.

— Non. Nous n'avons pas eu d'enfants et tous les membres de ma famille sont morts. C'est ce qui arrive quand on vieillit...

Elle hocha la tête et jeta un coup d'œil à sa montre.

— Il faut que je parte. Je vais retourner sortir Belle avant d'aller travailler. Je vous ai apporté des vêtements. Si ce ne sont pas les bons, je peux passer en chercher d'autres. Et voici des affaires de toilette, aussi. Je repasserai vous voir cet après-midi.

Elle embrassa sa joue grisonnante et se leva. Il lâcha sa main à contrecœur.

— Comment va Reg ? demanda Ryan quand elle le croisa à la sortie du service des urgences.

— Il respire mieux. Il va peut-être pouvoir sortir cet après-midi. Mais il n'a personne chez qui aller.

— Nous allons trouver une solution. Tu as le temps de boire un café ?

— Oui, et toi ?

— Pas vraiment, mais l'autre candidat est en train de visiter l'hôpital. Pour être honnête, j'aimerais autant ne pas le croiser.

— Tu n'as pas envie de lui montrer qui est le plus fort ?

Il pouffa de rire.

— Cela m'a traversé l'esprit, mais je préfère aller boire un café avec toi...

— Urgence adulte dans cinq minutes. Urgence pédiatrique dans cinq minutes.

Il jeta un regard noir au haut-parleur, qui la fit éclater de rire.

— Je vous laisse, docteur McKenna. Amusez-vous bien !

8

L'activité des jours suivants fut intense. Reg rentra chez lui le lundi soir, un peu ébranlé mais en forme.

Quand Ryan lui précisa qu'il n'avait pas besoin de venir s'occuper de Belle car il s'arrangerait pour la sortir lui-même, le vieil homme ne put cacher sa déception.

Ryan eut un pincement au cœur et se ravisa. Ils passèrent un marché : en échange de son aide pour Belle, Ryan nettoya et repeignit la cuisine du vieil homme. Puis il lui fit un cours sur la sécurité et lui offrit une friteuse électrique qui fonctionnait avec une seule cuillère à soupe d'huile.

Belle passait beaucoup de temps avec le vieil homme, ce qui semblait les rendre heureux tous les deux. Ryan et Beth la sortaient matin et soir, avant et après le travail. Comme elle passait la plupart de ses nuits dans son lit, elle finit par apporter quelques affaires chez lui. D'abord une brosse à dents et quelques sous-vêtements, puis des vêtements.

Elle ne restait pas toutes les nuits mais celles qu'elle passait dans ses bras étaient inoubliables. Elle avait oublié à quel point leurs corps s'ajustaient l'un à l'autre, avec quelle intensité chacun de ses baisers, chacune de ses caresses la faisaient réagir. Leur intimité avait acquis une dimension qu'elle n'avait pas perçue auparavant, une tendresse infinie qui l'emplissait de bonheur. Elle se sentait désirée, aimée.

L'aimait-il ? Elle en avait l'impression, même s'il ne le lui avait encore jamais dit expressément.

Il attendait peut-être d'en être certain lui-même. Lui aussi avait été ébranlé par la mort de Grace et ce qu'il avait vécu ensuite n'avait pas dû arranger les choses. Il n'en parlait pas beaucoup, mais elle avait bon espoir qu'un jour il trouve les mots.

À la fin de la semaine, les urgences accueillirent une femme et son enfant, tous deux victimes d'un accident de voiture. Les pompiers avaient réussi à les dégager du véhicule. L'enfant avait des difficultés à respirer. La mère semblait indemne mais refusait catégoriquement d'être séparée de lui.

— Je vais l'examiner, dit Ryan en prenant son stéthoscope. Il nous faut une radio des poumons, une échographie. Mettez-le sous oxygène, à 100 %.

Il se tourna vers la mère.

— Vous pouvez me dire ce qui s'est passé ?

La mère ouvrit la bouche pour répondre mais hésita.

— J'ai fait une embardée à cause d'un chien. Je crois que je l'ai heurté et puis la voiture a fait des tonneaux. Je ne roulais même pas vite.

Elle jeta un regard désespéré sur son fils.

— Ne me demandez pas de sortir. Je ne peux pas le laisser...

— Vous pouvez rester, dit Beth en passant son bras sur ses épaules. Il est entre de bonnes mains. Venez vous asseoir ici, pour donner des détails à Emma. Nous allons bien nous occuper de lui.

— Ne le laissez pas mourir...

— Je n'en ai pas l'intention, dit Ryan, le visage étonnamment inexpressif. Beth, j'ai besoin de toi. Je crois que nous sommes en présence d'une tamponnade cardiaque.

Il fixait le moniteur tout en auscultant le petit garçon.

— Tu es sûr ? demanda-t-elle à voix basse.

La tension de l'enfant était peu élevée mais pas dangereusement basse et son rythme cardiaque était tachycardique.

— Non, mais je veux une échographie. Où est le radiologue ?

— Je suis là, dit Sue en entrant.

Quelques minutes plus tard, la radiographie des poumons confirma les résultats de l'échographie.

— La silhouette cardiaque a augmenté. Il faut procéder à une péricardiocentèse.

Ryan avait à peine fini sa phrase que le moniteur se mit à biper. Leurs regards se croisèrent.

— Appelez la cardio, s'il vous plaît. Beth, va expliquer à sa mère qu'on va lui faire une péricardiocentèse et reviens me donner un coup de main. Je le fais préparer.

Comment expliquer à une mère inquiète qu'on allait introduire une énorme aiguille dans le torse de son enfant pour aspirer le sang répandu autour de son cœur avant que cela ne le tue ?

Elle alla s'asseoir à côté d'elle et prit sa main.

— Madame Gray...

— Vous pouvez m'appeler Louise. Que se passe-t-il ? demanda la mère.

— Le docteur va retirer le fluide qui se trouve autour de son cœur et qui fait pression sur le muscle cardiaque.

— Quel genre de fluide ?

— Du sang, essentiellement. La collision a peut-être provoqué une hémorragie interne.

— Mais il n'y a pas vraiment eu de collision, dit la mère. Je ne comprends pas. Et il était attaché. À moins que ce soit la ceinture de sécurité qui l'ait blessé ?

— Il a un hématome ancien sur la poitrine, dit Ryan. Est-ce qu'il a fait une chute, récemment ?

— Heu, oui. En tombant dans les escaliers, il y a quelques jours, il a atterri sur un jouet. Il faisait le clown, comme d'habitude. Vous savez ce que c'est, les garçons... Sur le coup, il avait l'air bien. Mais aujourd'hui, c'est vrai qu'il était fatigué. Il n'avait envie de rien. J'avais prévu de l'emmener chez le médecin, si son état ne s'améliorait pas. J'aurais dû y aller aujourd'hui...

— Ne vous inquiétez pas. Le médecin s'occupe de lui. J'y retourne, mais Emma est là, si vous avez besoin de quoi que ce soit.

Elle hocha la tête, le visage défait. Beth s'approcha de la table. Ryan avait enfilé blouse et gants.

— J'ai besoin de toi. Ils ne peuvent pas le prendre en cardio, dit-il à voix basse.

Elle hocha la tête.

— Il me faut une aiguille spinale, calibre 21, sans trocart, une seringue de 5 ml et une de 30 ml, un robinet trois voies et un connecteur en T.

— D'accord.

Ryan positionna l'aiguille sous le sternum du petit garçon et l'enfonça, guidé par les images que renvoyait la sonde de l'échographe qu'elle tenait. Puis la seringue commença à se remplir de sang.

— OK. Ouvre le robinet.

Le rythme cardiaque et le rythme respiratoire du patient se mirent à ralentir. Sa tension remonta et sa respiration se stabilisa.

— Bien joué, dit-elle dans un murmure.

Il leva la tête. Ses yeux avaient recouvré leur éclat habituel.

— Celui-là, je ne voulais pas le perdre, répondit-il.

Celui-là ?

Elle se redressa et sourit à Louise qui réprima un sanglot, la main sur la bouche. De son autre main, elle se caressait le ventre.

— Si tu n'as plus besoin de moi, je vais retourner la voir, dit-elle à voix basse en désignant Louise d'un signe de tête discret.

Ryan jeta un coup d'œil par-dessus son épaule.

— Vas-y. On va emmener le petit aux soins intensifs.

Elle hocha la tête et alla se rasseoir près de la mère.

— Louise, je pense que nous ferions bien de vous examiner aussi.

Elle posa instinctivement les mains sur son ventre.

— Je suis enceinte, dit-elle. Je ne veux pas qu'il lui soit arrivé quelque chose.

— Venez vous allonger là. Nous allons faire une échographie. De combien de semaines êtes-vous enceinte ?

— De seize ou dix-sept, je ne sais plus.

Son cœur se serra. C'était la période à laquelle elle avait découvert qu'elle était enceinte de Grace. Et où elle avait changé de taille de vêtements, juste après le départ de Ryan...

— Est-ce que je peux prendre l'échographe, Emma ?

Emma lui tendit l'appareil et le gel. Louise déboutonna son

pantalon. Ses hanches portaient la marque de la ceinture de sécurité. Pourvu que le bébé n'ait pas été touché !

Le son de battements de cœur réguliers emplit la salle. Ryan leva la tête et croisa son regard, l'air médusé.

— Le bébé va bien, dit-elle à Louise, la gorge serrée.

Ryan soupira et se remit à s'occuper de son propre patient.

— Ça va, Beth ?

Elle aurait préféré ne pas avoir à répondre.

— Oui. Le bébé de Louise va bien, son frère, Tim, est dans le service des soins intensifs pédiatriques, leur mère est en observation dans le service de diagnostic prénatal, et leur père se coupe en deux pour pouvoir les voir tous les deux. Je suis contente de ce dénouement. Et toi ? demanda-t-elle, en cherchant son regard.

— C'était une journée comme une autre, dit-il en se tournant vers le plan de travail pour se faire un café.

— Je ne crois pas, dit-elle. Ce petit garçon, Tim... Tu as dit que celui-là, tu ne voulais pas le perdre. Pourquoi « celui-là » ?

Il haussa négligemment une épaule, mais elle ne céda pas.

— Parle-moi, Ryan. Raconte-moi ce qui s'est passé.

Il posa la tasse qu'il venait de sortir du placard, poussa un profond soupir et croisa les bras.

— Il s'appelait Raoul. Il avait six ans. Il traînait vers le centre médical en quête de nourriture. Un jour, lors d'une explosion, un bloc de ciment lui est tombé dessus et l'a blessé à la poitrine. Il est arrivé trop tard. Il y avait trop de sang sous le péricarde. Son cœur n'a pas pu résister. Je n'ai pas réussi à le relancer. Il a fallu que j'aille annoncer cela à sa mère. Elle s'est mise à hurler. Jamais je n'oublierai ce cri. C'était déchirant...

Il fit un effort pour retenir ses larmes.

— Je suis désolée, dit-elle en le prenant dans ses bras.

Il posa la tête contre la sienne. Ils demeurèrent enlacés, immobiles, pendant un moment.

— J'ai vu trop d'enfants souffrir, finit-il par dire. Des bébés, des tout-petits qui subissent les conséquences des actions des adultes. Mais aussi des jeunes qui rejoignent les rangs des milices et se font tuer. Des gosses qui meurent de maladies qui, chez nous, sont bénignes. Il y a aussi la malaria, la bilharziose, ou Ebola qui déciment des familles entières. C'est désespérant.

— C'est ce qui t'a fait rentrer en Angleterre ?

Il hocha lentement la tête.

— Je suis parti avant de craquer complètement. Je n'en étais pas loin. Je voulais revenir, avoir un travail qui ne consiste pas à essayer d'endiguer la violence des gangs et la culture de la drogue qui se propagent comme une épidémie. Je voulais reprendre une vie normale, Beth, me sentir en sécurité. Ai-je eu tort ?

— Non, Ryan. Tu as bien fait. Tu es toujours un bon médecin et on a besoin de toi, ici aussi. Sans toi, le petit Tim n'aurait peut-être pas survécu, aujourd'hui. Ton diagnostic s'est avéré juste, même s'il n'était pas évident à poser au départ.

— C'est à Raoul qu'il faut rendre grâce, pour qu'il ne soit pas mort pour rien.

Il s'écarta d'elle et poussa un long soupir avant de la dévisager.

— Tu es sûre que tout va bien ?

— Oui, ça va. J'ai faim. Tu veux manger quelque chose ?

— Bonne idée. Je vais d'abord sortir Belle. Je crois que, ce soir, je ne vais pas me coucher tard.

Elle lui sourit et s'approcha de lui pour l'embrasser.

— Ce programme me convient parfaitement, dit-elle doucement.

Le lundi suivant, elle était en train de marcher le long du fleuve avec Belle quand son téléphone sonna.

— Beth ? Où es-tu ? dit Ryan.

— Le long du fleuve, avec Belle. Pourquoi ?

— Je rentre et je vous rejoins.

— D'accord. On t'attend au pub. Tu peux venir en voiture ? Belle a l'air fatiguée.

— D'accord. À tout de suite.

Il raccrocha sans plus de cérémonie. Elle regarda le téléphone, perplexe. Ce genre d'appel expéditif ne lui ressemblait pas.

— Ça va, Belle ? Viens, on va l'attendre là-bas.

La chienne remua la queue mais se déplaça avec moins d'allant que d'habitude. Ils ne savaient pas vraiment quand elle devait mettre bas. Cela n'allait probablement pas tarder.

Une fois au pub, elle trouva une table en terrasse. Belle se coucha dans un soupir las à ses pieds. Elle scruta la route, impatiente de savoir ce que Ryan tramait.

Pourvu que l'autre candidat n'ait pas eu le poste ! Tout sauf ça. Voilà une semaine qu'il avait passé l'entretien, deux semaines que Ryan avait passé le sien. Ils s'étaient efforcés de ne pas trop y penser, mais pourquoi les membres du conseil d'administration mettaient-ils autant de temps pour délibérer ?

La voiture de Ryan entra sur le parking. Il se gara et avança vers le pub, le visage tendu.

Elle se leva pour aller à sa rencontre.

— Je dois repasser un entretien jeudi, dit-il sèchement. L'autre candidat aussi.

— Pourquoi ?

— Ils n'ont pas réussi à se mettre d'accord, je crois. Les avis étaient partagés. James ne m'a pas révélé grand-chose, mais il semble être de mon côté. J'espérais en finir et, au lieu de cela, c'est reparti pour un tour !

Elle le prit dans ses bras et ils demeurèrent un moment enlacés.

— Je déteste les entretiens, bougonna-t-il. Le premier était pénible. Qui sait ce qu'ils vont encore nous demander… Je ferai de mon mieux, comme d'habitude. Et, au pire, je trouverai un autre travail. Seulement, ce sera ailleurs…

Il secoua la tête.

— Bref. N'en parlons plus. Tu as envie qu'on mange ici ?

— Pas vraiment, répondit-elle, désolée qu'il ait à attendre encore une réponse qui tardait à venir et qui, de toute évidence, lui importait plus qu'elle ne l'avait imaginé. Belle est fatiguée. On peut rentrer à la maison.

À la maison…

Pourvu que le prochain entretien se passe bien !

Lui qui pensait que le premier entretien avait été pénible ! Le second fut éreintant. Le jury ne cessa de lui poser des questions déstabilisantes pour tester son endurance et ses facultés d'adaptation.

Il avait vécu pendant deux ans sur le fil du rasoir et réussi, malgré tout, à garder son sang-froid. Il n'eut pas de mal à rester calme pendant l'entretien, veillant à ne pas adresser ses réponses uniquement à la personne qui posait la question mais à l'ensemble du jury. Lorsqu'il sortit, il retourna travailler, résigné à devoir attendre la nouvelle délibération une semaine de plus.

Mais, le lendemain après-midi, James vint le voir et mit fin au suspense.

Beth entendit le bruit du moteur et se précipita dehors. Il était tôt. Or, Ryan ne rentrait jamais tôt. Que se passait-il ?

— Je l'ai eu ! dit-il, les yeux brillants. J'ai eu le poste. Ils me l'ont donné ! À moi !

— Oh ! Ryan ! s'exclama-t-elle en se jetant dans ses bras.

Il la souleva et la fit tourner en riant, puis la reposa et l'embrassa comme un fou.

Elle le sentit sourire, s'écarta pour le regarder et ne vit, dans son regard, que de la joie et du soulagement.

— Comment l'as-tu appris ?

— C'est James qui me l'a dit. Le jury était toujours divisé, mais de façon moins tranchée. Apparemment, je m'en suis bien sorti à l'entretien d'hier. J'ai été beaucoup plus convaincant. Je n'en reviens pas ! Ça a pris tellement de temps que je commençais à me faire à l'idée qu'ils allaient choisir l'autre.

— Quelle idée ! James avait senti que l'autre était plus vieux et qu'il cherchait une sorte de planque avant la retraite.

— Oui, mais d'autres étaient persuadés qu'il était plus expérimenté que moi et probablement rassurés par sa carrière plus... disons... conventionnelle.

— Qu'est-ce qui a fait pencher le plateau de la balance de ton côté, en fin de compte ?

Il réfléchit.

— Ma prestation d'hier, je crois. Et sans doute le fait que le conseil d'administration a une voix prépondérante.

Il se mit à rire.

— C'est vrai que, du point de vue du conseil, je suis moins cher et déjà sur place : ils n'ont pas à attendre que je donne un préavis de six mois ailleurs. Cela a dû jouer en ma faveur. Et James est resté inflexible, d'après ce qu'il m'a dit. Il a dû comprendre qu'il y avait quelque chose entre nous et je crois qu'il n'avait pas envie de te perdre aussi.

Elle le regarda, intriguée.

— Tu lui as parlé de nous ?

— J'ai peut-être fait une petite allusion..., dit-il, l'air faussement contrit.

— Tu exagères !

— Oui, mais c'est pour ça que tu m'aimes.

Le silence tomba dans la pièce, comme s'ils retenaient leur souffle. Puis il sourit.

— C'est vrai, c'est pour ça que je t'aime, dit-elle doucement avant de tendre les lèvres vers lui pour l'embrasser.

— Je n'en pouvais plus d'attendre, dit-il ensuite, de ne pas savoir ce qui allait se passer.

— Et maintenant, que va-t-il se passer ? Tu t'installes ici pour de bon ? demanda-t-elle, le cœur battant.

— Je ne sais pas, cela dépend aussi de toi. Si tu veux que je reste...

— Bien sûr que je veux que tu restes ! s'exclama-t-elle.

— Dans ce cas, j'appelle James.

— Tu ne lui as pas donné ta réponse ? dit-elle, surprise.

— Non. J'attendais d'en avoir parlé avec toi.

Il prit une grande inspiration et la regarda, une expression soudain plus sérieuse.

— Tu sais, je sais que je m'y suis mal pris, avec Katie. Certes, je lui ai dit que j'allais signer un contrat avec MPT. Je lui ai expliqué pourquoi cela me tenait à cœur, que je partais pour plusieurs mois, voire des années, que je ne voulais pas d'enfants, et j'ai cru qu'elle comprenait. Mais jamais je ne lui ai demandé ce qu'*elle* voulait. Je suis parti du principe que cela lui convenait. Ce qui n'était pas du tout le cas, si bien qu'elle a essayé de me retenir comme elle le pouvait. En l'occurrence, en tombant enceinte. Ce n'était pas honnête de sa part, mais, moi non plus, je n'ai pas été exemplaire. Et nous avons souffert tous les deux. Je ne veux pas commettre la même erreur avec toi.

Beth hocha la tête.

— Mais je ne suis pas Katie et, toi, tu n'es plus l'homme que tu étais à l'époque. Si tu acceptes le poste, fais-le pour toi, pas pour moi. Si c'est ce que tu souhaites vraiment, prends-le ; si tu n'es pas sûr, ne le prends pas. Je ne veux pas que tu regrettes et que tu partes dans quelques mois ou quelques années en m'en voulant de t'avoir fait faire une chose dont tu ne voulais pas.

— Merci Beth, dit-il en s'approchant d'elle pour l'embrasser. Mais je veux vraiment ce poste.

— Dans ce cas, appelle vite James ! Pendant ce temps, je vais préparer le dîner. Et, au fait, tu as retrouvé ton smoking pour demain ?

— Oui, il est prêt. Je vais appeler James.

Il l'embrassa et sortit son portable.

Une fois dans la cuisine, elle s'appuya contre le plan de travail et regarda le fleuve par la fenêtre.

Voilà, Ryan avait obtenu le poste qu'il convoitait. Il restait à Yoxburgh. Il allait s'installer, peut-être acheter la maison. Ils vivraient là, heureux, face aux marais et au fleuve.

Auraient-ils des enfants ensemble ?

Il était trop tôt pour y penser. Elle n'était pas prête et d'ailleurs elle reprenait la pilule. Ce n'était pas une garantie absolue – la preuve, cela ne l'avait pas empêchée de tomber enceinte une fois. Mais, à l'époque, elle lui arrivait de la prendre en retard, notamment la semaine où ils avaient travaillé comme des fous, juste avant leur week-end à l'hôtel. Cette fois, elle faisait vraiment attention à la prendre régulièrement. Et ils utilisaient aussi des préservatifs.

Mais un jour, peut-être ?

Peut-être ou peut-être pas. Elle ne savait pas quand elle serait prête, ni même si elle serait prête un jour. Cela faisait deux ans que Grace était morte. C'était à la fois loin et récent.

Aurait-elle le courage de retenter l'aventure un jour ?

— Voilà, dit Ryan en rentrant dans la cuisine. Nous verrons James demain, au mariage de Livvy et de Matt. Mon smoking est prêt. Et toi, qu'est-ce que tu vas mettre ?

— Je ne sais pas encore. Je m'en occuperai demain, dit-elle dans un soupir.

— Mais tu travailles jusqu'à 17 heures, demain. Tu as changé ton planning pour ne pas travailler dimanche, tu te rappelles ?

Elle le regarda, la main plaquée sur la bouche.

— J'avais oublié ! Dans ce cas, je vais peut-être rentrer chez moi pour m'en occuper ce soir, si cela ne te dérange pas.

— Bien sûr que non, Beth. Tu peux encore aller et venir à ta guise. Tu es libre.

Elle éprouva un pincement au cœur et eut le sentiment qu'il lui importait peu qu'elle reste ou qu'elle rentre dormir chez elle.

— Qu'est-ce qu'il y a ? demanda-t-il. J'ai dit une bêtise ?

— Non. C'est juste que tu as dit ça d'une drôle de manière. « Tu es libre. »

Il rit doucement et l'attira contre lui.

— Encore heureux que tu sois libre ! Cela ne signifie pas que je n'en ai rien à faire de toi mais simplement que tu n'as pas besoin de me demander avant de faire quoi que ce soit. C'est bien de m'informer, juste pour que je ne m'inquiète pas, mais tu es effectivement libre de faire tout ce que tu veux.

Elle se mit à rire, soulagée.

— Dans ce cas, je vais rentrer. J'ai des tas de choses à faire chez moi. Je n'ai pas fait de lessive depuis la semaine dernière. Vraiment, tu es sûr que cela ne te dérange pas que j'aille dormir chez moi ? Tu ne voulais pas qu'on fête ton nouveau travail ?

Il la serra contre lui en riant.

— Nous trouverons des tas d'autres occasions de le fêter. En attendant, il faut que j'écrive une lettre d'acceptation officielle. Je vais profiter de ton absence pour régler ça.

— Je me demande aussi si Belle ne va pas mettre bas. Je l'ai trouvée plusieurs fois en train de tourner dans la chambre d'amis, vers le dressing.

— C'est vrai, moi aussi. Je vais lui préparer une couche, au cas où les chiots arrivent cette nuit. En attendant, est-ce que tu veux que je t'aide à préparer le dîner ?

Elle sourit, l'embrassa sur la joue et lui tendit le couteau à légumes.

Cela faisait plusieurs jours qu'elle n'était pas rentrée chez elle. Quel drôle d'effet cela faisait de se retrouver seule ! Mais elle avait à faire, à commencer par mettre une machine en route et trouver ce qu'elle porterait pour le mariage.

Plus facile à dire qu'à faire. Parmi les différentes options qui s'offraient à elle, il y avait la robe qu'elle avait portée le soir où ils étaient allés à l'hôtel. « Portée » n'était pas le terme exact : elle l'avait enfilée pour descendre dîner mais ils n'avaient pas franchi le seuil de la porte.

Elle la sortit de la penderie et l'examina. Elle était assez élégante, en velours bleu marine décolletée devant et dans le dos, légèrement moulante et fendue jusque sous le genou. Sobre, discrète, élégante. Quand Ryan l'avait vue avec, il l'avait déshabillée et lui avait fait l'amour lentement, embrassant chaque parcelle de sa peau, l'amenant sans cesse à la limite de l'orgasme jusqu'à ce qu'elle le supplie de la franchir.

S'en souviendrait-il ?

Elle se faufila dans la robe, un peu plus serrée qu'à l'époque, où elle était sous le choc de ce qui s'était passé avec Rick et n'avait pas grand appétit. Cela dit, la robe lui allait bien et, de toute façon, elle n'avait rien de mieux à se mettre.

Elle trouva des boucles d'oreilles et un collier parfaitement assortis, des chaussures à talon suffisamment confortables pour qu'elle puisse danser sans se tordre la cheville, et une étole de la même couleur, au cas où la nuit serait fraîche. Après tout, le mois de mai ne faisait que commencer.

Elle raccrocha la robe sur son cintre et descendit dans le salon.

Elle s'approcha de l'étagère et prit le cœur en argent. Deux ans auparavant, leur bébé était encore en vie.

— Ton papa a eu le poste, ma chérie, dit-elle. Il reste ici et nous irons peut-être vivre avec lui, si tout va bien. Je suis désolée que tu ne l'aies jamais connu, mais je pense qu'il t'aime. Et je suis sûre qu'il te plairait. Nous penserons bien à toi, demain, mon amour.

Ryan et elle avaient l'un et l'autre traversé un long tunnel sombre et douloureux, mais peut-être pouvaient-ils espérer voir bientôt la lumière au bout.

Elle embrassa le petit cœur puis le monta dans sa chambre afin de le mettre dans le sac d'affaires qu'elle déposerait chez Ryan le lendemain matin, en partant à l'hôpital. Après son travail, elle reviendrait se changer chez elle, où Ryan passerait la prendre en taxi à 18 h 40.

Le téléphone sonna. C'était Ryan.

— Tout va bien ? Tu sais ce que tu vas mettre demain soir ?

— Oui, j'ai trouvé une robe. Comment va Belle ?

— Elle a l'air d'apprécier la couche que je lui ai faite dans la chambre d'amis. J'ai pris un carton vide dans le garage, je l'ai découpé et j'ai posé une couverture dessus. Elle a l'air bien. J'ai l'impression que cela ne va pas tarder.

— Moi aussi. Et toi, comment vas-tu ? Tu t'es remis de tes émotions ?

Elle l'entendit rire.

— Oui, ça va. Je suis épuisé, après les tensions de la journée. Je pense que je ne vais pas faire long feu. On se voit demain.

— Tiens moi au courant pour Belle.

— Promis. Bonne nuit. C'est bizarre d'imaginer que je vais me coucher sans toi.

— Ce n'est que pour une nuit. Demain, nous serons ensemble.

— Vivement demain, alors.

Il raccrocha avant qu'elle ait pu lui dire « je t'aime ». C'était peut-être mieux ainsi.

9

Ryan arrivait chez elle, vêtu d'un smoking qui lui allait comme un gant, quand Beth ouvrit la porte. Il s'arrêta net.

— C'est la robe... ?

Elle sentit son corps pétiller comme une coupe de champagne et le regard qu'il posa sur elle ne fit rien pour calmer son excitation.

— Je me demandais si tu t'en souviendrais.

Il sourit et passa l'index dans l'encolure de sa chemise.

— Oui, je la reconnais. Même si tu ne l'as portée que... Combien ? Trente secondes ?

Son visage redevint sérieux.

— Comment vas-tu ? demanda-t-il en la regardant dans les yeux.

— Ça va. Ça a été une drôle de journée.

— Je m'en doute.

Le silence se fit et ils demeurèrent un moment pensifs, l'esprit empli du souvenir de Grace. Puis Ryan se redressa, prit une inspiration et lui tendit la main.

— On y va ?

Une fois à bord du taxi, il se tourna vers elle et changea judicieusement de sujet.

— Qui y aura-t-il, ce soir, que je connais ?

— Oh... À part Matt et Livvy, évidemment, avec qui tu as déjà travaillé ? Il y aura Ed et Annie. Ed était en classe avec Matt. James et Connie, seront là aussi, ainsi que Sam et Kate, Jenny, ma cadre, avec son mari. Il me semble qu'il s'appelle Peter... Ce sont les gens de l'hôpital, mais il y aura aussi leurs familles respectives et leurs amis. Ce devrait être sympa. Matt a deux enfants, une fille et un garçon, dont la mère est morte d'une hémorragie cérébrale quand ils étaient petits. La même année que Grace. Et Livvy a eu un cancer du sein. Eux aussi viennent de passer deux années un peu dures.

— Je ne savais pas. On ne s'imagine pas, en les voyant.

Elle sourit.

— Et nous ? On s'imagine en nous voyant ?

— Tu as raison, dit-il en lui prenant la main. Tu es sûre que ça va ?

— Oui, Ryan. Ça va. Grace n'est pas très loin dans mes pensées - de toute façon, elle ne l'est jamais vraiment. Mais j'ai envie de passer une bonne soirée. Tu penses que c'est possible ?

— Bien sûr que c'est possible, murmura-t-il.

Le taxi s'arrêta devant l'hôtel. Ryan lui demanda s'il pourrait aussi les ramener.

— À quelle heure souhaites-tu rentrer, Beth ?

— Pas trop tard. Vers 22 h 30 ?

— Parfait. Je n'ai pas envie de rentrer tard non plus. Belle était un peu agitée, ce soir.

Il se mit d'accord avec le chauffeur de taxi et le régla. Il donna le bras à Beth et ils entrèrent dans l'hôtel, là où, presque trois ans plus tôt, toute cette histoire avait commencé.

On les conduisit dans une immense salle où Livvy et Matt saluaient leurs hôtes. Ils avaient l'air aussi heureux qu'amoureux.

— Félicitations, Livvy, dit Beth en la serrant dans ses bras. Je suis très heureuse pour vous.

— Merci. Et merci d'être venus. Je suis contente que tu aies amené Ryan.

Elle sourit. Comme presque tout leur entourage, Livvy savait qu'ils avaient déjà travaillé ensemble auparavant et qu'ils avaient maintenant une relation. Rien de plus, mais cela suffisait. Elle-même n'en savait pas davantage sur leur situation.

— Merci, dit-elle avant d'aller embrasser le marié.

Après avoir salué et félicité le couple, Ryan la prit par la taille et balaya la salle du regard.

— Matt a dit que le bar était là-bas, dit-il.

— Allons-y ! On trouvera peut-être une coupe de champagne pour fêter aussi ton nouveau poste.

Un orchestre jouait une musique douce qui couvrait à peine le brouhaha provenant de la foule bigarrée des invités. Ryan n'avait d'yeux que pour Beth. Elle portait une robe à tomber à la renverse, et s'était maquillée et parée de bijoux. Pourtant, il décelait au fond de ses yeux un chagrin dont elle ne se départait jamais vraiment tout à fait.

Ils se mêlèrent aux autres invités, bavardèrent avec des personnes avec qui il avait eu l'occasion de travailler et qui se réjouirent de son nouveau poste. Ils avaient tous à peu près leur âge et il comprit pourquoi James était si circonspect à l'idée qu'un médecin proche de la retraite intègre le service.

— Je suis ravi que vous ayez eu le poste, dit son nouveau chef de clinique dans un moment d'indiscrétion. Cela m'aurait rendu fou de travailler avec l'autre. Trop sûr de lui.

Ryan éclata de rire.

— Je n'ai fait que le croiser, dit-il poliment.

— Je suis sûr que c'est un bon médecin. Mais quelle suffisance ! Cela n'aurait jamais pu fonctionner. Alors que vous, vous êtes tout aussi brillant mais vous êtes souple.

— Si vous le dites. En tout cas, j'ai l'impression que nous avons la même façon de travailler.

— Vous me faites plutôt penser à Sam. Il vient de l'armée. Il est un peu comme vous. Il a vu et fait des tas de choses et sait prendre des initiatives. Il n'est peut-être pas tout à fait dans l'orthodoxie mais il sauve des vies et c'est ce qui compte.

— Vous auriez dû choisir quelqu'un d'un peu plus orthodoxe, alors.

— Non merci. Vous êtes parfait. À votre santé !

— Qu'est-ce qu'il racontait ?

Beth le regarda, l'air incrédule.

— Dans le fond, c'étaient des compliments, répondit-il en souriant.

Il jeta un coup d'œil dans la salle.

— Livvy et Matt sont près de l'orchestre. J'ai l'impression qu'ils vont bientôt ouvrir le bal. On s'approche ?

Effectivement, les jeunes mariés se mirent à danser sur une chanson outrageusement romantique puis les invités affluèrent sur la piste de danse pour se joindre à eux.

— Tu veux bien m'accorder cette danse ? demanda Ryan, la main tendue.

— Avec plaisir.

Elle le suivit sur la piste de danse en se demandant quel genre de danseur il était. La réponse ne se fit pas attendre. Il dansait bien et semblait y prendre beaucoup de plaisir. Bonne nouvelle ! Elle adorait danser et se réjouit de pouvoir partager cela avec lui. Alors elle se détendit et se jeta à corps perdu dans la danse dont le tempo accéléra au fil des chansons.

— Je n'en peux plus ! s'exclama-t-elle au bout d'un moment. J'ai un point de côté.

Ils se dirigèrent vers le bar et commandèrent de l'eau gazeuse.

— Cela fait des années que je n'ai pas dansé comme ça ! J'adore ça, dit-elle après avoir bu quelques gorgées.

— Moi aussi. J'ai un peu perdu la main.

— Tu n'as rien perdu du tout, dit-elle.

Ils échangèrent un regard tendre et intense, tandis que la musique ralentissait. Il lui tendit la main.

— Retournons danser, dit-il doucement.

Ils se mirent à danser, enlacés l'un à l'autre, comme si c'était la chose la plus naturelle du monde, comme s'ils étaient faits l'un pour l'autre.

C'était parfait. Si seulement elle pouvait avoir la certitude qu'il l'aimait autant qu'elle l'aimait !

Elle chassa cette idée de son esprit et ferma les yeux pour être à l'écoute de ses sensations, non plus de ses pensées.

— C'est presque l'heure, murmura-t-il.

La voix de Ryan la fit revenir à la réalité.

— Matt et Livvy sont là-bas. Allons leur dire au revoir.

Deux minutes plus tard, ils attendaient le taxi devant l'hôtel. Elle frissonna.

— J'ai oublié mon étole.

— Prends ma veste, murmura-t-il en la lui posant sur les épaules.

— Quelle galanterie !

— Pour être honnête, il faisait un peu chaud à l'intérieur.

C'était le moins que l'on puisse dire. Mais, à présent, elle avait froid. Deux ans plus tôt, le compte à rebours avait commencé.

Lorsqu'ils sortirent du taxi, la première chose qu'ils firent fut d'aller voir dans la chambre d'amis.

Belle était couchée sur la couche qu'il lui avait aménagée. Elle leva la tête et lui lécha la main, puis se leva lourdement et avança jusqu'à la porte.

— Je vais la sortir, dit-il.

Il l'emmena dans le jardin où elle fit un petit tour, avant de revenir vers lui et de presser la tête contre sa jambe.

— Comment vas-tu, Belle ?

La chienne fit demi-tour, rentra dans la maison et retourna se coucher.

Il rejoignit Beth dans la chambre. Elle était assise sur le lit, le petit cœur en argent dans les mains. Elle leva vers lui son visage inondé de larmes.

Il s'accroupit à ses pieds et posa les mains sur les siennes.

— Ça va ? Tu préfères que je te laisse tranquille ?

— Non, reste avec moi.

Alors il s'assit à côté d'elle et passa le bras sur ses épaules.

Le souvenir de Grace était si vif qu'il lui semblait que le drame était arrivé la veille. Il était de garde, ce soir-là, et se trouvait encore à l'hôpital quand elle l'avait appelé.

« C'est bizarre, je n'ai pas les mêmes sensations que d'habitude. Je viens à la maternité », avait-elle dit.

Il l'avait rejointe dans le hall de la maternité. On les avait emmenés dans une salle et fait allonger Beth. C'est là qu'ils avaient vu, sur le moniteur, les battements du petit cœur de Grace ralentir, jusqu'à s'arrêter.

Jamais il n'oublierait le hurlement déchirant qu'avait poussé Beth et qui avait fait écho au cri tout aussi douloureux qu'il avait gardé en lui, serrant les dents, étonné par la violence de ce qu'il ressentait. Combien de parents avait-il entendu hurler de la sorte à l'annonce de la mort de leur enfant ?

— Ryan ?

Il sentit la main de Beth essuyer les larmes qui coulaient sur sa joue. Beth, elle, ne pleurait plus. Elle semblait avoir recouvré la paix. Elle déposa un baiser sur le petit cœur et le lui tendit.

— Il faut lui trouver une place, dit-elle.

Il hocha la tête et se leva, l'urne de sa fille dans le creux de la main.

— Si on la mettait dans le bureau ?

Elle acquiesça d'un signe de tête. Il sortit de la chambre et alla déposer le cœur sur son bureau. Puis lui envoya un baiser.

— Bonne nuit, précieuse petite fille, murmura-t-il avant de rejoindre Beth.

Beth était restée dans la chambre. Quand Ryan revint, elle essuya de nouveau les larmes qui baignaient ses joues.

— Fais-moi l'amour, Ryan.

Il la regarda, perplexe.

— Tu es sûre ?

— Oui, je suis sûre. J'ai envie de toi.

Il la regarda longuement avant de se pencher vers elle et de l'embrasser avec beaucoup de douceur et de tendresse. Puis elle sentit un changement se produire. La tendresse était toujours là mais elle se mêlait soudain à un désir plus grand. Il s'écarta, se déshabilla, la déshabilla et se plaqua contre elle. Puis il la fit reculer vers le lit. Il écarta les draps et Beth s'allongea, les bras tendus pour l'accueillir.

Ils prirent leur temps et firent l'amour avec douceur. Puis il la prit dans ses bras et elle s'endormit.

Ryan entendit un bruit. Rien d'inquiétant, juste de légers gémissements. Il dégagea son bras de sous la tête de Beth et se leva en tendant l'oreille.

Les gémissements provenaient de la chambre d'amis. Belle tournait en rond sur sa couche.

— Beth ! Beth, réveille-toi ! Je crois que Belle est sur le point de mettre bas.

Elle se hissa sur un coude en clignant des yeux. Il enfila des vêtements propres et rejoignit Belle.

— Ça va, Belle ? demanda-t-il en s'accroupissant.

La chienne pressa la tête contre sa main et grogna doucement.

Le travail avait effectivement commencé. Un souvenir remonta de son enfance : il était assis dans la cuisine, dans une semi-obscurité, et observait son père qui avait donné naissance à une portée de huit chiots tout ronds.

Pourvu que Belle n'en ait pas huit ! Deux ou trois, ce serait suffisant. Quatre, à la rigueur, mais pas huit. Et surtout, pourvu qu'ils soient tous en bonne santé. Il aurait du mal à supporter qu'ils ne le soient pas, à plus forte raison ce jour-là.

Beth entra dans la pièce et se posta derrière lui.

— Où en est-elle ?

— J'ai l'impression que c'est imminent.

— Je fais du thé ?

Il lui sourit.

— Ce serait super, merci.

Elle rapporta deux tasses et s'assit près de lui.

— Je ne sais pas comment cela se passe, dit-elle. Du moins pas chez les chiens.

— J'imagine que ce n'est pas très différent des humains, dit-il. Elle doit savoir instinctivement ce qu'elle doit faire, mais mieux vaut peut-être que nous restions avec elle. D'après le vétérinaire, ce serait sa première mise bas. Elle est jeune et ses tétines n'ont pas l'air d'avoir déjà allaité une portée.

— Reg nous l'aurait probablement dit. Je me demande à quoi vont ressembler les chiots. Cela dépendra de leur père.

— J'espère simplement que ce n'est pas un molosse.

— Nous prendrons ce qui se présentera, dit-elle avec philosophie. Tant qu'ils sont en bonne santé.

Elle but une gorgée de thé et posa la tête contre lui en soupirant. Il déposa un baiser sur son front en se demandant si elle pensait à la même chose que lui. Deux ans auparavant, Grace était née, mais son cœur malade ne battait plus.

Belle se mit à bouger, étendit les pattes en grognant puis se lécha. Il se rapprocha et aperçut deux pattes et un museau noirs. Belle grogna encore et le chiot sortit. Elle se remit à le lécher avec une ardeur presque brutale puis le chiot émit un petit couinement.

— Il est vivant ! s'exclama Beth avec joie.

— Oui, et effectivement Belle a l'air de savoir ce qu'elle a à faire.

Ils la regardèrent, émerveillés, pousser le chiot vers ses mamelles. Il se mit à téter. Elle se rallongea tout en gardant un œil sur lui. Puis elle se remit à grogner.

— Je crois qu'il en arrive un autre.

— Le premier ne va pas la gêner ?

— Je ne pense pas. Elle nous le fera comprendre.

Beth se tourna vers lui.

— Tu as déjà assisté à ça ?

Il hocha la tête.

— La chienne que nous avions quand j'étais petit a mis bas quand j'avais six ou sept ans. Ce jour-là, j'ai décidé de devenir vétérinaire.

— Tu voulais être vétérinaire ? demanda-t-elle, incrédule.

— Oui, jusqu'à ce que mon père meure. J'avais douze ans quand on lui a diagnostiqué un cancer, et quinze quand il est mort. Je me suis senti très impuissant, évidemment. J'ai passé beaucoup de temps à aller le voir à l'hôpital. Ça m'a marqué, apparemment, au point que je veuille en faire mon métier.

Il se pencha pour observer Belle. Mais, cette fois, il ne vit ni pattes ni museau, mais un dos et une queue.

— Celui-là arrive par le siège, dit-il. Cela risque d'être plus difficile. Je vais la laisser se débrouiller seule et, si elle n'y arrive pas, je l'aiderai.

Belle fit son possible, mais le chiot ne sortait pas. Ryan prit une serviette, attrapa doucement son postérieur et attendit la contraction suivante pour tirer en retenant son souffle.

— Voilà, dit-il dans un grand soupir, tandis que Belle se mettait à le lécher.

Mais le chiot ne respirait pas. Il le saisit, comme il avait vu son père le faire, et le secoua pour évacuer le fluide de ses poumons. Il dut insister avant d'entendre enfin une très légère toux. Alors il reprit la serviette et le frotta jusqu'à ce que le chiot se mette à couiner plus franchement.

— Oh ! Ryan !

Le cœur battant, il posa le chiot auprès de sa mère inquiète qui le lava et le fit rouler jusqu'à ses mamelles. Il mit du temps mais finit par s'accrocher à une mamelle et par téter.

Ryan soupira de soulagement et alla s'adosser au lit.

— Bien joué, dit Beth en le serrant contre elle.

Il tourna la tête et l'embrassa.

Il était incapable de parler. Mais les chiots et la mère se portaient bien, c'était l'essentiel. Tout ce qu'il leur restait à faire, désormais, c'était attendre que le reste de la portée vienne au monde à son tour.

Les deux autres chiots arrivèrent sans difficulté. Après les avoir lavés et nourris, Belle se leva doucement et sortit de sa couche en regardant Ryan avec insistance.

— Je crois qu'elle veut sortir, dit-il.

Il accompagna Belle, laissant Beth en compagnie des chiots. Deux d'entre eux étaient noirs, un couleur crème et celui qui était né par le siège était d'un doré plus foncé, mais tous avaient le museau noir de leur mère.

Quand Ryan revint, elle s'écarta pour le laisser refaire la couche.

— Tiens, occupe-toi bien de tes bébés, dit-il en y redéposant les chiots.

— Tu es géniale, Belle, dit Beth. Quatre, c'est le nombre idéal.

— Je ne suis pas sûr que nous serons toujours de cet avis quand ils chahuteront tous ensemble dans la cuisine, dit-il en riant.

Il s'étira en souriant.

— Je meurs de faim. Cela te dit qu'on se fasse un bon petit déjeuner ? Je n'ai pas mangé grand-chose hier soir.

— Moi non plus. Quelle heure est-il ?

— 6 h 45.

Elle déglutit. Deux ans auparavant, à la même heure, elle était à la maternité et berçait sa fille, ravagée par la douleur. Mais désormais, grâce à Belle et à Ryan, d'autres souvenirs bien plus heureux seraient associés à cette date.

Ryan lui tendit la main et l'aida à se relever. Puis il la conduisit dans le jardin.

— Tu veux un sandwich au bacon ?

— Formidable ! dit-elle avant de l'embrasser.

— Assieds-toi là, je t'apporte un café, le temps que le bacon cuise.

Elle s'assit sur les marches et frotta ses bras pour se réchauffer. Il faisait frais et elle avait peu dormi, mais le soleil était en train de se lever et, déjà, ses rayons lui réchauffaient les épaules. L'été serait bientôt là et, d'ici là, les chiots seraient sevrés.

— Il faudrait trouver un banc solide, dit-elle quand Ryan réapparut, une tasse dans chaque main.

— Je vais m'en occuper. Il faut aussi que je reprenne contact avec l'agent immobilier.

— Tu veux acheter la maison ?

— Je ne sais pas. J'aimerais bien. Je me sens bien ici. C'est tellement paisible. De plus, c'est la maison de Belle, alors, d'une certaine manière, je n'ai pas le choix, ajouta-t-il en riant.

— Je croyais qu'elle devait repartir au refuge après la naissance des chiots ?

— J'ai bien réfléchi et je crois que Reg ne m'adresserait plus la parole si elle repartait. Mais dis-moi, que penses-tu de l'idée que j'achète la maison ?

— Tu as raison, on est bien, ici. C'est paisible et beau. Et c'est la maison de Belle, évidemment.

Il lui tendit une tasse et s'éloigna en marmonnant.

— Je savais bien que tu ne la laisserais pas repartir, murmura-t-elle.

Elle sourit et prit la tasse entre ses mains pour se réchauffer.

Les chiots grandirent à vue d'œil et se mirent assez rapidement à mâchonner tout ce qui leur tombait sous la dent. Il leur avait aménagé une sorte de niche dans le passage qui reliait la cuisine au garage et les autorisait à sortir de temps en temps pour jouer. Ils revenaient ensuite et s'entassaient tous ensemble dans leur couche, ou s'endormaient debout et tombaient littéralement de sommeil à l'endroit où ils se trouvaient – en général, là où on risquait de trébucher sur eux.

Beth avait plus ou moins emménagé chez lui. Ils avaient aménagé leurs horaires de sorte qu'en l'absence de l'un l'autre puisse s'occuper de Belle et de sa petite famille. Reg continuait néanmoins à venir les garder l'après-midi, juste après le déjeuner. Il passait un moment avec eux et les regardait batifoler dans le jardin.

Comme Belle avait allaité ses petits jusqu'à leur sevrage, Beth et lui jouissaient désormais du privilège immense d'avoir un lit pour eux tout seuls, ce dont ils tiraient le plus grand parti.

La vie était belle et, dès que les chiots auraient trouvé des familles voulant les adopter, elle le serait encore davantage, parce qu'ils recommenceraient à travailler ensemble.

Beth ne comprenait pas ce qui la fatiguait à ce point. Certes, les chiots exigeaient beaucoup d'attention mais elle était de nature plutôt active, et les journées à l'hôpital n'étaient pas plus exigeantes que d'habitude.

Peut-être ne dormait-elle pas suffisamment. C'est vrai qu'ils se couchaient assez tard car ils attendaient la fin de la dernière tétée pour mettre les chiens au garage pour la nuit. Mais, même s'ils faisaient l'amour tous les soirs, sans exception, elle parvenait tout de même à dormir pratiquement sept heures.

Elle n'avait même plus la force de manger et se surprenait à piquer du nez en plein après-midi, quoi qu'elle soit en train de faire. Elle était dans le même état de fatigue que si elle était enceinte.

Enceinte ?

Non. C'était impossible. Mais si elle n'était pas enceinte, elle avait un problème de santé.

Mieux valait en avoir le cœur net. Elle enferma les chiots avec leur mère et prit la voiture. Elle s'arrêta au supermarché le plus proche pour acheter un test de grossesse. De retour chez Ryan, elle passa une demi-heure assise dans la salle de bains à regarder le test emballé sur le rebord du lavabo, incapable de l'ouvrir.

Lorsqu'elle trouva enfin le courage de faire le test, il se révéla positif. Son cœur se souleva à l'idée de ce que cela impliquait. Elle n'était toujours pas sûre que Ryan ait changé d'avis au sujet de la paternité ni même qu'il considère que leur relation soit sérieuse au point de faire des enfants avec elle.

Comment allait-elle lui annoncer cela ?

Elle entendit la porte d'entrée s'ouvrir, et fourra le test et l'emballage dans le sac à linge sale.

— Désolé, je ne savais pas que tu étais là, dit-il en entrant dans la salle de bains. Tout va bien ?

— Oui, pourquoi ? mentit-elle en évitant son regard. Tu vas promener Belle ?

— Oui, dans deux minutes. Il faut d'abord que je...

Il s'interrompit.

— Qu'est-ce que c'est que ça ? demanda-t-il en ramassant une feuille de papier.

Le mode d'emploi du test de grossesse.

Il leva les yeux, sous le choc, puis lâcha la feuille comme s'il s'agissait d'un tison ardent.

— Tu es enceinte ! s'exclama-t-il, incrédule.

Ce n'était pas une question. Il l'avait compris à son attitude. Il jura, alla décrocher la laisse, appela Belle et sortit sans un mot.

Elle posa instinctivement la main sur son ventre et s'efforça de retenir ses larmes. Pouvait-elle s'attendre à ce que Ryan réagisse autrement ?

Mais peu importait sa réaction. Quoi qu'il arrive, elle s'en sortirait. Tout ce qui comptait, c'était que ce bébé survive, qu'il soit en bonne santé. Le reste passait au second plan.

Elle avait toujours son appartement et son travail. Elle reprendrait ses horaires habituels. Ryan trouverait une solution pour faire garder les chiots. Ce n'était pas son problème, après tout.

Elle alla dans la chambre, fourra ses affaires dans des sacs et fonça dans le bureau. Le petit cœur en argent était posé sur une feuille de papier. Elle reconnut l'écriture de Ryan et lut le mot « Grace ».

Le cœur battant la chamade, elle se laissa tomber dans le fauteuil, la feuille dans la main.

Grace chérie,

Je ne sais pas quoi te dire, si ce n'est que je t'aime plus que je ne l'aurais cru possible.

Je suis passé à côté de tout : ta première dent, ton premier mot, tes premiers pas. Je n'ai pas pu t'emmener à l'école, à ta première soirée ni à l'autel, le jour de ton mariage.

J'ignore ce que signifie être un père. Je ne sais pas si j'aurai la chance de le devenir un jour car j'aime ta maman de tout mon cœur mais je crois qu'elle a peur de faire un autre enfant. Moi aussi, j'ai peur.

Mais sache que, si je trouve un jour le courage d'avoir un autre enfant, je lui parlerai de toi, de l'amour et du manque que nous éprouvons chaque jour que nous passons sans toi.

Dors bien, petit ange.

Ton papa qui t'aime

Les mots tourbillonnèrent devant ses yeux. Elle replia la lettre et la remit sur le bureau, sous le cœur en argent.

Il fallait qu'elle trouve Ryan. Elle avait une petite idée de l'endroit où il se trouvait.

Comment était-ce possible ? Pas une fois il n'avait oublié d'utiliser un préservatif et Beth prenait la pilule tous les matins, devant lui. Comment pouvait-elle être enceinte ?

À moins que...

Le soir du mariage de Matt et de Livvy, le jour de l'anniversaire de la mort de Grace... L'émotion était tellement forte qu'ils n'avaient pensé ni l'un ni l'autre à se protéger. Comment avait-il pu être aussi inconscient ?

Que faire, à présent ?

La seule chose qu'il puisse faire était de rentrer et de lui présenter des excuses.

Il entendit des pas derrière lui. Il suivit Belle des yeux et reconnut Beth.

— J'ai lu ta lettre.

Il mit quelques instants à comprendre de quoi elle parlait. La lettre qu'il avait écrite à Grace, le jour de l'anniversaire de sa mort, et qu'il comptait faire lire à Beth quand l'occasion se présenterait. Mais le temps était passé et l'agitation autour de la naissance des chiots lui avait fait oublier la lettre.

— Je suis désolé, Ryan. Je ne sais pas comment j'ai pu tomber enceinte...

— Moi, je sais. La nuit du mariage. Je n'ai pas mis de préservatif. J'avais la tête ailleurs. Je voulais te voir heureuse, je voulais te rendre heureuse. Mais j'ai provoqué une catastrophe. Je suis désolé, vraiment désolé, Beth.

Il détourna les yeux et fixa les bateaux amarrés de l'autre côté du fleuve.

— Dans la lettre, tu dis que tu m'aimes...

— Bien sûr que je t'aime. Tu en doutais ?

— Je ne le savais pas.

— Je ne pensais pas que c'était important de te le dire. Je

ne voulais pas exercer de pression, que tu te sentes obligée de m'aimer en retour.

— Mais je t'aime, Ryan. Je te l'ai dit.

— Tu me l'as dit sur le ton de la plaisanterie.

Elle secoua la tête.

— Je ne plaisantais pas. Je crois que je t'aime depuis toujours, depuis le jour où tu m'as embrassée, ici. Depuis, mon amour pour toi n'a cessé de croître.

Il la dévisagea et vit dans ses yeux qu'elle était sincère. Il faudrait qu'il apprenne à déchiffrer son regard, toujours si expressif quand il se donnait la peine de le scruter.

Ryan s'approcha d'elle et plongea son regard dans le sien.

— Je t'aime, Beth, dit-il d'un ton calme. Je t'aime et, si tu veux encore de moi, je te le répéterai tous les jours de notre vie. Je veux vivre avec toi et avoir d'autres enfants, si le destin ne nous joue pas d'autre vilain tour. Mais j'ai envie d'essayer.

Elle sentit son cœur faire un bond dans sa poitrine.

— J'ai un peu peur mais, moi aussi, j'ai envie de tout cela. Je crois que je ne pourrai plus vivre sans toi.

Il la prit dans ses bras.

— Cela tombe bien parce que je n'ai pas l'intention de te laisser. Nous formerons une famille magnifique, toi, moi, Grace et ce petit bébé. Sans oublier Belle, bien sûr !

La chienne se mit à remuer la queue.

— Allez, rentrons à la maison.

— Bonne idée, dit-elle en se blottissant contre son torse.

Ils firent une pause sur l'échalier et échangèrent un baiser tendre et voluptueux, comme au premier jour.

— Je t'aime, tu sais, dit-il.

— Oui, maintenant, je sais. Moi aussi, je t'aime. Ne l'oublie jamais.

— Jamais, c'est promis.

Épilogue

— Ici ? demanda Ryan, la bêche à la main.

Beth déposa le bébé dans les bras de Reg et rejoignit Ryan pour décider du meilleur endroit pour planter le rosier qu'ils venaient d'acheter – et qui portait le doux nom de Grace.

— Un peu à droite, peut-être. Reg, qu'est-ce que vous en dites ?

Le vieil homme sourit.

— Oui, un peu à droite. Il va être assez grand. Là, c'est parfait. Il aura toute la place qu'il lui faut pour s'épanouir.

— Comme tout le monde ici, dit Beth en souriant. Qui aurait parié que Pagaille devienne aussi grand, alors que c'était le plus petit de la portée ? Dire qu'il a failli ne pas survivre !

Ryan jeta un coup d'œil au chiot tout fou qui venait d'avoir un an.

— Pagaille, non ! Sors de ce trou ! Je n'ai pas besoin de ton aide.

Il ordonna au chien de s'asseoir et se remit à creuser. Pagaille suivait des yeux le mouvement de la bêche en se retenant de le rejoindre.

Belle, étendue sur le dos, au soleil, jouait avec un jouet déchiqueté. Ryan leva la tête et contempla les personnes chères qui l'entouraient et qui formaient une famille : sa femme, leur petit garçon de trois mois et Reg, qui faisait office de grand-père.

Ils s'étaient mariés et avaient fait des travaux d'agrandissement dans la maison de sorte que la grande pièce qui comprenait la cuisine, la salle à manger et le salon s'ouvre sur le jardin et donne sur le fleuve et l'échalier où leur grande histoire d'amour avait commencé.

Ils avaient confié les trois autres chiots à Annie et Ed, à James et Connie et à un fermier dont le labrador noir s'était révélé être le père de la portée. Ils avaient gardé Pagaille, le petit chiot né par le siège, et Belle, évidemment.

— C'est bien ? demanda-t-il après avoir mis le rosier dans le trou.

— Parfait ! dirent Beth et Reg d'une seule voix.

— Dans ce cas, je vais tasser la terre, pour éviter que le chien se remette à creuser.

Il s'agenouilla pour répartir la terre autour des racines et caressa du bout des doigts un petit bourgeon.

— C'est toi, Grace ? murmura-t-il. Tu peux grandir, maintenant. Bon anniversaire, ma chérie !

Il se redressa, se frotta les mains et rejoignit Beth et le bébé.

— C'est magnifique. Regarde, Raoul, papa a planté un arbre pour Grace. Il va faire de jolies fleurs, tu verras.

Elle embrassa le bébé et lui fit son plus beau sourire.

— Tu es heureuse ?

Elle leva la tête vers lui.

— Très, répondit-elle, les yeux brillants d'émotion. Merci, Ryan. Merci pour tout.

— Ne me remercie pas. C'est moi qui suis comblé de vous avoir tous auprès de moi... Pagaille, non !

Il se leva et chassa le chiot de la nouvelle plantation. Il se retourna, un sourire en coin sur les lèvres, et se réjouit d'entendre le rire de Beth et de Reg emplir le jardin de joie.

ANNIE CLAYDON

L'amour à tout prix

Traduction française de
ANOUK

BLANCHE

HARLEQUIN

Titre original :
WINNING THE SURGEON'S HEART

Ce roman a déjà été publié en 2020.

1

Un silence impressionnant régnait dans l'arène emplie de spectateurs. Parmi les trente concurrents prêts à relever les différents défis du jeu télévisé auquel ils participaient, seuls deux seraient sélectionnés ce jour-là.

Le jury s'apprêtait à proclamer leurs noms devant un public nombreux et enthousiaste.

Pourvu que ce soit Sophie et moi ! se répéta Hannah.

Elle avait vraiment donné le meilleur d'elle-même... De toutes ses forces. De tout son cœur.

À côté d'elle, Sophie, sa collègue et meilleure amie, se penchait en avant, mains sur les genoux, encore un peu essoufflée.

L'épreuve la plus difficile, une course d'obstacles épuisante pour tout le monde, avait été programmée à la fin de cette longue journée. Toutes deux avaient accompli la totalité du parcours ensemble...

Tout comme elles travaillaient ensemble.

Jour après jour, du matin au soir, elles se soutenaient dans leur quotidien parfois très éprouvant.

Hannah posa une main sur l'épaule de Sophie et lui adressa un grand sourire.

— On l'a fait ! On est allées jusqu'au bout !

Sophie se redressa et leva un pouce victorieux.

— Oui, jusqu'au bout ! Franchement, j'avoue que je n'en peux plus. Toi, tu as été super... Je pense que tu seras sélectionnée. En revanche, moi, je ne suis pas sûre.

— Sois optimiste ! De toute façon, l'essentiel est d'avoir participé. Dis... Ça va ? s'inquiéta Hannah.

Sophie acquiesça d'un vigoureux signe de tête.

— Je suis fière... Et juste fatiguée. Demain, on sera complètement endolories.

— Mais on aura tout tenté pour gagner, et c'est ce qui compte, affirma Hannah.

En réalité, ce n'était pas tant une question de réussite que d'engagement solidaire. Hannah et Sophie travaillaient en binôme depuis cinq ans, aux commandes d'une des ambulances de l'hôpital d'Hamblewell. Quand l'établissement avait intégré le célèbre *Hospital Challenge* organisé par Arial TV, à l'issue duquel serait offerte une généreuse somme d'argent en guise de trophée, elles s'étaient spontanément présentées en équipe.

Ce jour-là se déroulait la sélection des participants, avec des séquences éliminatoires aussi bien mentales que physiques – quiz, jeux de rôles, épreuves sportives – à l'issue desquelles deux candidats, sur trente, représenteraient l'hôpital d'Hamblewell durant l'étape suivante de ce concours retransmis à la télévision.

Hannah espérait de tout cœur gagner avec Sophie, sa coéquipière préférée.

Elle saisit la main de son amie et la serra fort.

Les enceintes du stade crépitèrent soudain, et sur la tribune, l'un des membres du jury prit la parole :

— Bonjour à tous... Et merci de participer ! Comme vous le savez, les candidats sélectionnés vont concourir au nom de l'hôpital d'Hamblewell dans les épreuves qui auront lieu à partir de samedi prochain... Nous serons en concurrence avec trois autres hôpitaux pour représenter notre région lors de la dernière manche qui se jouera à Londres. Nous espérons que vous viendrez nombreux soutenir notre équipe, et nous espérons aller en finale ! Donc, aujourd'hui, nous avons dû choisir deux personnes, ce qui n'a pas été facile...

Il y eut une pause. Le silence était total, impressionnant. Chacun retenait son souffle.

— Alors nous avons tout d'abord... Hannah Green !

Hannah entendit une salve d'applaudissements et de cris enthousiastes. Ses jambes flageolèrent. *Il va falloir que j'assure*, s'intima-t-elle simultanément.

— Bravo ! Je savais que tu étais la meilleure ! Tu as toujours été la meilleure, la plus sportive de nous deux. Bravo ! répéta Sophie, les yeux brillant de joie.

— Attends, toi aussi tu vas être sélectionnée, répliqua Hannah. Pas question que je continue sans toi !

— De toute évidence, notre choix remporte l'unanimité ! lança le juré d'un ton ravi. Hannah Green, toutes nos félicitations ! Et vous ferez équipe avec le Dr Matt Lawson !

Quoi ?

Hannah s'efforça de sourire, mais tout à coup, sa satisfaction d'avoir réussi retombait tel un soufflé. Elle ne connaissait même pas ce Matt Lawson.

Elle jeta un coup d'œil à Sophie qui, quant à elle, se réjouissait toujours, en phase avec le public. À croire qu'elle n'avait pas remarqué que son nom n'avait pas été proclamé.

— Hannah, Matt, venez à la tribune ! invita le juré.

La gorge nouée, Hannah se dirigea vers l'estrade.

Tout en l'applaudissant, la foule s'écarta pour la laisser passer.

Un homme grand et mince, aux cheveux blonds décolorés par le soleil, la rejoignit à grands pas.

C'était le genre d'homme qui donnait l'impression d'être plus souvent à l'extérieur que dans un bloc opératoire. Oh ! il avait sûrement les yeux bleus... Hannah les imaginait déjà de cette teinte lumineuse, séduisante, classant automatiquement ce médecin dans la catégorie « intouchable ».

Car en réalité, elle savait très bien qui était le séduisant Dr Matt Lawson. Un excellent chirurgien, ce que le personnel féminin ignorait parfois, plutôt concentré sur le physique hors du commun de leur confrère ! Mais Hannah avait déjà eu vent de la réputation professionnelle du Dr Lawson. Pour le reste, elle savait juste qu'il était très beau et très distant.

— Félicitations, dit Matt, en lui tendant la main.

— Merci. Félicitations à vous aussi.

Ses prunelles étaient bien de la teinte de la mer… La mer Méditerranée. Avec des reflets sombres, intenses.

— Je vois que vous êtes déçue, ajouta Matt en soutenant le regard d'Hannah. Désolé… Vous auriez préféré concourir avec votre amie, je m'en doute… On fera de notre mieux pour être à la hauteur de la mission !

Hannah sourit poliment, consciente que tous les regards étaient braqués sur eux. Dans l'assemblée, au premier rang, Sophie levait un pouce victorieux et encourageant.

— Oui, bien sûr, on fera de notre mieux, affirma-t-elle. Pour notre hôpital.

— Exactement. Pour nos patients, renchérit Matt. Heureux d'être votre partenaire, Hannah. Vous êtes une championne.

En prononçant ces mots, Matt eut la désagréable impression de trop en faire. Il ne voulait pas que la jeune femme s'imagine qu'il cherchait à lui plaire. Il avait remarqué qu'Hannah s'entendait parfaitement avec sa collègue pendant les épreuves sportives de cette journée, même si elle était visiblement la plus forte, la plus endurante.

Toutes deux formaient une équipe battante. Elles portaient des T-shirts assortis, imprimés du logo du service ambulancier. Hannah était infirmière, Sophie ambulancière et conductrice. Matt connaissait la nature de leur travail qui nécessitait qu'elles puissent compter l'une sur l'autre en permanence.

— Vous êtes dynamique, ça se voit, dit-il tandis qu'ils descendaient de la tribune, marchant côte à côte vers les gradins où les affaires des concurrents étaient entreposées.

Le ciel était bleu, et un magnifique soleil estival brillait.

— Disons que j'aime courir, nager, me dépenser… Il va falloir qu'on s'entraîne avant la prochaine épreuve ! répondit Hannah.

Il la regarda. Hannah était une jolie femme dont la beauté semblait étonnamment intensifiée par un peu de saine fatigue et de sueur. Un peu plus tôt dans la matinée, il avait remarqué sa silhouette fine et tonique, sa chevelure auburn rassemblée en une tresse épaisse et, bien sûr, son sourire. Au fil de la journée, il avait pu admirer son audace et sa ténacité. À cet instant, malgré les heures d'efforts, elle resplendissait.

— Le jeu en vaut la chandelle ! répliqua-t-il. Malheureusement, cette semaine, il me sera difficile d'y consacrer autant de temps que je le voudrais. J'ai un planning très chargé. Je pourrai juste poursuivre mes séances de sport habituelles, ce qui est mieux que rien... Et prévoir une bonne nuit vendredi, pour donner le meilleur de moi-même samedi prochain !

Hannah hocha la tête, manifestement un peu déçue.

— Je comprends. Dans ce cas, si ça ne vous ennuie pas, je continuerai à m'entraîner avec Sophie.

— Pourquoi ça m'ennuierait ? Au contraire, foncez !

En vérité, Sophie et Hannah formaient le genre d'équipe dont Matt aurait pu rêver. Lui-même, dans sa pratique, ne parvenait pas à vivre une telle entente. La chirurgie demeurait un acte solitaire, même si, au bloc, se trouvaient assistants et infirmières.

À ce moment-là, Sophie les rejoignit, un sourire radieux aux lèvres.

— Bonjour, je suis Sophie. Félicitations, vous avez mérité de gagner ! ajouta-t-elle en lui tendant la main.

Matt la serra, appréciant son attitude chaleureuse. Mais pour une raison mystérieuse, Sophie ne le touchait pas autant qu'Hannah.

— Merci. Vous formez pourtant une excellente équipe avec Hannah.

Sophie enlaça les épaules de son amie.

— Oh ! oui, c'est vrai, mais ma performance reste finalement limitée ! Maintenant, c'est à vous deux de donner le meilleur de vous-mêmes !

— J'y compte bien... Et j'espère de toutes mes forces qu'on gagnera, dit Hannah. Notre hôpital a besoin d'argent, et si on remportait la victoire, le pactole du trophée nous aiderait beaucoup.

— C'est sûr, admit Sophie. Si c'est un pactole...

— Il y a une belle somme à la clé, on l'a lu dans le règlement, tu te souviens ? Donc on fera tout pour remporter le défi, assura Hannah, d'un ton presque détaché.

Puis elle soupira.

Sophie lui assena un léger coup de coude dans les côtes.

— Cache ton enthousiasme ! Ne vous inquiétez pas, Matt, Hannah sait s'engager quand il le faut. Et elle est imbattable.

— Je n'en doute pas, répondit-il.

Il trouvait Sophie décidément très sympathique. Le genre de femme qu'il aimait habituellement séduire, pour passer un bon moment. Jolie de façon classique avec ses cheveux blonds et ses yeux bleus, amusante, le caractère sans aspérités. Hannah, en revanche...

Hannah était très attirante, belle mais complexe. Certainement pas le style féminin qu'il aurait recherché... Une relation avec une telle femme serait sûrement compliquée et difficile à dénouer le moment venu.

Matt chassa aussitôt cette idée. Pourquoi y pensait-il ? Personne ne se lierait, dans cette histoire, non, personne, il fallait juste qu'il considère leur rencontre comme le moyen de remporter un prix pour l'hôpital. Point final.

— Il faut que j'y aille, annonça alors Hannah en scrutant la foule, cherchant visiblement quelqu'un. À samedi prochain ! dit-elle à Matt.

— Absolument.

Une semaine entière, cela semblait soudain bien long. Mais Matt n'avait pas prévu d'être sélectionné aujourd'hui... Pas du tout. Maintenant, un long défi l'attendait. Il serait obligé de caser des séances d'entraînement sportif dès que possible, pour être à la hauteur.

— Vous savez où me trouver si besoin, ajouta-t-il.

Hannah acquiesça et Sophie déclara :

— On laisse un message au service de chirurgie, c'est ça ?

— Exact.

— Bon, à bientôt ! lança Sophie.

Hannah se contenta de lui adresser un petit signe qui se voulait amical malgré la déception qui se lisait toujours sur son visage.

Matt regarda les deux femmes s'éloigner en parlant. Sophie esquissait de grands gestes, illustrant peut-être des exercices de leur dernier parcours d'obstacles. Hannah l'écoutait. Lui arrivait-il jamais de se détendre ?

Puis un petit garçon d'environ six ans se précipita en courant vers elles, suivi d'une femme plus âgée. Même à distance, Matt devina qu'il s'agissait du fils d'Hannah. Mêmes cheveux, mêmes yeux noisette… Hannah ouvrit les bras pour l'accueillir et le serrer contre elle avec une évidente émotion. Sophie et la dame plus âgée se mirent à discuter tandis qu'Hannah entamait une petite danse triomphante avec l'enfant.

Un peu plus loin, l'équipe de cameramen du *Hospital Challenge* les filmait avec discrétion.

Ignorant cet aspect technique de la situation, Matt reporta son attention sur Hannah et le petit garçon.

Il éprouvait quelque chose d'indéfinissable. Un mélange d'admiration et de tristesse infinie, comme un manque.

Il aurait tellement aimé ne pas ressentir *ça*.

Un jour, ça disparaîtrait.

Un jour, il ne se souviendrait plus.

La mémoire finissait toujours par trier, éliminer les images et sensations indésirables… De plus, quand on ne cessait de bouger, de changer d'endroit pour devenir comme étranger à soi-même, cela facilitait l'oubli. Du moins l'espérait-il. Matt avait appris à voyager léger, sans s'encombrer, sans s'attacher.

Il agissait ainsi depuis l'âge de huit ans.

Il partait pour fuir la douleur de sa propre enfance traumatisée par un père violent, ce père qui s'en était pris à sa mère si souvent, évitant soigneusement de la frapper sur le visage pour ne pas laisser de traces. Une fois, l'homme s'en était pris à lui, le petit garçon. Une seule fois…

Le geste de trop. Le geste salvateur, au fond, car ce jour-là, la mère de Matt avait décidé de quitter son mari brutal et malveillant. Elle avait fait leurs valises et ils s'étaient enfuis.

Au début, Matt avait trouvé que vivre dans des auberges ou des hôtels, c'était amusant. Ils avaient changé de patronyme, utilisant le nom de jeune fille de sa mère, et s'étaient installés dans une autre ville. Mais son père les cherchait toujours, et ils avaient de nouveau pris la fuite. Combien de fois avaient-ils agi ainsi ? Impossible de compter... Matt avait fini par ne plus essayer de lier amitié avec quiconque car il savait que tôt ou tard sa mère et lui repartiraient.

Le cœur serré, Matt observa Hannah qui jouait avec son fils sous le soleil de cette fin d'après-midi. Ils semblaient si heureux et insouciants. Ils ne se retournaient pas toutes les deux minutes pour s'assurer qu'ils n'étaient pas en danger... Ils vivaient simplement. Librement.

Mais à un moment Hannah jeta un coup d'œil par-dessus son épaule et surprit le regard de Matt posé sur son fils et elle.

Gêné, Matt esquissa un signe amical et elle répondit d'un petit geste de la main. Puis il se détourna et s'éloigna rapidement.

Pourquoi aurait-il envie de sympathiser avec Hannah ? Il avait seulement besoin qu'elle soit sa partenaire sportive pendant les prochaines semaines. Ensuite, il reprendrait la route et partirait, comme d'habitude.

2

Le gyrophare mais pas de sirène. Trop de bruit la gênerait.

Certes, il ne fallait pas traîner pour transporter leur patient, mais Hannah avait besoin d'entendre la respiration laborieuse du blessé, un homme d'une cinquantaine d'années renversé par un bus. Et Sophie avait besoin d'entendre Hannah l'appeler au cas où elle aurait voulu qu'elle arrête sa course.

Dans le virage menant à l'entrée principale de l'hôpital, le véhicule tangua à peine. Sophie conduisait toujours en douceur. Tout en prévenant leurs collègues par radio, elle freina doucement devant l'accès des urgences.

Hannah se concentra sur le monitoring du patient pendant que Sophie ouvrait les portes à l'arrière de l'ambulance. Du coin de l'œil, Hannah perçut une haute silhouette en blouse chirurgicale qui attendait dehors. Elle sut immédiatement de qui il s'agissait.

— Docteur Lawson ? Comment se fait-il que vous soyez ici ? s'étonna Sophie.

Comme souvent, elle formulait la question que se posait Hannah. Matt Lawson aurait dû se trouver au bloc, pas à l'accueil.

— Je donne un coup de main, répondit-il simplement.

Il était d'usage que des urgentistes demandent de l'aide en cas de surcharge, et Matt avait dû se porter volontaire.

Lorsque Sophie et Hannah sortirent le brancard, il posa un regard inquiet sur le patient allongé avant de saluer Hannah d'un bref sourire.

— On m'a transmis le diagnostic provisoire, les informa-t-il tandis qu'ils se dirigeaient vers le hall. Il y a du nouveau depuis ?

— Suspicion de pneumothorax tensionnel, répondit Hannah.

Elle croisa les yeux de Matt et, une fraction de seconde, son pouls s'accéléra.

Le bleu de ses prunelles était décidément si troublant...

— On va voir ça, répondit-il avec calme, exactement le ton qu'il fallait entendre quand on était au plus mal. Monsieur Walter, comment vous sentez-vous ? poursuivit-il après avoir lu le nom sur le bracelet fixé au poignet du patient.

Une infirmière se précipita vers eux et, évaluant la situation d'un coup d'œil, indiqua la pièce où emmener M. Walter.

— ... Mal... J'ai mal quand je respire..., lâcha ce dernier avec difficulté.

— On va vous soigner, ne vous inquiétez pas. Avec Hannah et Sophie, qui vous ont conduit ici, on forme une équipe de choc.

Surprise, Hannah échangea un regard avec Sophie, puis elle comprit qu'en parlant ainsi Matt voulait voir comment réagissait le blessé.

— Il vaut mieux qu'on vous laisse, maintenant, dit-elle, restant sur le seuil de la salle.

— Aucun problème. Vous avez assuré, Sophie et vous. À moi de jouer, dorénavant.

Matt leur sourit à toutes les deux, mais son regard s'attarda un peu plus sur Hannah.

— À samedi ?

— Oui, à samedi.

Hannah se hâta de s'éloigner, et Sophie lui emboîta le pas. Elles sortirent des urgences et se dirigèrent vers leur ambulance.

— Tu l'intéresses.

— N'importe quoi, répliqua Hannah.

— Je te dis que tu l'intéresses, et pas seulement parce que vous allez faire équipe. Il te regarde avec cette petite lueur particulière au fond des yeux, tu sais...

— Je ne sais rien du tout, la coupa Hannah. Et je ne veux pas que tu penses ce genre de choses.

— Pourquoi ?

— Parce que… c'est idiot.

— Merci !

— Sophie…

Hannah s'immobilisa et regarda son amie.

— Déjà que c'est difficile de devoir participer aux épreuves sans toi… Si je commence à imaginer un scénario pareil, je suis mal partie.

Sophie ébaucha une moue indulgente.

— D'accord, je comprends. Oublions… Et excuse-moi. C'est sûrement la faim… Je meurs de faim, pas toi ? C'est l'heure de notre pause déjeuner.

— Tu as raison. Moi aussi, j'ai faim, avoua Hannah. Viens…

À 7 h 30, les quatre équipes s'étaient rassemblées sur le terrain de sport situé derrière l'hôpital pour le premier des quatre samedis d'épreuves filmées et retransmises à la télévision.

Il s'agissait d'épreuves en lien avec leur pratique médicale, ou parfois totalement ludiques : elles seraient organisées comme des chasses au trésor, des missions de survie, des courses d'orientation… Les participants ne découvriraient ce qu'ils avaient à accomplir qu'au dernier moment.

Le ciel était bleu, un pâle soleil brillait, et on devinait que le beau temps serait au rendez-vous. De nombreux amis et collègues de travail d'Hannah étaient présents et, bien sûr, les autres équipes étaient venues avec leurs propres supporters en nombre.

Hannah portait un T-shirt rouge arborant, au dos, le nom de son hôpital. Ses concurrents étaient en bleu, vert ou jaune.

Après avoir salué les différentes équipes, elle essaya de repérer Matt.

Elle l'aperçut enfin, en survêtement et baskets. Comme elle, il était en rouge.

Il la rejoignit à grands pas.

Bronzé. Musclé.

Qu'est-ce qu'il est beau ! se dit-elle. Matt possédait vraiment davantage le physique d'un play-boy que celui d'un médecin...

— Bonjour ! lança-t-elle, espérant ne pas trahir la nature de ses pensées.

— Bonjour, Hannah.

Il lui adressa un sourire un peu gêné.

— Désolé, je suis en retard, dit-il en jetant un coup d'œil à sa montre.

— Vous n'êtes pas en retard, ce sont les autres qui ont une demi-heure d'avance.

Matt hocha la tête et, quelques instants, la regarda attentivement. Malgré elle, Hannah sentit les battements de son cœur s'accélérer. *Ça promet...*, ne put-elle s'empêcher de penser.

— Ils sont très motivés. Vous avez entendu le discours d'encouragement de notre responsable des ressources humaines ?

— Sur le rôle fédérateur du *Hospital Challenge* et la mission qui nous incombe, pour le compte de l'hôpital ? Oui, bien sûr, répondit Hannah. Tant de bonnes actions seront accomplies grâce à l'argent offert si on remporte la victoire...

Une lueur de défi traversa les yeux si bleus de Matt.

— Si on le remporte ? Je vous préviens, je déteste perdre.

Hannah jeta un rapide coup d'œil aux autres sportifs qui se préparaient sur le terrain. Des sportifs qui, comme eux, étaient avant tout des professionnels du soin. Elle reconnut Jack et Laura, des ambulanciers de l'hôpital de Cravenhurst. Tous étaient prêts à donner le meilleur d'eux-mêmes.

— Moi aussi, je déteste perdre. Mais pour gagner, on doit former une équipe solide... Il faut qu'on se connaisse bien, poursuivit-elle en reportant son attention sur Matt. Sophie et moi sommes amies... On se comprend sans parler ! Mais vous et moi...

Elle ne put s'empêcher d'ébaucher une moue.

— Ce n'est pas le cas, conclut-elle.

— Non, évidemment. Mais...

Matt lui posa brièvement une main sur l'épaule.

— Faisons connaissance, d'accord ? Commençons peut-être

par nous avouer mutuellement, sans faux-semblants, notre plus grande faiblesse. Qu'en dites-vous ?

Hannah resta silencieuse, interdite. *Ma faiblesse, c'est d'être trop sensible à cet homme,* songea-t-elle fugitivement.

Elle chassa son trouble et parvint à sourire.

— Je suis infirmière, Matt, pas psychologue. Mais je veux bien jouer à votre jeu si ça nous permet de créer une bonne osmose pour triompher.

— Très bien.

Matt sourit.

— On marche vers le centre des opérations ? proposa-t-il en désignant un parking un peu plus loin. C'est là que nous découvrirons quelle épreuve nous attend aujourd'hui.

Hannah lui emboîta le pas.

— En fait, on a peu de temps pour jouer aux devinettes... Pour faire connaissance, on aurait dû se rencontrer avant, soupira Matt. Sauf que j'ai eu trop de travail.

— Moi aussi. Bon, gagnons du temps ! Qu'est-ce que je dois savoir de vous ? interrogea-t-elle.

— L'essentiel : je m'appelle Matthew Robin Lawson, j'ai trente-six ans, je suis né à Newcastle, et je suis célibataire. Je vis ici depuis un an, avant je travaillais à Glasgow.

— Vous aimez voyager ?

— Oui. J'ai toujours besoin de bouger. Et vous ?

Hannah croisa le regard de Matt.

— Je m'appelle Hannah Eloise Green. J'ai vingt-six ans, et je suis née ici même, dans cet hôpital ! Mon père est mort il y a plus de six ans. Ma mère est toujours en vie et...

Elle éprouva soudain une vive émotion. Aborder sa vie en quelques mots, si rapidement, ce n'était pas si facile.

— Je suis moi-même maman d'un petit garçon, Sam.

— Ah, oui, je vous ai vue avec lui l'autre jour... Il vous ressemble. Quel âge a-t-il ?

— Six ans. Ma mère s'occupe de lui. Son père et moi sommes séparés... En fait, on s'est séparés avant la naissance de Sam. On ne se voit plus.

— Hélas, cette triste situation est plus courante qu'on ne l'imagine, commenta Matt après lui avoir jeté un bref coup d'œil. Le plus important est de maintenir le cap… De montrer à l'enfant qu'on a de la force pour deux !

— Exactement.

— Parfait. Il faudrait qu'on se tutoie, ce serait plus simple, et surtout, plus direct, poursuivit-il tandis qu'ils arrivaient près du parking au milieu duquel se dressait une grande tente.

— C'est sûr. Tutoyons-nous, docteur Lawson… Matt, je veux dire.

Hannah s'arrêta et l'observa, consciente que, entre eux, plus rien ne serait pareil à partir de ce moment précis. Tous deux devenaient partenaires d'un jeu important, un réel challenge où ils devraient s'engager, donner tout d'eux-mêmes au nom de leur hôpital.

— Hannah, tu seras la meilleure, j'en suis certain, affirma Matt.

— La meilleure, je ne sais pas, mais une chose est sûre, je ferai de mon mieux, promit-elle.

Spontanément, elle lui tendit la main.

— Enchantée de faire équipe avec toi, Matt. Et pour le fun, ce serait bien d'avoir un pseudonyme, tu ne crois pas ? Histoire que ce soit plus drôle…

— Pas de pseudonyme pour moi, objecta-t-il. Tu pourrais m'appeler tout simplement par mon deuxième prénom : Robin. Et toi ?

Elle hésita un court instant et pensa à un morceau de rock qu'elle adorait.

— J'aime bien « Flash ».

— Pourquoi ?

— C'est direct et rythmé comme une musique qui me plaît.

Matt éclata de rire.

— D'accord. Enchanté de faire équipe avec toi, Hannah alias Flash…

Une étincelle brilla dans son regard bleu.

— On y va ? ajouta-t-il en désignant le chapiteau sur le parking. On nous attend…

3

Comme prévu, leur mission du jour leur fut confiée sous le chapiteau par une femme au visage impassible, sous les caméras et appareils photo de l'équipe de télévision.

Hannah relut la consigne. Il faudrait qu'ils fassent comme s'ils devaient gérer une urgence : retrouver un homme égaré dans Lloyd Court, un parc boisé à quelques kilomètres de l'hôpital. Pour le repérer, ils ne disposaient pour l'instant que de ce seul indice. Autrement dit, ils ne savaient strictement rien.

On leur prêta une voiture tout-terrain, et ils y entreposèrent le matériel qu'ils jugeaient nécessaire. C'était à eux de le choisir car leur capacité à prendre des décisions rapides faisait partie intégrante de l'épreuve.

Habituée à ce genre de situation, Hannah prit une mallette de premiers secours, un défibrillateur, cinq bouteilles d'eau minérale, et des sandwichs.

Le tout fut réalisé en moins de dix minutes, et chronométré. Les trois autres équipes étaient déjà parties, apprirent-ils, s'aventurant dans le même défi avec des délais tenant compte de leur heure de départ.

— Qui conduit ? demanda Matt.

— Moi, répondit Hannah. Je parie que je connais mieux la région que toi.

— Tu sais où est Lloyd Court ?

— Bien sûr ! C'est immense, et si on ne nous fournit pas

davantage d'informations, on risque de passer des heures à chercher la victime !

Ils s'installèrent dans le véhicule, et Hannah démarra, empruntant la nationale qui se situait non loin de l'hôpital.

L'adrénaline pulsait dans ses veines, comme lorsqu'elle intervenait chaque jour sur les routes ou ailleurs, consciente que la vie de quelqu'un était en jeu. Sauf que là, personne ne courait réellement de danger… Cela changeait tout et pourtant, en termes de sensations, cela équivalait à la même chose : son taux de cortisol, provoqué par le stress, devait grimper !

Quelques secondes après qu'ils eurent démarré, Matt reçut un coup de téléphone. Il répondit d'un ton bref puis se tourna vers Hannah.

— Apparemment, notre mystérieux patient a fait une crise cardiaque. Il a téléphoné mais n'a pas pu décrire l'endroit où il se trouve. Nos indices sont les suivants : il a marché dans le parc pendant environ une demi-heure, et il est entouré d'arbres. Il s'appelle Justin Travers. On a son numéro de portable mais il ne répond pas.

— Dans ce cas, pourquoi on nous le communique ? s'étonna Hannah, les yeux fixés sur la route.

— Aucune idée.

— De toute façon, on arrive sur le site.

— Déjà ?

— Lloyd Court n'est pas loin de l'hôpital, expliqua-t-elle en garant la voiture sur le parking à l'entrée du parc.

Elle coupa le contact, descendit du véhicule et se hâta de sortir du coffre ce dont ils auraient besoin. Elle mit le tout dans deux sacs à dos, puis remarqua que Matt était en train de consulter son portable.

— Qu'est-ce que tu fais ?

— Une recherche rapide sur Justin Travers. Ça y est, je l'ai ! C'est un consultant en informatique qui travaille à son compte, et qui a deux passions : la randonnée – il a récemment participé à une expédition sur le Kilimandjaro –, et…

Matt lâcha un petit rire.

— Regarder le *Hospital Challenge* à la télévision ! On a un fan…

— Waouh ! Et c'est un fan qui aime la marche. S'il est parti randonner sur le Kilimandjaro, j'imagine qu'en une demi-heure il va plus loin qu'un marcheur classique.

— Hypothèse exacte.

Matt glissa son portable dans la poche de son survêtement, et un court instant, son regard capta celui d'Hannah.

Elle aurait préféré ne pas croiser les yeux de son partenaire à ce moment-là. Il y brillait une lueur indéchiffrable, mélange de fierté et d'autre chose. C'était hypnotique.

— En principe, quelqu'un qui a l'habitude de marcher vite va d'abord en ligne droite et, ensuite, complexifie son itinéraire, déclara-t-elle, espérant ne pas trahir son trouble.

Bon sang, pourquoi se retrouvait-elle en binôme avec un homme aussi séduisant que Matt ? Elle qui était célibataire depuis si longtemps et qui doutait tant d'elle-même… Lui, il semblait si sûr de lui, sûr de son pouvoir, de son charme sur les femmes…

Matt l'observa d'un air perplexe.

— Ah bon ?

— C'est une théorie, évidemment. Mais si l'on s'y tient, il n'existe, ici, qu'un seul endroit avec beaucoup d'arbres, à environ six kilomètres à l'ouest, précisa Hannah. Une autre partie du bois est dense à l'est, ajouta-t-elle, hésitante. On doit choisir et courir le risque de se tromper… Ou explorer les lieux séparément.

— Le règlement du jeu nous oblige à rester ensemble, rappela Matt. Alors quelle direction prend-on ?

— Ouest, décida-t-elle, croisant les doigts pour ne pas se tromper.

Ils s'emparèrent de leurs sacs à dos respectifs et s'engagèrent sur le chemin principal.

Haut dans le ciel, le soleil brillait, et il faisait très chaud. Au bout d'environ un kilomètre, Hannah se mit à transpirer abondamment. Était-ce seulement la chaleur ? Il était à peine 10 heures du matin, mais son petit déjeuner avait été digéré depuis longtemps. Parfois, elle souffrait d'hypoglycémie, ce qui lui provoquait des suées comme à cet instant.

— Qu'est-ce qui ne va pas, Flash ?

Flash...

Ce surnom improvisé, et affectueux finalement, la fit sourire.

— Je crois que je n'ai plus beaucoup de forces, tout à coup.

— Je le vois bien. Arrêtons-nous ici, proposa Matt en désignant une clairière ombragée.

— Inutile, je peux grignoter quelque chose en continuant d'avancer.

— Non, Flash, arrêtons-nous, insista-t-il d'un ton péremptoire. Tu es livide. On dirait que tu vas t'évanouir !

Vaincue, Hannah obtempéra. Elle se laissa tomber sur un talus et ouvrit son sac à dos.

Assise en tailleur, elle dévora un sandwich au fromage en quelques secondes.

— Tu reprends des couleurs, observa Matt. Tu as assez mangé ce matin ?

— Oui, mais là, je pense que les émotions, la température extérieure et les efforts ne font pas bon ménage dans mon corps, avoua-t-elle, piteuse.

Matt s'agenouilla auprès d'elle et posa une main rassurante sur son front.

— Tu as une petite baisse de régime et tu es fatiguée, j'imagine... Ce n'est pas grave du moment qu'on agit pour pallier le problème ! On repart quand tu veux.

— Tout de suite, dit-elle en se relevant d'un bond, luttant contre le léger étourdissement qui la gagnait. On a perdu assez de temps comme ça à cause de moi. Je vais très bien, maintenant... Merci, Robin.

Matt se redressa à son tour.

— De rien, Flash. Tu es sûre que ça va ?

— Certaine.

Ils échangèrent un sourire et repartirent d'un bon pas. *C'est étrange, c'est comme si on se connaissait depuis longtemps*, songea Hannah tandis qu'ils grimpaient un sentier menant au sommet du parc.

— Prenons cette direction, le long de ces arbres, proposa-t-elle en désignant des bosquets de feuillus verdoyants. Peut-être que notre pseudo-patient est par là-bas...

Ils marchèrent plus lentement, scrutant les fourrés, espérant découvrir une silhouette affalée par terre. À un moment, Matt vit une tache bleue entre des troncs, mais il s'avéra que c'était un vieux sac en plastique. Il le ramassa d'un air dégoûté.

— Les gens ne font pas attention à la pollution...

— Plus qu'avant, je crois, il y a quand même une meilleure sensibilisation aux problèmes écologiques, répondit distraitement Hannah.

Elle regarda autour d'eux et, ajustant son sac à dos, soupira.

— Et si on était sur une mauvaise piste ?

— Et si, au contraire, on était sur une bonne piste ? répliqua Matt. On doit persévérer.

— De toute façon, si on faisait demi-tour, on serait perdants. Autant poursuivre, se résigna Hannah.

Le sentier descendait en serpentant à travers bois. Ils l'empruntèrent pendant une dizaine de minutes, avançant en silence. Puis, tout à coup, ils aperçurent un homme couché sur le sol, appuyé à un tronc...

— Salut ! Je suis Justin Travers. Vous avez réussi ! s'exclama l'inconnu en se redressant d'un coup. Tant mieux, parce que je commençais à m'ennuyer...

— On a été aussi rapides que possible. Les autres candidats sont arrivés ? demanda Matt.

— Je n'ai pas le droit de dire quoi que ce soit... Continuez par là, ajouta le bénévole en désignant une clairière non loin. Vous devez rejoindre la tente des organisateurs sans tarder.

— Vous êtes ici depuis longtemps, j'imagine, observa Hannah, soulagée que la mission s'achève.

Même si c'était un jeu, c'était difficile.

— Oui, mais ça va, j'ai fini mon livre et j'adore votre challenge ! affirma Justin.

Puis il hocha la tête.

— Dépêchez-vous, je crois que vous êtes toujours chronométrés !

— Il a raison, dit Matt en regardant Hannah dans les yeux. Viens !

Et il la prit par la main.

Elle le laissa faire, et sentit son cœur battre très vite, trop vite, sûrement à cause du soleil et de l'adrénaline qui pulsait en elle.

— On est peut-être les premiers, dit-elle en courant presque.

— Ou les derniers ! Dans tous les cas, c'est un réel plaisir de collaborer avec toi, Flash.

— Merci, Robin. Plaisir partagé...

4

Matt était fatigué, mais il mit un point d'honneur à ne pas le montrer.

Hannah et lui passèrent presque une heure à répondre aux questions extrêmement précises des membres du jury installés sous la tente.

Entre autres, ils durent détailler le matériel qu'ils avaient transporté dans leurs sacs à dos, et décrire la manière dont ils auraient soigné le patient si cela s'était avéré nécessaire.

Ils apprirent qu'une demi-heure après le début de leur entretien l'équipe jaune était arrivée, en nage… Mais on n'avait aucune nouvelle de l'équipe bleue ou de la verte.

Enfin, ils furent autorisés à repartir vers le parking, accompagnés d'une assistante de production. Ils durent prendre un chemin balisé à l'écart de l'itinéraire principal emprunté tôt ou tard par les concurrents qui parviendraient à finir l'épreuve.

Naturellement, on ne leur fournit aucune information sur le classement, les laissant dans une totale expectative.

En se glissant au volant, Matt sentit à quel point ses muscles dorsaux étaient endoloris. Hannah s'installa à côté, sur le siège passager. Alors qu'il s'apprêtait à mettre le contact, Hannah arrêta son geste.

— Tu saignes au niveau de l'épaule !

— Ce n'est rien. J'ai été griffé par des ronces, tout à l'heure.

Matt s'en était rendu compte sans y attacher la moindre importance. Les épines s'étaient pourtant enfoncées dans sa peau à travers son T-shirt. Il s'aperçut que du sang avait coagulé sur le tissu, et il avait même un peu mal.

Hannah lui lança le regard qu'elle réservait probablement à ses patients les plus récalcitrants : amical mais déterminé.

— Ce n'est rien, oui, et je ne prétendrai pas le contraire. Mais dans notre propre intérêt, je tiens à ce que tu restes en pleine forme, autant que possible en tout cas, pendant les prochaines semaines, donc je préfère te soigner !

Elle prit, dans la poche de son pantalon, une pochette de compresses antiseptiques qu'elle avait dû récupérer dans la trousse médicale. Merveilleux réflexe de l'infirmière vigilante !

— Fais-moi voir...

Matt releva la manche de son T-shirt, dévoilant une lésion rouge sombre, un peu enflée, de la taille d'une pièce de monnaie. Hannah esquissa une petite grimace.

— Ces ronces ne t'ont pas raté. Il faudra vérifier qu'il ne reste pas de fragments d'épines sous la peau, conseilla-t-elle.

Elle saisit une compresse du bout des doigts, la déposa sur la plaie et appliqua du sparadrap qu'elle extirpa également de sa poche.

— Tu as toujours tout ce qu'il faut sur toi ? demanda Matt d'un ton amusé.

En réalité, il se sentait franchement impressionné... Et sur son bras, le doux toucher de la jeune femme lui était vraiment très agréable.

— Souvent, oui. L'angoisse du secouriste ou de l'urgentiste, c'est de ne pas pouvoir agir !

— Eh bien, merci beaucoup, Flash, dit-il en rabattant la manche de son T-shirt.

— De rien, Robin. On est coéquipiers, donc on veille l'un sur l'autre...

— C'est vrai. Tu peux compter sur moi.

En prononçant ces mots, Matt éprouva une étrange émotion. Il se hâta de mettre le contact du moteur et de démarrer. Il refusait de s'attarder sur ce qu'il ressentait...

Surtout maintenant, dans ce contexte si particulier. Ils formaient une équipe, n'est-ce pas ? Un binôme qu'il fallait maintenir actif, dynamique et... neutre.

— Donc tu connais bien ce parc ? demanda-t-il tandis qu'il s'engageait sur la route menant à l'hôpital.

— Eh oui. Je venais ici avec mon père le dimanche après-midi, quand j'étais petite. Il m'a appris à faire du cerf-volant.

— C'est un beau souvenir, dit Matt, douloureusement conscient que lui-même n'en possédait aucun de ce genre. Tu n'as jamais eu envie de déménager ?

— Pas vraiment. Après la mort de mon père, ma mère était si perdue... Je me suis un peu éloignée, quelque temps, avant le décès de papa et quand je suis revenue, il n'était plus de ce monde. Je m'en suis tellement voulu... Ensuite, je n'ai pas pu laisser maman seule.

— Je comprends... Tu la soutiens.

— Oui. Comme je peux, du moins. Et je regrette de ne pas avoir pu dire à mon père que je m'occuperais d'elle... Je le regrette tellement.

Matt lui jeta un coup d'œil et, malgré lui, admira la pureté de son profil. Elle semblait si triste, tout à coup. Il aurait aimé la consoler, ne serait-ce qu'en lui serrant tendrement la main...

Il n'osa pas, restant concentré sur la route.

— Tu es experte en cerf-volant ?

— Experte, sûrement pas ! Je me débrouille !

— Ton fils aussi ?

— Ah, non... Il faudrait qu'un jour de grand vent je lui apprenne. Quand j'aurai le temps, ajouta Hannah. Bon, si on faisait le bilan de notre épreuve ? reprit-elle d'un ton énergique. Je crois qu'on a intérêt à mémoriser le plus de choses possible parce qu'une fois de plus on risque de devoir répondre à des tas de questions...

Tout en parlant, Hannah reporta son attention sur la route. Elle sentait que Matt l'observait en conduisant. *Ne me pose pas trop de questions personnelles, s'il te plaît...*

Elle venait de lui confier la version minimisée de ce qui la hantait depuis si longtemps, à propos de la mort de son père. Elle ne partageait avec personne cette cruelle vérité : elle était partie en voyage avec John, son amoureux, pour lui faire plaisir, parce qu'il aimait découvrir le monde et changer d'adresse, de pays, sans arrêt. Elle l'avait donc suivi, affirmant à son père que c'était sincèrement ce qu'elle voulait, elle aussi. Il ne l'avait pas crue, sa mère s'était inquiétée… Néanmoins, ils l'avaient laissée voler de ses propres ailes.

Elle n'avait plus jamais revu son père.

Quand le télégramme était tombé, transmis et transféré maintes fois par différentes agences postales, elle avait appelé ses parents et appris que son père était mourant. John l'avait conduite à l'aéroport et là, il lui avait dit au revoir avec un évident détachement.

Elle ne l'avait plus jamais revu non plus.

Lorsqu'elle était rentrée à la maison, son père était décédé sans qu'elle ait pu lui dire adieu.

— Et voilà, on est arrivés !

La voix chaleureuse de Matt tira brusquement Hannah de ses souvenirs. Ils s'apprêtaient à se garer derrière l'hôpital, près du terrain de sport. Sa mère se tenait à quelques mètres en compagnie de Sam qui agitait un petit drapeau rouge.

Matt s'arrêta juste devant eux.

— Maman ! Maman ! s'écria l'enfant avec enthousiasme.

Hannah jeta un coup d'œil à Matt et descendit de la voiture.

— Dis, maman, tu as gagné ?

— Je ne le sais pas encore, il faudra attendre le verdict du jury ! Mais on a donné le meilleur de nous-mêmes, c'est ce qui compte, pas vrai ?

— Ouiiiiii ! s'exclama Sam en sautant sur place.

Hannah le serra dans ses bras, mais à ce moment-là, son fils se tourna vers Matt qui les rejoignait. Le petit garçon se figea, intimidé.

Hannah invita Matt à s'approcher.

— Je te présente Matt, dit-elle à son enfant. Matt… Sam.

— Salut, Sam, fit Matt.

Il s'agenouilla et sourit gentiment.

— Tu as un très beau drapeau !

— C'est moi qui l'ai fabriqué, répondit Sam en l'agitant.

Matt acquiesça avec sérieux.

— C'est vraiment le plus beau de tous. On le voit de loin.

En guise de réponse, Sam secoua le drapeau encore plus fort.

— De très loin, même ! intervint la mère d'Hannah.

— Maman, voici Matt Lawson, avec qui je fais équipe, dit Hannah.

— Enchantée, monsieur...

— Appelez-moi Matt, je vous en prie.

À ce moment-là, Sophie accourut vers eux, radieuse.

— Venez vite avec moi, les amis, vous êtes attendus sur le podium ! Vite !

— Pourquoi, on est encore chronométrés ? s'étonna Matt.

— Je pense que non... Mais dans le doute, dépêchons-nous ! s'écria Sophie.

— Maman, je te confie encore Sam, dit Hannah en emboîtant le pas à Sophie.

— Pas de souci, ma chérie, va..., répondit sa mère.

— Va et gagne ! renchérit le petit garçon.

Hannah se mit à rire.

— Espérons-le... À tout à l'heure, mon cœur !

Et jetant un coup d'œil à Matt, elle s'élança en direction de la tente des organisateurs. Une fois de plus, Matt lui prit la main.

Elle le laissa de nouveau faire.

Sophie et d'autres spectateurs les suivirent.

Ils rejoignirent les trois autres équipes qui, contre toute attente, se trouvaient déjà sous le chapiteau, sous le feu des projecteurs.

Des caméras étaient braquées sur tous les participants. Chacun répondit à quelques questions sur l'épreuve du jour, les difficultés et souhaits quant à ce qui aurait pu être mis en place pour faciliter la mission. Bien que ce soit un challenge ludique, le jury recueillait les avis avec attention.

Enfin, on annonça que les résultats seraient bientôt affichés sur un grand tableau lumineux.

Matt sentit qu'Hannah se crispait. Elle le regarda et ébaucha un sourire un peu forcé.

— J'espère qu'on obtiendra un résultat correct... Mais je m'attends à tout, même au pire !

— Une manière de te protéger de toute déception, Flash ?

— Exactement, Robin. Comme je te l'ai déjà dit, je déteste perdre.

— Moi aussi. Néanmoins, même si c'était le cas aujourd'hui, on sait qu'on a fait de notre mieux, ne l'oublie pas...

— Oui, oui. Ce serait une consolation... Une petite consolation et... Oh ! s'exclama alors Hannah, les yeux écarquillés.

Elle tendait un doigt vers le panneau qui venait de s'allumer, affichant le nom des gagnants.

— Je rêve ou...

— C'est nous ! Matt et Hannah, hôpital d'Hamblewell, lut Matt à voix haute, sidéré et soulagé. Ma foi...

Les yeux brillants, Hannah le dévisagea avec un air de triomphe.

— Bravo à nous !

— Bravo, on est décidément les meilleurs...

Spontanément, ils se serrèrent dans les bras l'un de l'autre pendant quelques secondes. Matt aurait aimé prolonger cette étreinte affectueuse, simplement affectueuse, oui, mais il savait que ce ne serait pas une bonne idée. Même si Hannah se montrait dorénavant plus ouverte et amicale.

Les instants suivants furent un véritable tourbillon. On vint les féliciter, ils saluèrent du monde et échangèrent des bises.

— Vous êtes les héros du jour ! s'exclama Sophie. Félicitations !

Rayonnante, Hannah étreignit son amie.

— On a eu de la chance... Beaucoup de chance ! Pourvu que ça dure...

— Hannah, la chance, c'est nous qui la créons, tu le sais bien, affirma Sophie. Alors restez optimistes, battants, et vous remporterez victoire après victoire ! On compte sur vous !

Matt ne put s'empêche de rire.

— On fera tout notre possible, c'est certain...

En parlant, il se rendit compte qu'il avait repris la main d'Hannah dans la sienne. Étonnamment, la jeune femme se laissait faire.

Doucement, un peu gêné, Matt relâcha ses doigts, espérant qu'elle n'interpréterait pas son geste de façon erronée. Il n'avait agi ainsi que par pure affection, ni plus ni moins, car déjà, il aimait bien Hannah.

5

Matt ne revit pas Hannah de toute la semaine. Il enchaîna consultations et opérations, s'accordant une seule pause sportive par jour : running et musculation dans la salle de fitness proche de son domicile. Ce ne serait peut-être pas suffisant compte tenu de ce qu'on risquait de leur demander pour le challenge, mais c'était déjà mieux que rien.

Régulièrement, il pensait à Hannah. Que faisait-elle pour s'entraîner ? Comment allait son petit garçon ? Et elle ?

Elle...

Jamais il n'avait autant prêté attention à une femme sans savoir pourquoi. C'était comme instinctif, un intérêt et une attirance spontanés. Oui, il aimait bien Hannah...

Toutefois, le samedi suivant, quand il la retrouva pour la suite des épreuves – ils avaient rendez-vous dans le parc de l'hôpital de l'équipe jaune –, Matt remarqua une subtile différence dans la manière dont elle l'accueillit.

Quelque chose avait changé en elle... Mais quoi ?

— Tu es prêt à donner le meilleur de toi-même, Robin ? demanda-t-elle, directe.

— Toujours ! Et toi, Flash ?

En guise de réponse, Hannah le gratifia d'un sourire tellement généreux qu'un bref instant, Matt sentit son cœur battre plus vite, trop vite.

Avec les autres concurrents rassemblés en groupe, ils attendirent qu'on leur annonce ce qu'ils devraient accomplir durant cette nouvelle journée.

Le soleil brillait et, une fois de plus, l'air était doux. De temps en temps, Matt échangeait un regard avec Hannah et il avait l'impression qu'ils se comprenaient : maintenant ils formaient une équipe performante, solidaire… Mais ils n'en étaient pas moins impatients et aussi nerveux l'un que l'autre.

Enfin, une assistante de production s'avança. Elle apportait un carton empli de casques de sécurité.

— Vous allez vous engager dans une course d'obstacles un peu particulière, déclara-t-elle, s'adressant à l'ensemble des candidats. Six obstacles, précisément. Dans chaque binôme, il faudra un meneur ou une meneuse qui donnera les consignes en temps réel. Le principe est le suivant : l'un des deux membres de votre équipe devra porter des lunettes aux verres occultants et suivra les instructions de son collègue par micro. Vous n'avez plus qu'à décider qui mènera le tandem et à jouer le jeu !

Matt jeta un coup d'œil à Hannah. Elle hocha la tête.

— Je veux mener…

— Moi aussi, répliqua-t-il. Mais honneur aux femmes !

Elle lui sourit.

— Merci. On va être les meilleurs, promit-elle.

— J'y compte bien.

Matt ajusta les lunettes, et soudain, se retrouva dans le noir. Il sentit les doigts d'Hannah lui mettre le micro et lui effleurer involontairement la joue.

Le temps du jeu, il deviendrait totalement dépendant de la jeune femme… Une sensation à la fois inquiétante et excitante.

— Tu m'entends bien dans l'oreillette ?

— Parfaitement.

— Alors faisons un test. Tourne de cinq pas à droite, puis avance de trois pas.

C'était facile… Et pourtant, Matt dut s'y prendre à deux fois pour réussir, concentré sur la voix calme et patiente d'Hannah.

— Impeccable ! dit-elle.

— Vous êtes prêts ? demanda l'assistante de production. Un, deux, trois... Partez !

Matt sentit une poignée de main douce et rassurante sur son avant-bras. Les effluves fugaces du parfum d'Hannah lui chatouillèrent les narines.

— On est des gagnants, Robin...

— Plutôt deux fois qu'une, Flash !

Il inspira profondément, conscient de la caresse de la brise sur son visage, de l'herbe sous ses pieds. Il entendit des supporters – les leurs ? – lancer des cris enthousiastes. Puis il y eut un appel au silence dans un haut-parleur, et Matt eut brusquement l'impression d'être totalement désorienté.

— On y va ! dit Hannah.

Il n'avait plus qu'à suivre la voix et les consignes de la jeune femme. Aveuglément.

Imaginant alors le sourire d'Hannah, il éprouva une confiance surprenante.

— Je suis prêt.

Un silence solennel s'était établi dans le public alors que les équipes se frayaient un chemin vers les quatre séries d'obstacles identiques qui les attendaient.

Hannah ne quittait pas Matt des yeux. Il avait besoin de toute son attention et de toute sa concentration.

— Souviens-toi qu'il y a six obstacles. Le premier, c'est une série de marches, comme de petits tremplins. Fais six pas tout droit...

Matt obéit.

Menant le jeu, Hannah posa un pied sur la première marche qui frémit légèrement.

— Ça bouge un peu, prévint-elle. Quand tu seras dessus, ça s'enfoncera... Ne crains rien, c'est quand même stable.

Matt obtempéra lentement. Du coin de l'œil, Hannah se rendit compte qu'un des participants de l'équipe bleue était tombé, et qu'ils devaient repartir de zéro.

— Les autres ont réussi ? demanda Matt.

Elle ajusta son oreillette.

— Oublions les autres, Robin. Il n'y a que nous.

Juste eux, et quelques centaines d'autres personnes debout en silence afin de ne pas perturber l'ambiance et l'écoute des équipes. *Nous... Et moi, pour toi...*, compléta-t-elle en son for intérieur.

C'était drôlement troublant, quand même.

Mieux valait ne pas y songer.

— Combien de pas avant le prochain obstacle ?

— Environ dix. Continue jusqu'à ce que je te dise d'arrêter.

Ils s'avancèrent prudemment à travers une série d'anneaux auxquels il fallait se suspendre. Matt s'accrochait dans tous les sens du terme... Et laissait Hannah lui indiquer la prochaine prise.

Il y eut ensuite un toboggan aquatique, plus facile, et Matt s'y engagea avec confiance, sans même attendre d'être guidé par Hannah. Il eut juste besoin de savoir qu'il était bien parvenu au sommet afin de pouvoir se laisser glisser de l'autre côté.

Après, on leur avait réservé un enchevêtrement de cordes élastiques, et cette épreuve s'avéra vraiment compliquée. Hannah encouragea Matt à chaque instant.

— On est en avance sur les autres... Allez, ne lâche pas, on va gagner ! répétait-elle.

Et ils continuèrent, encore et encore, passant d'un obstacle à l'autre.

À un moment, Hannah fit un faux pas et tomba sur le genou gauche. Elle lâcha un petit gémissement de douleur qui inquiéta aussitôt Matt.

— Ça va ?

— Oui, oui, mais j'ai failli me faire mal, avoua-t-elle.

Courageusement, ils poursuivirent le parcours. Hannah se concentrait, décrivait ce qu'elle découvrait au fur et à mesure pour mieux guider Matt... Qui la suivait. Quelle épreuve étonnante. Ils finiraient par avoir une confiance totale – aveugle ! – l'un en l'autre. Rien de tel pour renforcer la cohésion de leur équipe !

Une vingtaine de minutes plus tard, ils achevèrent cette série d'obstacles plutôt éprouvants. Mais il restait encore d'autres épreuves, et à ce stade, ils avaient droit à quelques minutes de repos.

— Pause de cinq minutes ! s'exclama Hannah.

Essoufflée, elle s'affala sur l'herbe tandis que Matt ôtait ses lunettes. Il jeta un coup d'œil vers le ciel et inspira à fond avant de reporter son attention sur Hannah.

— Merci d'avoir été aussi précise dans ta façon de me guider... Ce n'était pas évident, mais tu t'es parfaitement débrouillée.

— Merci, Robin... Franchement, j'ai fait de mon mieux. Et je crois qu'on a établi un score correct, ajouta Hannah en regardant les autres concurrents qui, comme eux, s'immobilisaient quelques instants.

Matt arqua un sourcil, l'air perplexe et gentiment provocateur.

— Correct... Ou excellent ? Le meilleur ?

— Je ne sais pas... Comme depuis le début du challenge, je sais juste qu'on a donné le meilleur de nous-mêmes, soupira Hannah.

— C'est certain.

Matt lui sourit et, un court instant, elle ressentit ce trouble si particulier qui l'envahissait à chaque fois qu'il la regardait. *Ça aussi, c'est une épreuve*, songea-t-elle. Jouer à être la partenaire du séduisant Dr Lawson...

Un cri tira brusquement Hannah de sa rêverie. Un cri de douleur provenant d'un peu plus loin, à l'endroit d'où s'élevaient plusieurs perches de prise de son près des caméras de télévision.

Un attroupement se forma rapidement. Échangeant un bref coup d'œil avec Matt, Hannah se précipita. Cette fois, ce n'était pas un jeu...

6

Matt sut tout de suite que quelque chose de grave venait de se produire dans la zone d'arrivée du parcours. Des gens s'étaient déjà rassemblés... Beaucoup trop de monde.

Il s'élança en même temps qu'Hannah.

— Il y a eu un accident...

— C'est sûr, dit-elle. Personne ne peut simuler un cri de douleur à ce point !

Ils parvinrent rapidement sur le lieu de l'attroupement.

— Laissez-nous passer, ordonna Matt. Je suis médecin...

Les curieux s'écartèrent.

— Le pauvre, il s'est électrocuté ! commenta l'un d'eux en désignant un jeune homme étendu dans l'herbe.

Il était mortellement pâle, les lèvres bleues.

— Électrocuté... Comment ? Avec quoi ? interrogea Hannah.

Puis elle comprit.

Le blessé tenait un câble électrique dans la main... Un câble branché à un générateur posé à quelques mètres.

— Coupez le courant tout de suite ! Coupez le courant ! s'écria-t-elle.

— C'est fait, indiqua quelqu'un un court instant plus tard.

Ignorant les commentaires qui commençaient à fuser, Matt s'agenouilla auprès de la victime. Sur son bras gauche, une brûlure rougeâtre se diffusait peu à peu, créant une importante lésion.

Il releva la chemise du jeune homme et se pencha sur son torse pour écouter le cœur...

Et ne perçut aucun battement.

Il vérifia le pouls et sentit quelques frémissements irréguliers, qui ralentirent et s'arrêtèrent au bout de deux ou trois secondes.

Sans hésiter, Matt positionna ses mains sur la poitrine de la victime.

Il l'avait déjà fait plusieurs fois, mais jamais en plein soleil, au milieu d'une foule attentive et silencieuse, consciente du drame humain qui se produisait sous leurs yeux.

Ignorant tout le monde, Matt se concentra sur les gestes salvateurs à accomplir. Il entreprit une première séquence de réanimation cardio-pulmonaire. Puis une deuxième. En comptant...

En s'acharnant.

La mort pouvait survenir si vite... Et la vie tout aussi rapidement.

Tandis qu'Hannah le rejoignait, s'agenouillant de l'autre côté du corps du blessé, Matt perçut un souffle rauque. Il vérifia de nouveau les pulsations sur le poignet du patient, et sentit les battements réguliers du cœur qui, enfin, réagissait au rythme des compressions thoraciques.

— C'est bon, murmura-t-il. Il va récupérer...

Hannah hocha la tête, visiblement soulagée.

Les lèvres de leur patient reprenaient rapidement une teinte rosée. Ses paupières frémirent sans toutefois parvenir à s'entrouvrir.

Autour d'eux, on commençait à s'agiter.

— Ah, il réagit ! dit Hannah alors que le jeune homme ouvrait enfin les yeux.

Elle se pencha vers lui.

— Comment ça va ? Vous avez pris une sacrée décharge...

L'inconnu acquiesça faiblement. Il avait besoin de soins urgents d'autant que la RCP avait forcément malmené sa cage thoracique. Mais son rythme cardiaque se stabilisait peu à peu.

— Vous avez eu de la chance, observa Matt. On n'était pas loin... Les secours seront sur place d'un instant à l'autre, et vous serez pris en charge.

Lorsque l'équipe médicale arriva, Hannah et Matt avaient évalué les blessures et brûlures de la victime. Ils transmirent les informations à leurs collègues qui conduiraient le jeune homme à l'hôpital.

— On s'est bien débrouillés, dit Matt. Je crois même qu'on forme un binôme parfait.

— Parfait ?

Hannah le regarda d'un air amusé.

— La perfection n'existe pas ! Quoi qu'il en soit, aujourd'hui, on ne gagnera pas, reprit-elle en haussant les épaules. On a totalement perdu le fil de notre performance !

— Tu es déçue, devina Matt. On ne peut pas toujours faire partie des meilleurs. Pendant que nos concurrents continuaient le parcours, nous, on a eu une autre mission à remplir... Une mission imprévue. Vitale.

— Bien sûr.

À ce moment-là, un homme d'un certain âge s'approcha d'eux à grands pas. Il était accompagné de plusieurs membres de l'équipe de production et des organisateurs de l'épreuve.

— Docteur Lawson, mademoiselle Green, je tiens à vous féliciter personnellement... Vous avez sauvé un homme, déclara-t-il. Je suis le Dr Walton, le directeur de l'établissement. Merci encore...

— On a juste accompli notre devoir, dit Hannah. Au détriment de notre score, puisque nous perdrons cette manche !

— Certes, mais vous gagnez notre plus haute estime, répliqua le Dr Walton.

— Sauf que notre hôpital a besoin de l'argent du trophée, rappela Hannah. Si, à cause de notre intervention, on perdait tout, ce serait vraiment dommage... Comment se fait-il qu'il y ait un générateur défectueux ici ? Vous vous rendez compte du danger encouru par le public, les concurrents... bref, tout le monde ?

Matt l'observa, étonné de la voir parler avec une telle franchise au directeur. Elle ne mâchait pas ses mots... Et elle avait raison.

— Je suis d'accord avec ma partenaire, intervint-il. Il y a eu une faille importante dans la sécurité. J'espère que ce pauvre jeune homme électrocuté s'en sortira sans trop de dommages.

Le Dr Walton hocha la tête, l'air grave.

— Je l'espère aussi, de tout cœur. Soyez certains que nous

mènerons une enquête pour connaître les causes du dysfonctionnement. En attendant, venez avec nous jusqu'au podium, nous n'allons pas tarder à proclamer les résultats de l'épreuve d'aujourd'hui…

L'annonce du palmarès eut lieu plus tard que prévu, l'incident ayant finalement bousculé le programme de la journée. Heureusement, la plupart des spectateurs étaient encore présents. Presque tout le monde savait ce qui s'était passé et voulait obtenir des nouvelles de la victime.

— Mesdames et messieurs, votre attention, s'il vous plaît ! lança l'un des membres du jury, en parlant dans le micro.

Le silence se fit aussitôt.

— Avant tout, sachez que la personne qui a été blessée tout à l'heure va déjà mieux. Le Dr Matt Lawson, chirurgien à l'hôpital d'Hamblewell, et Mlle Hannah Green, infirmière urgentiste dans le même établissement, l'ont sauvé suite à une électrocution provoquée par un générateur défectueux… Nous les remercions vivement de leur intervention qui, pour le coup, ne leur a pas permis de gagner l'épreuve du jour, remportée par Laura Johnson et Jack Wild, de l'hôpital de Cravenhurst ! Néanmoins, nous ne pouvons pas ignorer ce que Matt et Hannah ont accompli… Aussi, à l'unanimité du jury, nous leur attribuons cinq points supplémentaires dans le résultat des prochaines épreuves !

Un tonnerre d'applaudissements salua cette décision. Ravie, et presque soulagée, Hannah se tourna vers Matt. Il la regardait, les yeux brillants.

— Heureuse, Flash ?

— Évidemment ! Justice est rendue… Je n'aurais pas apprécié qu'ils ignorent ce qu'on a fait, avoua Hannah.

— À ce point ? Tu es vraiment mauvaise perdante, alors…

— Eh oui. Je déteste perdre, je le répète et l'assume, affirma Hannah en s'efforçant de ne pas rire. Mais j'aurais presque préféré qu'on ne soit pas mentionnés d'une manière aussi publique…

— Allons, pas de fausse modestie.

Hannah surprit la légère lueur moqueuse qui traversait le regard de Matt.

— Ce n'est pas par fierté que je réagis comme ça, se défendit-elle. On a cessé de participer au challenge pour sauver un homme, et d'autres ont remporté la manche, voilà...

— Je suis d'accord, dit Matt en posant une main sur le bras d'Hannah. Tout à fait d'accord. Malgré tout, je te propose qu'on fête notre semi-victoire ce soir... On dîne ensemble ?

Prise de court, Hannah eut conscience d'afficher sa stupeur. *Dîner avec Sam ?*

Elle en avait envie, oh oui, tout en sachant pertinemment que c'était sans doute une très mauvaise idée. D'abord, elle ne mélangeait pas vie privée et vie professionnelle. C'était une règle de base. Ensuite, elle était célibataire depuis si longtemps qu'elle ne se souvenait même pas de l'effet que procurait un tête-à-tête avec un homme...

Sauf que de tête-à-tête, il n'y aurait pas puisque ce soir sa mère sortait – elle se rendait à son club de lecture –, et ne pourrait donc pas garder Sam...

— Je ne peux pas, dit-elle, soulagée d'avoir une bonne excuse. Je suis avec Sam. Soirée dessins animés en perspective !

Matt sourit.

— Mais... Sam serait peut-être heureux de manger avec nous ? Plus on est de fous, plus on rit, pas vrai ? Allons, Flash, pas question que tu refuses ! poursuivit-il avant qu'elle ait pu ajouter quoi que ce soit. Je commence à te connaître... C'est juste un bon moment en perspective, on en a bien besoin. Propose à ton fils d'aller dévorer un énorme hamburger à une table en terrasse. Ce soir, l'air est particulièrement doux, profitons-en, tu ne crois pas ?

Hannah soutint son regard et s'obligea à chasser la pointe de déception qui l'avait envahie malgré elle. Matt avait envie de se détendre, pas de mieux la connaître, elle, en tant que femme...

Et dans un sens, c'était parfait ainsi. Pas d'ambiguïté entre eux.

— Oui, tu as raison... À quelle heure se retrouve-t-on ?

— 18 heures ? Je viens vous chercher... Où habites-tu ?

Tout en lui communiquant son adresse, Hannah fut gagnée par

un étrange sentiment. Tout semblait si naturel entre eux... Jouer, gagner, perdre, soigner... En si peu de temps, ils étaient devenus partenaires, et presque amis. « Flash et Robin ». C'était agréable...

Très agréable.

Jusqu'à présent, c'était essentiellement avec Sophie qu'elle avait tout partagé, ses peines et ses joies, ses espoirs et ses déceptions. Se pourrait-il que Matt prenne une place aussi importante dans sa vie ?

Non, impossible. Matt était un homme séduisant et, probablement, séducteur. Mieux valait qu'elle ne se fasse aucune illusion. Ils participaient à un challenge ensemble, et il voulait qu'ils gagnent. Par conséquent, en parfait coéquipier, il faisait tout pour qu'elle soit au maximum de sa forme, voilà tout...

7

— Waouh, maman, tu es troooooooop belle ! s'exclama Sam.

— Merci, mon chéri !

Hannah s'était juste lavé les cheveux et avait revêtu une jolie robe bleue. Elle s'était aussi un peu maquillée, et avait mis ses sandales préférées, à fines lanières blanches et dorées.

— Toi aussi, tu es très beau...

Comme Sam fronçait les sourcils, Hannah ajouta aussitôt :

— Très cool, je veux dire.

— Merci.

Il portait un jean, des baskets et un sweat rayé à capuche. Quand Hannah avait voulu le peigner, il s'était tortillé et avait protesté en passant une main dans ses mèches pour qu'elles restent dressées sur son crâne. Hannah s'était résignée et, humidifiant le peigne, avait fait en sorte que les pics soient un peu plus réguliers.

Son adorable petit garçon... Elle était si fière de lui ! Elle l'aimait tant !

— On va dîner avec Matt, tu sais, mon binôme pour le jeu de l'hôpital et...

— Ton binôme ou ton amoureux ?

Stupéfaite, Hannah contempla son fils en silence.

— Pas mon amoureux... Pas du tout mon amoureux ! On est collègues, et on a juste eu envie de partager un bon moment ensemble, tous les trois, comme des amis. N'imagine rien d'autre, mon cœur...

— D'ac' maman ! Tu es fâchée ?

— Mais non, pourquoi ?

Simplement nerveuse…, compléta Hannah en son for intérieur.

Elle embrassa Sam sur la joue et, alors que tous deux se dirigeaient vers le salon de leur petite maison, on sonna à l'entrée. Ils allèrent ouvrir ensemble.

— Bonjour ! lança joyeusement Sam.

— Bonjour, jeune homme ! Ou plutôt, bonsoir !

Matt lui serra la main, une lueur malicieuse au fond des yeux. Puis il sourit à Hannah et esquissa une légère révérence.

— Mademoiselle…

Elle sentit son pouls s'accélérer.

Matt portait une chemise en jean bleu foncé et un pantalon blanc. Sous ses cheveux dorés par le soleil, son regard paraissait plus azuréen que jamais…

Envoûtant.

— Tu es ravissante, dit-il en souriant de nouveau.

— Elle est trooooop belle ! renchérit Sam.

Matt acquiesça d'un air solennel.

— Je confirme.

Hannah se mit à rire, espérant dissimuler son trouble.

— Ce soir, Sam a choisi un style cool.

— J'ai essayé de faire la même chose, mais je trouve que Sam a mieux réussi que moi, répondit Matt.

— Non, tu as l'air cool, répliqua Sam. On y va ?

— On y va ! déclarèrent Hannah et Matt à l'unisson.

— On prendra ma voiture, proposa Matt. Il faut simplement récupérer le siège auto de Sam, je n'en ai pas.

— Tu n'as pas d'enfant, alors ? s'étonna Sam.

— Eh non… Ni femme ni enfant ! répondit Matt, croisant brièvement le regard d'Hannah. Un jour, peut-être…

Matt avait réservé une table sur une péniche rouge amarrée au bord de la rivière Colne. Il y avait peu de monde à cette heure, mais en soirée, Hannah savait que l'endroit serait comble. C'était un lieu très fréquenté, où elle n'était pourtant jamais allée.

— Quelle bonne idée, dit-elle, enchantée, tandis qu'ils prenaient place.

Le soleil couchant diffusait encore une douce chaleur, et leur table, en terrasse, surplombait l'eau.

— C'est super ! On est sur un bateau ! s'exclama Sam, surexcité. Et ça ne bouge pas trop ! Pourquoi ?

— Parce qu'il y a des ancres pour maintenir la péniche, expliqua Hannah.

Puis, à partir de ce moment, elle passa une soirée de rêve...

Adorable, Matt veilla à ce qu'ils ne manquent de rien. Les serveurs étaient également attentifs, sympathiques. Ils apportèrent un verre de vin à Matt et à Hannah, et de la limonade pour Sam qui se comporta avec un sérieux étonnant, comme un petit adulte. *Peut-être parce qu'il est traité en adulte*, songea Hannah.

Mais tout à coup, il grimpa sur le banc et se pencha par-dessus bord.

— Maman, regarde, des cygnes !

Hannah l'attrapa aussitôt pour le retenir.

— Attention, tu risques de tomber !

— Mais non..., protesta l'enfant en saisissant aussitôt un morceau de pain. Je peux leur en donner ?

— Non, mon chéri, ce n'est pas bon pour eux.

Sam esquissa une grimace dépitée et s'assit de nouveau. Matt poussa alors son assiette vers lui.

— Tu peux leur distribuer de la laitue, si tu veux... Ils aiment ça.

De sa fourchette, il commença à séparer des feuilles vertes de sa salade mixte.

— Vraiment ? s'étonna Hannah. De la laitue ?

— Oui, les cygnes aiment ça ! Pour eux, c'est un peu comme des algues, je suppose, ajouta Matt.

Enthousiaste, Sam prit plusieurs feuilles et grimpa de nouveau sur le banc. Hannah le maintint par la taille pendant qu'il en dispersait des fragments à la surface de la rivière. Immédiatement, les cygnes plongèrent leur long cou dans l'eau à la recherche de miettes.

— Ils font un drôle de bruit ! s'écria Sam en riant.

Matt appela l'un des serveurs pour lui demander d'apporter un bol de laitue. Il souriait. Visiblement, tout comme Sam, il appréciait de pouvoir nourrir ces grands oiseaux blancs...

Hannah sentit l'émotion l'envahir. Ce moment était merveilleux, tellement relaxant et naturel... Ensemble, ils savouraient la vie, à bord d'une péniche, alors que le soleil se couchait...

Si j'avais été avec le père de Sam...

Une profonde tristesse l'envahit soudain.

Sam était certes le fils de John, mais il ne le connaissait pas et ne le connaîtrait sans doute jamais. Il grandissait sans père. Ces instants, que Matt, Hannah et le petit garçon étaient en train de partager, évoquaient avec douceur ce qui aurait pu exister dans un monde idéal...

Une famille aimante, tout simplement.

Pour la première fois depuis la naissance de Sam, Hannah éprouva une douloureuse nostalgie. Ça lui faisait parfois si mal...

Elle s'obligea à se concentrer sur le paysage, si agréable et paisible, puis elle regarda le sourire de son fils. Il était si heureux ! Quel bonheur de le voir aussi joyeux !

Ils s'attardèrent en buvant un café. La nuit tombait peu à peu. Des lampions et guirlandes disposés sur le bastingage de la péniche s'allumèrent, créant une ambiance féerique.

Mais la soirée touchait déjà à son terme. Matt demanda l'addition et régla, insistant pour les inviter.

— Merci beaucoup, Matt, dit Hannah tandis qu'ils descendaient de la passerelle et se dirigeaient vers le parking. C'était exactement ce dont j'avais besoin après les épreuves de cette journée !

— Moi aussi. Merci d'avoir accepté de me revoir après avoir supporté ma présence toute la journée ! ajouta Matt avec humour.

Et doucement, il lui effleura le bras du bout des doigts. Un geste spontané, délicat.

Hannah sentait le regard de Matt posé sur elle, intense.

Curieusement, elle eut alors l'impression fugace que des mots informulés emplissaient l'atmosphère autour d'eux. Des mots tendres, complices... Des mots impossibles à imaginer réellement, et pourtant...

À ce moment-là, dans son dos, Sam poussa un cri perçant.

Hannah fit volte-face.

Sur la berge, son fils était poursuivi par un cygne agressif qui semblait incroyablement volumineux à côté de lui !

En un éclair, Matt fut auprès du petit garçon et le souleva vigoureusement dans ses bras. Sam se mit à pleurer.

— Allons, allons..., fit Matt, s'efforçant de le consoler.

Hannah se précipita vers eux.

— Oh ! mon chéri, tu as eu si peur ! dit-elle en prenant son fils dans ses bras.

Elle l'étreignit, consciente qu'à cause de sa brève inattention – elle avait été tout entière concentrée sur Matt – l'enfant s'était mis en danger.

— Maman, tu me serres trop !

Les larmes de Sam s'étaient évanouies aussi brusquement qu'elles étaient apparues, et il s'essuyait le nez sur la jolie robe d'Hannah.

Recouvrant ses esprits, Hannah parvint à sourire.

— Pardon, mon cœur. Un cygne, de près, c'est gros et impressionnant !

Sam hocha la tête.

— Je pense qu'il aurait pu me manger ! Mais il ne l'a pas fait.

— Et il n'aurait jamais réussi ! Les cygnes ne dévorent pas les petits garçons, ils préfèrent la laitue, affirma Hannah. Mais on ne doit pas être trop près d'eux, surtout lorsqu'ils viennent à terre. S'ils ont peur, ils crachent et battent des ailes... Peut-être qu'ils pourraient nous mordre.

Sam regarda le cygne qui, maintenant, glissait majestueusement sur l'eau.

— Quelle est leur taille quand ils ouvrent leurs ailes ? Ils sont aussi grands que Matt ?

— Non, quand même pas.

— Bon, tant mieux, alors.

Ce qui semblait sous-entendre qu'en présence de Matt Sam se sentait en sécurité !

Sans rien ajouter, Hannah emboîta le pas à Matt qui était resté silencieux pendant cet échange, les observant avec un gentil sourire. Il ne parla pas beaucoup non plus durant le trajet du retour. Il les raccompagna jusqu'à la porte, et, pour dire au revoir à Sam, s'agenouilla en tendant la main d'une manière solennelle.

— Courageux jeune homme, je te souhaite une bonne nuit...

Sam l'observa d'un air grave.

— Tu t'en vas ?

— Oui, je vais chez moi. Ta mère et toi, vous devez vous reposer, et moi aussi.

Hannah croisa le regard de Matt.

— Tu veux venir boire un verre ?

Les mots lui avaient échappé, et elle les regretta aussitôt.

Matt sembla hésiter, puis il hocha la tête.

— Non, je crois qu'il vaut mieux que je ne m'attarde pas. Il est tard.

Et c'est surtout préférable... d'en rester là pour aujourd'hui, compléta intérieurement Hannah.

— Tu as raison. Bonne nuit, Matt, et encore une fois, merci pour tout.

— Merci à toi... Merci à vous deux. J'ai vraiment passé une très bonne soirée.

Hannah lui sourit. L'espace d'un instant, elle perçut dans le regard de Matt une flamme différente, douce et intense. Puis il se détourna et s'éloigna.

8

Durant toute la semaine, Matt pensa souvent à l'incident du cygne.

Il s'efforça d'ignorer les visions de cauchemar qui l'avaient envahi, la nuit, après ce qui s'était produit au bord de la rivière. Dans son esprit, le magnifique oiseau blanc glissant sur l'eau sans créer de vagues s'était subitement transformé en monstre agressif…

Il s'obligea à ne pas se mettre dans la peau du petit Sam terrorisé par la créature censée être inoffensive, simplement gracieuse, comme dans les contes de fées.

Tant de souvenirs le hantaient encore, liés à sa propre enfance, Matt en était douloureusement conscient.

Le samedi suivant, quand il retrouva Hannah devant le chapiteau dressé sur le terrain de l'hôpital de la quatrième équipe en lice, il se rendit compte qu'il commençait à éprouver des sentiments pour elle… De la sympathie, de l'admiration… Et une forme d'attachement, déjà. Presque de la tendresse.

Il aurait préféré qu'il n'en fût pas ainsi, mais cette évidence s'imposait à lui, qu'il le veuille ou non.

Hannah portait l'inévitable T-shirt rouge qui, curieusement, symbolisait dorénavant une foule de moments intéressants partagés ensemble, et d'autres épreuves communes à venir.

— Prête, Flash ? demanda-t-il, espérant ne pas trop montrer à quel point il était content de la revoir.

— Prête. Et toi, Robin ?

— Bien sûr. À mille pour cent !

— Super ! Alors on va encore gagner ! affirma Hannah.

Et elle lui sourit si gentiment que Matt eut soudain envie de la serrer dans ses bras.

Il se contenta de lever un pouce en signe de victoire.

Une fois de plus, les participants furent réunis afin de découvrir quels défis ils devraient affronter durant cette nouvelle succession d'épreuves.

Il s'agirait d'une série de problèmes médicaux conçus spécialement pour tester leurs compétences quand ils se trouvaient en situation stressante. Le chapiteau avait été divisé en quatre zones de consultation, chacune équipée d'une caméra. Les candidats œuvreraient en présence d'un observateur.

Hannah se dirigea rapidement vers l'espace attribué à l'équipe rouge – la leur. Ils ne disposaient que de dix minutes pour aménager le lieu qui comportait un lit d'examen, une table et quatre chaises.

— Et si on s'en débarrassait ? suggéra Matt en désignant la table.

— Bonne idée.

Il tira la table vers l'arrière de la zone et regroupa les chaises à l'avant.

— C'est mieux comme ça, approuva Hannah. Pas de séparation entre les patients et nous.

— Oui, on favorise le bien-être, renchérit Matt. Tout est prêt ?

— Presque...

Hannah posa le téléphone près d'elle, et prit un volumineux bloc-notes.

— Tu parles et j'écris ?

Matt devina qu'elle s'en remettait à son statut de médecin, de surcroît plus âgé qu'elle. Il n'avait pas le temps de tergiverser, mais il se promit de lui dire que son expérience à elle était tout aussi précieuse.

— On va se relayer, proposa-t-il.

Elle lui sourit de nouveau, et il sentit son cœur battre plus vite. Le sourire d'Hannah était un vrai rayon de soleil...

— D'accord.

Le jeu fut lancé, et les épreuves commencèrent.

De faux patients affluèrent rapidement, en bonne santé mais parfaitement préparés, parfois même maquillés afin de présenter les symptômes à soigner. Un simulacre si bien orchestré que Matt en fut impressionné. Ainsi, il y eut quelques blessures mineures, mais l'une d'elles dissimulait un problème plus grave.

Hannah montra à quel point elle était compétente dans son discernement. Elle repéra vite qu'un adolescent n'avait besoin que d'un pansement au doigt et que l'œil au beurre noir d'une femme était dû à des troubles de l'équilibre.

Matt diagnostiqua un cas de diabète non régulé et demanda une prise en charge d'urgence. Lorsqu'un homme arriva, la main dans un gant en matériau d'entraînement pour sutures, tailladé dans l'optique d'imiter une coupure profonde, Hannah vint l'assister pendant qu'il faisait les points. Ils se coordonnaient sans même se parler... À la perfection.

Quand ce patient-là s'en alla, une cloche retentit et l'observateur qui, discrètement dans son coin, avait suivi leurs faits et gestes annonça qu'ils avaient une pause de trente minutes.

Hannah se dirigea vers la sortie et Matt lui emboîta le pas.

— Où allons-nous ?

— À la cafétéria. C'est mon domaine d'expertise, ajouta-t-elle sur le ton de la plaisanterie. Je sais où se trouvent la cafétéria et les toilettes dans chaque hôpital de la région ! Sophie le confirmerait, car en ambulance, on doit être très à l'aise, donc veiller à nos besoins primaires...

— Je comprends. Réflexe professionnel !

— Réflexe de survie..., compléta-t-elle en souriant.

De nouveau, Matt ressentit un frémissement inhabituel dans le creux de l'estomac, comme s'il avait faim...

Mais pas de nourriture. Se serrer contre la jeune femme, humer son parfum, caresser sa peau, voilà ce dont il avait envie. Apprendre à la connaître, la découvrir, oui...

Il se ressaisit.

— Je te suis, dit-il. J'ai hâte de boire un bon café...

Du café, des protéines, des calories... Matt savait se nourrir afin de rester en forme et récupérer ! Il avait également pris deux bouteilles d'eau et quelques barres énergétiques pour eux deux. Ils emportèrent le tout dans un sac et retournèrent au chapiteau.

Tout en se restaurant, Hannah s'aperçut qu'elle aimait de plus en plus regarder Matt à la dérobée. Il était tranquille, confiant et toujours attentif, vérifiant qu'ils n'avaient rien oublié. Elle avait appris de lui, en l'observant à l'œuvre. Matt savait tant de choses... Néanmoins, il n'hésitait pas à se mettre en retrait pour la laisser travailler quand c'était possible ou utile.

Oui, au fond, ils formaient une équipe de rêve. Bien que très différents l'un de l'autre, ils étaient capables de collaborer avec souplesse. S'ils ne gagnaient pas aujourd'hui, ce ne serait pas faute d'avoir essayé, et certainement pas par manque d'expertise ! La spécialité de Matt était peut-être la chirurgie, mais il possédait une connaissance encyclopédique de nombreux autres aspects de la médecine.

Quels que soient les résultats de l'épreuve de ce samedi, ils auraient donné le meilleur d'eux-mêmes. Et ils pourraient reprendre leur travail lundi avec une certaine fierté...

En y pensant, Hannah sentit un tiraillement dans le creux de l'estomac, comme si quelque chose, ou quelqu'un, lui manquait.

Quelqu'un...

Oh ! elle adorait travailler en binôme avec Sophie, mais ne plus voir Matt lui paraissait soudain inimaginable. À croire qu'elle s'était attachée à lui... Et pas qu'un peu.

Ils poursuivirent leurs simulations de consultations jusqu'à ce qu'ils soient tous deux épuisés. Faire semblant de soigner pour ce jeu, c'était presque plus fatigant que pratiquer réellement leur métier ! Au total, sans compter la demi-heure de pause, ils furent actifs pendant six heures... Et quand on leur annonça que l'épreuve était terminée, Hannah s'assit avec soulagement.

— Je n'en peux plus ! J'ai l'impression de passer un examen professionnel horriblement difficile...

— Moi aussi, avoua Matt. Pour la bonne cause, on aura vraiment fait de notre mieux, ajouta-t-il en la regardant.

Hannah éprouva de nouveau un trouble indéfinissable. Matt souriait... Et ses yeux si bleus semblaient la caresser.

— Oui, c'est certain. Je suis heureuse de notre collaboration.

— Moi aussi, Flash. C'est un vrai plaisir.

Elle soutint son regard, consciente d'avoir envie de s'approcher de Matt, de se blottir contre lui, de...

Absurde !

Elle s'obligea à se ressaisir.

Mais à ce moment-là, sans cesser de la contempler, Matt hocha doucement la tête, comme s'il partageait ce qu'elle ressentait, et il sourit de nouveau en désignant la caméra du bout de l'index.

On nous filme, se rappela Hannah.

Si le contexte avait été différent, se seraient-ils enlacés ?

Ils sortirent du chapiteau en marchant lentement côte à côte, et se dirigèrent vers l'espace où le public, réparti sur des gradins, suivait les prestations des différents candidats. Des écrans géants diffusaient les images en permanence.

Hannah repéra aussitôt sa mère et Sam, au deuxième rang.

— Maman ! Tu as été une super infirmière ! s'exclama son fils en se précipitant vers elle. Bonjour, monsieur Matt !

— M. Matt t'autorise à l'appeler simplement « Matt », répondit Hannah, amusée.

— Tu as raison, renchérit Matt. Bonjour, toi, comment vas-tu depuis l'autre soir ?

— Très bien. Je n'ai pas rêvé de méchants cygnes, affirma le petit garçon.

— Tant mieux ! Il n'était pas méchant, ce cygne, surtout impressionnant, dit Matt. Mais je comprends qu'il t'ait fait peur !

Puis il salua cordialement la mère d'Hannah et proposa d'aller acheter des glaces pour tout le monde. Hannah accepta avec reconnaissance.

— Quel homme adorable, commenta Mme Green une fois que Matt se fut éloigné.

Elle sourit à Hannah d'un air entendu.

— Et qu'il est beau !

— Maman ! protesta Hannah, gênée. Je ne veux pas que tu penses que…

— Ma chérie, je ne pense rien, j'observe, l'interrompit sa mère. Je crois qu'il t'aime beaucoup… Et tant mieux ! Tu le mérites !

Hannah jeta un coup d'œil à Sam qui, heureusement, admirait des ballons en train de s'envoler dans le ciel, de l'autre côté du chapiteau.

— Il y a une fête ! s'exclama-t-il.

— Oui, mon cœur, c'est probablement les organisateurs du jeu… On va aller voir, promit Hannah. Dès que Matt sera là.

Mais Sam trépignait d'impatience.

— Où il est ?

— Là-bas…, indiqua sa grand-mère en désignant la roulotte blanche d'un marchand de confiseries un peu plus loin.

Par chance, Matt ne tarda pas à revenir, quatre cornets de crème glacée au chocolat à la main.

— Et voilà !

Il en tendit un à Sam, qui s'en empara en sautant de joie, un autre à la mère d'Hannah, qui le remercia poliment.

— On est attendus pour les résultats, indiqua Matt à Hannah.

Hannah, sa mère et Sam lui emboîtèrent le pas. Quelques minutes plus tard, Hannah et Matt furent appelés avec les candidats des autres équipes. Le jury se réunit, il y eut les préambules habituels avec les remerciements, les félicitations aux uns et aux autres pour leur engagement ou leurs contributions…

Puis le verdict fut proclamé par le juré principal :

— Aujourd'hui, c'était plus qu'une simple compétition. Nous avons constaté que toutes nos équipes restaient fidèles à leurs valeurs et ont fait preuve de bravoure et de détermination. Bravo ! Nous sommes fiers de vous tous… Mais vous le saviez, seuls deux participants représenteront le Hertfordshire en finale à Londres le week-end prochain, et nous leur souhaitons bonne chance dans les défis à venir. Mesdames et messieurs, les gagnants sont… le Dr Matt Lawson et Hannah Green ! Ils forment décidément un duo de choc !

— Un duo de choc… Robin, tu te rends compte de ce qu'on a

dit de nous ? lança Hannah tandis qu'ils regagnaient les vestiaires où ils avaient laissé leurs effets personnels.

Sam et sa mère étaient repartis en direction du parking, et elle les retrouverait à la voiture.

Matt se mit à rire.

— Flash, je crois que c'est vrai... Et encore, ils ne connaissent pas nos pseudonymes secrets !

— Robin et Flash, l'équipe la plus performante de la région... C'était hautement improbable, et c'est devenu une réalité.

Matt l'observa d'un air mi-amusé, mi-perplexe.

— Hautement improbable ? Pourquoi ? Tu ne me faisais pas confiance ?

— Je ne te connaissais pas. Je pensais concourir avec Sophie... J'ai accepté de m'inscrire à ce jeu avec elle ! Mais le sort en a décidé autrement, ajouta Hannah en souriant.

— Tu le regrettes ?

— Je ne regrette jamais rien.

— Tant mieux

Tout en récupérant son sac à dos dans un casier, Matt lui lança un coup d'œil où brillait une lueur taquine.

— On va ensemble à Londres, la semaine prochaine ?

— Oui, bien sûr... En train ou en voiture ? demanda Hannah.

Son cœur commençait à battre plus vite... Encore. C'était la perspective de passer du temps avec Matt, seule avec lui, qui la troublait ainsi... Forcément.

— En voiture. Ce ne sera pas trop difficile de t'organiser ?

— Pour Sam ? Non, ma mère est là, heureusement... Il faudra juste que je le prévienne... Je ne pourrai pas forcément l'appeler tous les jours. Je ne suis pas souvent partie loin de la maison sans lui... Même jamais, avoua-t-elle.

— Ce sera la première fois ? Vraiment ?

— Oui.

Matt sourit gentiment, et Hannah éprouva une vive émotion. L'attirance qu'elle ressentait devenait palpable...

Pourvu que Matt ne s'en rende pas compte !

Mais à la manière dont il lui effleura doucement une main à cet instant, Hannah sut qu'il ressentait la même chose qu'elle.

C'était juste magnétique.

Le cœur battant, elle se hâta de rassembler ses affaires.

— On se contacte la semaine prochaine... Je dois y aller, ma mère et Sam m'attendent...

— Pas de problème, dit Matt. Bonne soirée, Flash !

Elle lui adressa un bref sourire.

— Bonne soirée, Robin...

9

Hannah entama la semaine comme d'habitude : réunion d'équipe, planning, urgences à gérer, routes à sillonner en compagnie de Sophie pour transporter des patients le mieux possible, au plus vite. Toutes deux discutèrent malgré tout à bâtons rompus, compensant les moments où elles n'avaient pas été ensemble. Hannah finit par lui confier le trouble grandissant qu'elle éprouvait en présence de Matt.

— Pourquoi ne suis-je pas étonnée ? s'exclama Sophie. Depuis le début, je sens que ça va se produire...

— Il ne se passe rien, rassure-toi, je suis seulement en train de fantasmer sur le plus beau médecin de l'hôpital, et c'est inacceptable, conclut Hannah. Inacceptable et imbécile de ma part...

— J'en doute, et fais-moi confiance, mon intuition me trompe rarement. Il ne s'est encore rien passé, nuance...

En repensant à cette conversation un peu plus tard, Hannah hésita à envoyer un texto à Matt afin de savoir où et quand ils se retrouveraient pour se rendre à Londres pour la suite des épreuves du jeu.

Elle avait reçu le mail fournissant les détails essentiels de leur séjour à Londres, mais bizarrement, le simple fait de devoir écrire à Matt devenait compliqué. Même par SMS. Elle craignait de dévoiler, malgré elle, une émotion, une attente, quelque chose qui aurait incité Matt à croire qu'elle avait hâte de le revoir...

Ce qui aurait été la vérité.

Hannah se contenta donc de lui donner rendez-vous à la cafétéria de l'hôpital le lendemain, à l'heure de sa pause, à 16 h 30.

La réponse de Matt lui parvint rapidement, lapidaire : « OK ». Au moins ne s'embarrassait-il pas de détails inutiles !

Hannah continua à travailler en s'efforçant de ne pas penser au moment où elle serait de nouveau avec lui.

Elle essaya d'oublier la sensation étrange qui s'emparait d'elle dès qu'elle songeait à tout ce qu'ils avaient déjà partagé et à ce qui les attendait, à cette osmose qui les obligeait, l'un et l'autre, à dépasser leurs différences et à s'entendre de façon exceptionnelle.

Mardi, à l'heure convenue, Hannah gagna la cafétéria et commanda deux cafés. Matt ne tarda pas. En le voyant s'asseoir sur la chaise qu'elle lui avait réservée, Hannah sentit qu'il était tendu et fatigué. La veille au soir, un grave accident s'était produit sur le périphérique de la ville, une collision entre deux véhicules, et les blessés avaient été pris en charge dans leur établissement. Matt avait forcément été impliqué dans les interventions d'urgence. En revanche, ce soir-là, Sophie et elle n'étaient pas de garde.

— Tiens, dit-elle en lui désignant la tasse fumante.

Une lueur de reconnaissance traversa le regard bleu de Matt.

— Merci, Hannah. J'en ai bien besoin. On a opéré assez tard dans la nuit hier.

— Je m'en doutais.

Matt hocha la tête.

— Nous n'avons perdu personne.

— Bonne nouvelle.

— Oui, très bonne. Il y a eu quatre accidentés, dont deux graves. Blessures multiples, polytraumatismes... Les deux conducteurs sont dans un état stable, cet après-midi. Je suis enfin rassuré.

— Tant mieux.

Matt sourit.

— Et toi, Flash, tu vas bien ?

— Oui, très bien. Et toi, Robin ?

— En pleine forme malgré la fatigue.

Ils burent leur café en silence en se regardant. Hannah sentit son pouls s'accélérer et détourna rapidement les yeux.

— Alors, le fameux mail censé tout nous expliquer…

En parlant, elle prit, dans sa poche, le document qu'elle avait imprimé. Matt fit de même.

— Pas vraiment tout, rectifia-t-il. On ne nous apprend strictement rien des épreuves que nous devrons accomplir. Quel mystère ! Il faut qu'on se présente à l'accueil de l'hôtel qui nous héberge tous jeudi soir, et apparemment, nous n'aurons aucun contact avec le monde extérieur jusqu'à ce que les résultats finaux soient annoncés le lundi.

Hannah acquiesça, soudain soucieuse. Elle avait lu cette information mais n'y avait pas réfléchi jusqu'à cet instant. Aucun contact… Donc aucun appel ? Comment ferait-elle par rapport à Sam ?

— Ne pas appeler mon fils sera difficile pour moi. En vérité, ce sera ma première épreuve !

Matt sourit gentiment.

— Ne t'inquiète pas, j'ai anticipé ce qui te tracasse, et j'ai demandé si les candidats auraient le droit de téléphoner à leur famille. Ce sera possible, mais on ne devra en aucun cas communiquer avec les autres concurrents, par exemple. Donc toi, tu n'auras aucun problème pour souhaiter bonne nuit à Sam tous les soirs.

Surprise et touchée par tant de prévenance, Hannah resta silencieuse un court instant.

— Merci… Merci beaucoup. J'avoue que ça me soulage énormément.

— C'est bien normal. De mon côté, je n'ai personne à prévenir, ajouta Matt en hochant la tête. Je connais l'hôtel qui nous est attribué : il offre un bon standing, et une piscine. Ce sera agréable. Je passerai te prendre à 14 heures, chez toi, poursuivit-il. Ce sera plus simple avec tes bagages.

— D'accord. Merci… Mais je ne serai pas trop chargée, tu sais !

— Prévois toutes sortes de vêtements, y compris une robe et de jolies chaussures au cas où ! Vu qu'on ne sait pas ce qui nous attend, mieux vaut être préparé, tu ne crois pas ? Je prendrai des tenues de sport, des baskets et un smoking, précisa Matt. Plus un maillot de bain.

— Carrément ?

— Oui, pourquoi pas ? Autant profiter du confort qui nous sera offert…

— Tu as raison. J'y penserai. Le coffre de ta voiture est assez grand pour tout ce qu'on va emporter ? s'inquiéta Hannah.

Matt se mit à rire.

— On se débrouillera. Robin et Flash sont toujours performants, ne l'oublie pas !

Ils quittèrent la cafétéria et Matt accompagna Hannah jusqu'à l'aire de stationnement des ambulances.

— À jeudi, 14 heures !

— Oui, à jeudi, dit Hannah. Bonne fin de journée, Robin…

— Toi aussi, Flash.

Puis Matt repartit en direction de l'hôpital.

— Vous avez l'air d'être de bons amis… De très bons amis, fit remarquer Sophie qui attendait Hannah, déjà au volant.

— De bons coéquipiers, rectifia Hannah en se sentant rougir. On forme une équipe formidable.

— Ah bon ? Formidable, vraiment ? C'est mieux qu'avec moi, alors, plaisanta Sophie.

— N'importe quoi ! La comparaison est impossible, protesta Hannah. Matt et moi, c'est une équipe provisoire.

Sophie éclata de rire.

— Provisoire, provisoire… Il est tellement séduisant qu'il est normal que tu sois attirée par lui.

— Normal ? Hum… Au fond, oui, admit Hannah à contrecœur. Quelle femme ne le serait pas ? Mais je t'assure, il ne se passe rien entre nous… On est amis, oui, et surtout, partenaires dans un challenge qui nous demande beaucoup d'énergie.

Sophie la regarda fixement puis elle sourit.

— Je te taquinais, Hannah. En fait, je te comprends très bien.

— Moi aussi. La situation prête à confusion. On essaie de garder le cap, Matt et moi, il ne faut pas mélanger vie privée et vie professionnelle…

— Donc tu admets qu'il y a de l'attirance entre vous ! la coupa Sophie d'un ton triomphant. C'est gros comme le nez au milieu de la figure.

— Oh ! Sophie, oui, bien sûr..., répondit Hannah en riant à son tour. Mais est-ce que ce serait sérieux ? Il faut que je pense à mon fils, aux conséquences de mes actes et...

— Et tu es raisonnable, je le vois bien. Trop raisonnable !

La radio sur le tableau de bord se déclencha subitement. Sophie s'en empara, prit note d'une adresse et démarra sans tarder.

— J'essaie simplement de rester prudente, dit Hannah.

— Évidemment. Après ce que tu as vécu avec John, tu ne peux que choisir la prudence. Mais un jour, tu oublieras ce que tu as vécu avant, il y a longtemps, et tu profiteras de nouveau de la vie sans avoir peur, ajouta Sophie. Tu paries ?

Hannah garda le silence, les yeux fixés sur la route.

— Moi, je parie, conclut son amie d'un ton énergique. Vous allez vous rendre à Londres ensemble, tout sera possible... Profites-en, Hannah, laisse-toi aller, même une seule nuit, tu ne le regretteras pas...

— Ce n'est pas mon genre, Sophie. Tu le sais bien, non ?

— Je sais surtout que tu as besoin de te changer les idées...

Hannah ne répondit pas. Sophie vivait de manière indépendante, libre, elle n'avait pas d'enfant et multipliait les rencontres... Elle ne pouvait pas vraiment comprendre ce qu'elle-même ressentait. Ce mélange d'attirance et de retenue qui, en effet, l'empêchait d'expérimenter ce que Sophie lui conseillait de façon si insouciante !

Lorsque Matt vint la chercher chez elle jeudi après-midi, il était d'une humeur joyeuse, détendue, franchement contagieuse. Sam l'accueillit avec un enthousiasme déconcertant et, après avoir salué Hannah ainsi que sa mère, Matt prit le temps de jouer au ballon pendant quelques minutes avec le petit garçon. Après quoi, il porta ses bagages et les cala dans le coffre de sa voiture.

— Mon chéri, je t'appelle dès que possible, promit Hannah à Sam en le serrant dans ses bras.

— Ne t'inquiète pas, maman, je suis grand maintenant ! répliqua l'enfant d'un air sérieux.

— Oh oui, je le sais bien… Très grand ! Mais je serai heureuse de t'entendre, ça m'aidera, moi, à mieux m'endormir le soir !

Sam hocha gravement la tête.

— Alors, d'accord. Dans ce cas, tu pourras me téléphoner.

Puis il courut dire au revoir à Matt avant de retourner vers la maison. Sa grand-mère l'attendait sur le seuil, souriante.

— Bon voyage ! Soyez prudents… Et gagnez ! lança-t-elle alors que Matt se glissait au volant.

— On fera de notre mieux, madame Green, promit-il. Votre fille et moi formons une équipe de champions, donc on a toutes nos chances !

— Effectivement, on a toutes nos chances… Mais les autres candidats aussi, ajouta Hannah tandis qu'ils démarraient.

Elle se retourna pour regarder sa mère et son fils qui agitaient la main. Elle fit de même. Matt fit fonctionner les clignotants de la voiture, et Sam poussa un cri joyeux. Hannah garda les yeux fixés sur eux jusqu'à ce qu'elle ne puisse plus les voir.

— C'est vraiment la première fois que tu t'éloignes de lui aussi longtemps ? demanda Matt.

— Eh oui. Ce sera une véritable épreuve pour la mère poule que je suis ! Mais je pars tranquille, sa grand-mère est avec lui…

— C'est une aubaine. Tu pourras te consacrer uniquement à l'objectif qui est le nôtre… Pas vrai ?

— Oui, bien sûr. Nous serons le plus performants possible, et qui sait, peut-être gagnerons-nous ?

— Croisons les doigts et donnons le meilleur de nous-mêmes !

Matt avait emprunté la route menant à la voie rapide, et il venait de s'engager sur l'autoroute en direction de Londres.

Hannah lui jeta un bref coup d'œil. Il conduisait de manière concentrée, vite et bien, mais sa mâchoire était légèrement crispée, comme s'il n'exprimait pas tout ce qu'il voulait dire.

Peut-être n'était-il pas aussi détendu qu'il en avait d'abord eu l'air…

Matt avait certes l'allure d'un play-boy, il était incontestablement un talentueux chirurgien, et pourtant, quelque chose lui disait qu'il n'était en réalité pas aussi confiant qu'il le paraissait.

Hannah reporta son attention sur la route qui défilait et pensa à l'aventure qui les attendait à Londres. Ce serait extraordinaire… Même s'ils perdaient le challenge, ils auraient partagé des moments exaltants et exceptionnels. Sans doute resteraient-ils amis par la suite, pour longtemps… Elle l'espérait de tout cœur, car Matt était un homme hors du commun.

Oui, Matt connaissait cet hôtel. Quel étrange hasard… Quelle coïncidence troublante.

Autrefois, quand sa mère avait quitté son père, elle s'était enfuie à Londres avec son fils.

Ils avaient de la famille dans la capitale, mais elle n'avait alors contacté personne : son père aurait pu les retrouver… Impossible de courir ce risque. Aussi avaient-ils séjourné dans cet établissement, exactement celui-là, pendant deux semaines. Après quoi, ils avaient déménagé dans un autre hôtel, puis encore un autre, jusqu'à ce que sa mère trouve un lieu de résidence plus stable.

Une stabilité qui n'avait pas excédé six mois.

Bon sang, cet hôtel lui rappelait tant de souvenirs…

À l'époque, sa mère lui avait expliqué qu'ils devaient partir loin, très loin de la maison, mais en vérité, Matt n'avait pas besoin de justifications. Il savait très bien qu'ils fuyaient la peur, la souffrance et la douleur, et qu'il s'agissait du début d'une nouvelle vie. Sa mère avait rencontré des avocats et des proches dignes de confiance. De son côté, le petit Matt s'était mis à explorer chaque coin et recoin de sa nouvelle habitation provisoire…

L'hôtel Elsynge devant lequel ils arrivaient.

— Et nous y voilà ! dit-il, revenant brutalement à l'instant présent.

— Déjà ! Le trajet a été rapide, commenta Hannah.

Dépassant l'entrée de l'hôtel, Matt prit un virage serré à droite et s'engagea dans le parking souterrain. Ils déchargèrent leurs valises et empruntèrent l'ascenseur jusqu'au hall où un bagagiste s'avança immédiatement, l'air un peu offusqué qu'ils n'aient pas fait appel à ses services.

— Madame, monsieur, je vous en prie, laissez-moi vous aider...

Matt lui sourit.

— Merci.

Il regarda autour de lui. L'endroit était calme, lumineux, agréablement décoré. À l'époque, Matt avait eu l'impression que c'était une oasis au cœur de la ville... et de l'orage familial.

— Hannah ! Matt ! Soyez les bienvenus ! s'exclama une jeune femme appartenant à l'équipe de télévision. Contente de vous voir... Pas trop dur, le voyage ?

Elle donnait l'impression qu'ils avaient bravé tempêtes et ouragans alors qu'il ne s'agissait que d'une petite centaine de kilomètres d'autoroute et de quelques feux rouges. *Mais à l'époque, on a bel et bien traversé l'enfer avant d'arriver ici*, se remémora Matt.

— Non, pas de souci, affirma-t-il.

— Nous aussi, nous sommes heureux d'être là, intervint Hannah. Nous attendions ce week-end avec impatience et enthousiasme !

Matt garda le silence. Mais comme elle lui donnait un léger coup de coude dans les côtes, il renchérit aussitôt.

— Oui, moi aussi j'ai hâte d'y être.

— Parfait. Bonne installation ! dit la jeune femme.

Ils furent conduits à la réception pour signer le registre, puis elle les accompagna à l'étage où on leur avait réservé une suite : deux chambres à coucher de part et d'autre d'un confortable salon.

— Nous disposons de tout l'établissement pour le week-end, et nous bénéficions d'un libre accès à l'ensemble des installations, donc faites comme chez vous, annonça la jeune femme. Cette suite est à vous, profitez-en ! Naturellement, pas de caméras ici, nous respectons votre intimité, mais nous en avons installé quelques-unes dans d'autres pièces de l'hôtel, et bien sûr, l'équipe de diffusion extérieure pourra parfois vous suivre. Néanmoins, poursuivit-elle, nous nous efforcerons d'être aussi discrets que possible. Le dîner sera servi à 19 heures, puis il y aura une réunion où nous vous présenterons les épreuves du week-end. À présent, je vais avoir besoin que vous me laissiez vos téléphones respectifs, s'il vous plaît, conclut-elle avec un sourire d'excuse. Comme vous le savez, c'est le règlement.

Matt prit le sien dans sa poche et le lui tendit.

— Un texto de dernière minute, Hannah ?

— Oh oui... Deux, en fait...

Hannah commença à tapoter sur le clavier de son portable. De toute évidence, ce n'était pas qu'une simple notification de leur arrivée. Sans doute rédigeait-elle aussi un long message affectueux destiné à Sam... Elle envoya les SMS puis remit l'appareil en esquissant une petite moue navrée, montrant ainsi que, pour elle, c'était décidément un acte désagréable.

Leurs bagages furent déposés dans leurs chambres, puis on les laissa seuls.

Matt regarda Hannah qui se tenait de l'autre côté du grand tapis qui remplissait l'espace entre deux canapés moelleux.

— Et maintenant ?

— Oui, maintenant, que fait-on ? demanda-t-elle en consultant sa montre. Nous avons trois heures entières devant nous !

— On défait nos valises et on se détend !

— D'accord. Mais ça ne me prendra que dix minutes pour déballer mes affaires.

— Tu remporteras la médaille d'or vu que tu as deux valises et deux sacs...

Hannah se mit à rire.

— On chronomètre ?

— OK !

Elle fila dans sa chambre.

Riant à son tour, Matt se mit à ranger ses vêtements. Mais moins de neuf minutes plus tard, Hannah réapparut dans le salon.

— J'ai fini !

— Pas moi... Tu as gagné, quelle surprise !

— Tu veux que je t'aide ? J'ai l'habitude de faire vite...

— Inutile, j'ai presque terminé. Réfléchis plutôt à ce que tu voudrais faire. Manger ? Te promener ? Ou t'allonger et te reposer ?

— Me reposer ? Impossible ! s'exclama Hannah, les yeux brillants.

— Tu es tel un tigre en cage ! s'esclaffa Matt. Prends ton maillot et une serviette au cas où...

— Au cas où on irait goûter l'eau de la piscine de l'hôtel ? Excellente idée ! Après une petite découverte des lieux, peut-être ?

— Absolument.

Hannah retourna dans sa chambre et revint quelques instants plus tard avec un volumineux sac de sport contenant ses effets personnels.

— Il y a encore de la place pour tes affaires, si tu veux, proposa-t-elle.

— Parfait ! Merci, Flash. Tu es d'une efficacité redoutable.

— Je suis juste une femme habituée à m'organiser rapidement... Quand on a un enfant, on apprend à jongler avec beaucoup de choses, ajouta Hannah. Les habits des uns, des autres, l'emploi du temps, les repas...

Matt lui sourit. Peut-être aurait-elle dû préciser qu'être mère célibataire compliquait aussi les tâches... Il se souvenait de sa propre mère s'efforçant toujours de faire au mieux, seule et sans moyens... Mais par délicatesse, il préféra ne rien dire.

— Allons-y ! lança Hannah en se dirigeant vers la porte.

Ils quittèrent la suite et empruntèrent l'ascenseur.

Ils explorèrent d'abord le rez-de-chaussée, empli de nouveaux arrivants, puis gagnèrent le restaurant et le bar avant de jeter un coup d'œil à la salle de conférences située à l'arrière de l'hôtel. Tout était encore calme, à cette heure.

— La piscine est par-là, indiqua Hannah en désignant un panneau devant un escalier menant au sous-sol. On y va ?

— Bien sûr !

Matt lui emboîta le pas, et ils descendirent jusqu'à un vaste espace lambrissé.

— Il y a aussi une salle de gym, dit-elle en regardant à travers des portes vitrées. Ça a l'air super, mais avec ce qui nous attend, je doute qu'on ait assez d'énergie pour en profiter…

Ils ne tardèrent pas à trouver la piscine : un long bassin à l'eau turquoise qui scintillait sous des lumières vertes et bleues, encadré de colonnes de style romain. Une mosaïque représentant des nymphes auréolées de voilages décorait les murs. Des transats étaient disposés tout autour, sous de faux palmiers.

— C'est magnifique !

— Encore plus beau que dans mes souvenirs, renchérit Matt.

Il n'y avait personne dans l'eau.

— On plonge ? ajouta-t-il, croisant le regard pétillant de la jeune femme.

Hannah se dirigea aussitôt vers les cabines.

— Plutôt deux fois qu'une ! J'adore nager, et cette piscine est paradisiaque ! Robin, je vais me changer… À tout de suite !

— À tout de suite, Flash !

Matt adorait l'enthousiasme qu'elle manifestait spontanément. Hannah était naturelle, fraîche… Même si elle avait des soucis, elle ne le montrait pas.

Mais quand elle revint un court instant plus tard, il comprit qu'elle possédait aussi d'autres qualités… Une silhouette fine, élancée, que son simple maillot une-pièce noir mettait en valeur. Sa poitrine ronde paraissait toutefois quelque peu à l'étroit sous le tissu en Lycra.

— Je sais, il est un peu petit pour moi aujourd'hui, je le portais avant la naissance de Sam, expliqua Hannah en souriant d'un air gêné.

Matt comprit qu'elle avait dû remarquer son involontaire regard indiscret.

— Je comprends… Mais rassure-toi, tu es très belle.

— Belle ? Moi ?

En parlant, Hannah s'était assise sur le bord du bassin et elle tâtait l'eau du bout des orteils.

Son pied était menu, gracieux, si féminin bien que dépourvu de tout artifice.

Matt s'obligea à chasser les pensées troublantes qui surgissaient à son esprit.

— Oui, tu es très belle, répéta-t-il. Ne m'en veux pas de te le dire !

Puis, pour ne plus réfléchir ni se poser de question, il plongea dans la piscine.

10

Matt s'était lancé dans un crawl lent mais puissant. Hannah le regarda, admirative, puis, à son tour, se glissa dans l'eau tiède et entama une brasse coulée.

Comment ne pas remarquer les larges épaules de Matt, et sa peau qui paraissait presque dorée sous les lumières du plafond de la piscine…

— Dix longueurs non-stop ? proposa-t-il en s'arrêtant à l'autre bout du bassin.

— OK.

Hannah nageait régulièrement, mais il était évident que Matt aussi. Il allait plus vite qu'elle et poursuivit encore quelques minutes. Elle fit de même, accélérant jusqu'à en être presque essoufflée. Elle se hissa alors hors du bassin et s'assit sur le bord, contemplant Matt qui continuait.

— Tu as de l'énergie à revendre, dit-elle lorsqu'il s'arrêta enfin.

— Toujours trop, oui… J'ai besoin de me dépenser, admit-il en la rejoignant.

Il sortit de la piscine, prit une serviette, la frotta vigoureusement sur ses cheveux puis l'enroula autour de ses hanches.

Hannah ôta son bonnet de bain et, se levant, s'essuya à son tour, consciente du regard de Matt posé sur elle.

Son cœur battit plus vite. Ils étaient si proches, si complices… Ils s'entendaient si bien ! Elle aurait vraiment du mal, lorsque le challenge s'achèverait, à ne plus voir Matt…

— Tu es plus détendue, à présent ?

— Détendue ? répéta-t-elle, interloquée. Oh ! oui, bien sûr..., admit-elle, comprenant qu'il faisait allusion à l'état de surexcitation dans lequel elle se trouvait peu de temps auparavant.

Cachant sa gêne, elle se mit à rire.

— Faire du sport, c'est si bon pour le moral et la santé... Ça me calme toujours.

Matt hocha la tête.

— Moi aussi. On donnera le meilleur de nous-mêmes dans les heures et les jours prochains, donc on a intérêt à cultiver ce genre de moment... Pour décompresser et se sentir bien. Le mieux possible, pas vrai ? insista-t-il en lui effleurant doucement le bras. On en a besoin.

Il lui souriait gentiment. Ses yeux bleus brillaient. Ses mots étaient simples mais semblaient évoquer autre chose, comme une invitation à la sensualité...

J'ai trop d'imagination, se dit Hannah, chassant son trouble. Même si Matt ressentait la même attirance qu'elle – et au fond d'elle-même, elle pensait que c'était le cas – rien ne devrait se passer entre eux... Rien du tout. Ce serait trop risqué compte tenu de leurs différences de statut professionnel, de vie, de...

De quoi, vraiment ? s'interrogea-t-elle en un éclair. Et si, ainsi que Sophie le lui avait suggéré, elle se laissait aller au plaisir de se sentir désirable et d'être elle-même séduite ? Même pour très peu de temps ?

— Oui, on en a besoin, murmura-t-elle.

Matt acquiesça puis jeta un coup d'œil en direction de l'horloge murale.

— On devrait retourner dans notre belle suite pour nous préparer, le dîner ne va pas tarder.

— Tu as raison... Dépêchons-nous au lieu de bavarder !

Elle ignora la pointe de regret qui l'envahissait. En vérité, elle aurait aimé jouer les prolongations et continuer à se relaxer dans l'eau délicieusement tiède de la piscine en compagnie de Matt. Seule, cela aurait été moins agréable. Or, elle avait été seule si souvent ces dernières années...

— De fait, notre suite est bien luxueuse, poursuivit-elle en s'enveloppant dans son peignoir. J'avoue que c'est la première fois que je peux profiter d'un tel espace si magnifiquement décoré. Et toi ?

Matt sourit.

— J'ai déjà été invité dans de grands hôtels pour des conventions médicales. Mais c'est totalement différent. C'était pour le travail. C'était… oui, très différent.

Hannah eut l'impression qu'il voulait ajouter autre chose mais qu'il s'était ravisé.

— Aujourd'hui, c'est aussi pour le travail, observa-t-elle. Même si ça prend la forme d'un challenge ludique, c'est professionnel. On participe pour la bonne cause.

Matt sourit.

— Oui… La bonne cause. C'est ce qui compte. Allons-y, Flash !

— Allons-y, Robin !

Et Hannah lui emboîta le pas.

Matt se félicita d'avoir eu la possibilité de se détendre et rire un peu avec Hannah sans trop montrer – du moins il l'espérait – à quel point elle lui plaisait. Mais quand elle émergea de sa chambre, habillée pour le dîner, il la trouva tellement jolie qu'il en eut le souffle coupé.

Elle portait une jupe étroite, noire, des escarpins à talons hauts, et un chemisier vert à l'échancrure douce mais suffisamment suggestive. L'image de la jeune femme sportive, à la peau couverte de sueur, ou ruisselante d'eau comme un peu plus tôt, se superposa dangereusement à son esprit.

Il fallait que cela cesse… Et ce serait le cas dès qu'ils recommenceraient à relever les défis, sportifs ou autres, qui les attendaient.

Dans l'action, il se contrôlait. L'inaction le rendait beaucoup trop réceptif à la vive sensualité qui émanait de la jeune femme.

— Tu es ravissante…

— Merci. Tu es très élégant, dit-elle en le considérant de la tête aux pieds. Décontracté mais élégant.

Matt portait un costume gris acier et une chemise bleu clair, col ouvert et sans cravate.

— Merci ! On y va, Flash ?

Elle lui sourit et leva légèrement le menton d'un air déterminé.

— On y va, Robin.

Dans l'ascenseur, ils discutèrent poliment avec d'autres candidats, de simples salutations cordiales. Parvenus au rez-de-chaussée, ils gagnèrent une vaste salle de restaurant où les attendaient un buffet à volonté et des tables rondes ornées de nappes blanches.

— C'est bien organisé, observa Hannah tandis qu'ils se servaient. On a l'impression d'être des gens importants !

— Mais nous le sommes, répliqua Matt. Sans nous, le challenge n'existerait pas !

Ils allèrent s'asseoir et, tout en mangeant, regardèrent les participants qui arrivaient en binômes. Chacun veillait manifestement à renvoyer une image positive.

— Eux, ils ont l'air de bien s'entendre, chuchota Hannah en désignant discrètement deux hommes qui riaient ensemble, très fort.

Matt secoua la tête.

— Ils sont trop bruyants pour que ce soit sincère !

— Et elles, alors ?

Il suivit le regard d'Hannah en direction de deux femmes qui parlaient à bâtons rompus, semblant oublier ce qui se passait autour d'elles. Mais Matt percevait une évidente tension dans leurs mouvements.

— Elles sont trop nerveuses.

Hannah le contempla d'un air perplexe.

— Tu vois tout ça, toi ? Et nous ? Que penses-tu de nous ?

Il se pencha vers elle.

— Nous ? Nous sommes les meilleurs... Une équipe de rêve ! Flash et Robin, les invincibles !

Hannah éclata de rire.

— Oui, vive Flash et Robin !

Et elle soutint le regard de Matt, une lueur pétillante au fond des yeux.

— Flash et Robin, le couple idéal... Couple de sportifs, naturellement, précisa Matt.

— Naturellement, répéta-t-elle. De quoi d'autre pourrait-il s'agir ?

Elle lui sourit, étonnamment à l'aise pour le coup, et se leva d'un bond quand une voix diffusée par un haut-parleur invita tous les candidats à se rendre dans le grand salon voisin dès que possible.

— On va enfin savoir à quelle sauce nous serons mangés !

— C'est certain, dit Matt, de plus en plus sensible au charme de la jeune femme. Pourvu que ce ne soit pas trop indigeste !

Hannah se contenta d'ébaucher une petite moue.

— Joli jeu de mots !

Ils suivirent les autres candidats qui se rendaient dans la pièce adjacente, vivement éclairée par des lustres de cristal. Un homme en smoking blanc se tenait sur un podium, micro à la main. Dès que l'assemblée fut en place, il prit la parole dans un silence impressionnant.

— Bonsoir à tous. Je suis Dan, le réalisateur du challenge interhospitalier auquel vous avez la gentillesse de participer... J'espère que vous êtes bien installés et en pleine forme ! Avant de vous exposer l'essentiel de ce qui vous intéresse, continua-t-il, j'aimerais remercier l'hôtel Elsynge qui nous accueille pour le week-end...

Il esquissa un signe amical à l'attention d'un homme en costume bleu marine arborant le logo de l'établissement sur la poche poitrine de son veston.

— Vous vous demandez sûrement ce que nous attendons de vous pour la finale de ce concours, reprit Dan. Et vous savez que les gagnants repartiront avec un chèque conséquent libellé à l'ordre de l'hôpital pour lequel ils travaillent...

Matt échangea un bref sourire avec Hannah. Comme lui, elle peinait à dissimuler son impatience.

— Eh bien, voilà : nous voulons que vous nous exposiez, dans une présentation claire, un projet pour l'utilisation potentielle de l'argent qui pourrait vous être remis, déclara Dan. Vous avez jusqu'à dimanche soir, 20 heures.

Des murmures parcoururent l'assemblée, puis l'une des deux femmes que Matt avait perçues comme étant nerveuses leva la main.

— Quel genre de présentation ?

— Ce que vous jugerez pertinent, répondit Dan. C'est à vous de décider. Montrez-nous ce que vous pensez être essentiel !

Hannah se tourna vers Matt, sourcils froncés.

— Comment est-ce possible ? C'est au conseil d'administration de l'hôpital de choisir la manière dont l'argent sera dépensé !

— Exact. Tu devrais poser la question.

Mais d'autres candidats réagissaient également, interrogeant Dan.

Comme Hannah levait la main avec hésitation, Matt lui saisit le bras, l'encourageant à la dresser plus haut afin d'attirer l'attention du réalisateur.

— Personnellement, je ne manque pas d'idées à ce sujet, et je suis sûre que mon partenaire non plus, commença-t-elle après avoir jeté un coup d'œil à Matt. Sauf que je doute que le conseil d'administration de notre hôpital valide nos désirs et souhaits ! C'est à eux de décider de l'utilisation de l'argent qu'on gagnera peut-être, pas à nous !

Un murmure d'assentiment parcourut la salle.

— Bien sûr, admit Dan. Si la décision finale appartient aux services financiers de votre hôpital, avec ce challenge, nous vous offrons la possibilité d'influencer leur choix en exprimant votre avis, votre rêve… Lundi, quand vous nous présenterez votre projet, vous retrouverez devant vous le jury mais aussi des représentants de votre établissement que nous avons invités. Vous aurez donc l'occasion de vous adresser aussi directement à eux.

Hannah lança un nouveau regard à Matt. Ses yeux étaient brillants, comme pour dire : « C'est incroyable mais vrai ! »

— Pouvons-nous quitter l'hôtel pour aller chercher de l'inspiration ? demanda l'un des deux hommes qui paraissaient confiants.

— Absolument. Vous avez le droit d'aller et venir à votre guise, répondit Dan. Toutefois, vous serez obligés de signer le registre de sortie et d'emmener l'assistant de production qui vous sera assigné... Ou peut-être même une petite équipe de tournage, avec votre accord, bien entendu, car on ne veut pas vous gêner ! Cependant, j'insiste : ce projet ambitieux, original, vous devrez le mener à bien avec votre partenaire, pendant ce week-end. Vous en serez les créateurs uniques. Je précise qu'une salle de documentation, équipée d'ordinateurs connectés à Internet, est spécialement à votre disposition au rez-de-chaussée.

Il y eut d'autres questions, mais en regardant Hannah, Matt eut l'impression qu'elle ne les écoutait pas, perdue dans ses pensées. Dès que la réunion fut terminée, elle se leva et, lui adressant un bref sourire, se dirigea vers l'ascenseur.

— Ça va ? demanda-t-il dès qu'ils eurent gagné leur suite.

— Oui et non... Je ne suis pas trop à l'aise avec cette dernière épreuve, avoua la jeune femme. J'ai des idées, mais tu auras aussi les tiennes, et il faudra se mettre d'accord...

— Exactement. Je crois que ça fait partie du défi ! On va y arriver, assura Matt.

Hannah le dévisagea, l'air grave.

— Tu es toujours aussi confiant ?

— Je ne sais pas... C'est une qualité, ou un défaut, de mon métier, je suppose. On va trouver une proposition commune et originale, j'en suis sûr.

— Si tu le dis...

Mais une expression inquiète se reflétait sur le joli visage d'Hannah.

11

Hannah commençait à se décourager. Assis sur le canapé de leur salon privé, ils avaient parlé pendant plus d'une heure, évoquant tout ce qu'ils rêvaient de proposer à la direction de leur hôpital : un agrandissement du bloc opératoire, davantage de salles de réveil, plus de chambres pour les hospitalisations d'urgence… Mais tout cela ne formait pas un projet précis à remettre dimanche soir.

Pour ne rien arranger, elle pensait régulièrement à son petit Sam… ce qui la distrayait. Son fils lui manquait déjà beaucoup. De plus, la fenêtre, grande ouverte, laissait entrer l'air estival, étonnamment chaud et lourd ce soir-là.

— On a besoin de boire quelque chose, déclara soudain Matt en se levant.

— C'est sûr. Une boisson stimulante… Sans alcool pour moi.

Il arqua un sourcil, l'air à la fois amusé et étonné.

— Félicitations, tu es sérieuse !

Hannah se mit à rire.

— Il vaut mieux ! Si je buvais du vin, j'aurais envie de m'amuser, de me détendre, de bavarder… Certainement pas de réfléchir. Or, vu les circonstances, ce n'est pas une bonne idée.

— Je suis d'accord avec toi. Jus d'orange, de pomme, d'abricot, cocktail de jus de fruits à base d'agrumes…, lut-il à voix haute, en consultant la carte posée à côté du téléphone. Qu'est-ce que je commande ?

— Un cocktail et une bouteille d'eau pétillante, ce serait parfait.

— Entendu.

Matt composa le numéro de la réception.

— Allô ? Bonsoir, Matt Lawson à l'appareil…

Pendant qu'il passait commande, Hannah l'examina discrètement.

Il s'était changé et avait enfilé un vieux jean délavé, porté comme une seconde peau. La coupe étroite mettait en valeur la tonicité de ses longues jambes. Elle l'avait vu faire du sport si souvent à présent, exercer son corps de façon intense… Un corps qu'elle trouvait beau, attirant au possible. Il avait des bras musclés, puissants, de larges épaules…

Arrête de fantasmer ! s'ordonna-t-elle.

Surprise par la nature de ses pensées, elle détourna le regard. Évidemment, partager une suite dans ce grand hôtel londonien avec un homme aussi séduisant que sympathique, c'était une provocation du destin !

S'obligeant à se concentrer sur l'objectif de leur soirée, elle prit un bloc-notes, un stylo, et traça deux colonnes pour établir une liste.

— Soyons efficaces…

— Absolument. Très efficaces, renchérit Matt en jetant un coup d'œil sur le bloc-notes qu'elle tenait sur les genoux. Tu as bien raison. On ne va pas y passer la nuit !

— On a jusqu'à dimanche, rappela Hannah.

— Oui, mais j'aimerais qu'on trouve notre fil conducteur aujourd'hui. Ce serait rassurant sur notre capacité à relever le défi !

Hannah ne répondit pas, soudain incertaine. Seraient-ils à la hauteur ? Il était chirurgien, elle était infirmière… Comment leurs idéaux professionnels pourraient-ils fusionner en un projet réaliste et constructif ?

À ce moment-là, on frappa à la porte. C'était un employé de l'hôtel qui, à point nommé, leur apportait les boissons commandées.

— Ça fait du bien, avoua Hannah quelques instants plus tard, savourant un délicieux cocktail de jus de fruits.

Matt, qui s'était assis sur le canapé à côté d'elle, approcha son verre de celui d'Hannah. Il buvait la même chose qu'elle.

— À nos idées pétillantes...

— Et originales, je l'espère, compléta-t-elle. Et si on proposait de créer un espace thérapeutique modulable selon les besoins des patients ? Un espace de bien-être qui serait adapté aux enfants comme aux adultes, avec piscine, sauna, salle de gymnastique...

Matt sourit.

— J'ai bien peur que ça coûte affreusement cher.

— Il suffirait qu'on poursuive le projet de ce challenge en contactant d'autres sponsors, insista Hannah d'un ton animé. Après tout, voyons les choses en grand ! En très grand, même ! Puisqu'on nous demande d'être inspirés, soyons-le vraiment et...

Elle ferma brièvement les yeux.

— Tu sais, mon fils a été opéré d'une fente palatine quand il était nourrisson, et j'ai souffert de l'absence de lieu dédié à la prise en charge des bébés. Je n'oublierai jamais à quel point je me suis sentie seule et mal en point.

— J'imagine... Pour Sam, l'opération a été très réussie, on ne remarque presque plus rien, ajouta Matt après une courte pause.

— Presque plus rien ? Donc on voit encore un peu la cicatrice ? J'ai toujours l'espoir qu'elle disparaisse complètement, soupira Hannah.

— Ne t'inquiète pas, on la devine seulement. Je l'avais remarquée parce que je suis médecin, avoua Matt. Mais franchement, c'est si léger qu'on ne peut pas s'y attarder.

— Tant mieux... Merci.

La gorge soudain nouée, Hannah chassa les mauvais souvenirs qui l'envahissaient malgré elle. La naissance compliquée de Sam, sa solitude à l'époque, son effroi en constatant la malformation sur le visage de son bébé... Si sa mère n'avait pas été présente, comment aurait-elle fait ?

— En tout cas, cette expérience très personnelle m'a permis de constater que le service pédiatrique de notre hôpital pourrait être nettement amélioré !

— Bien d'accord. On devrait peut-être focaliser notre projet sur la pédiatrie ? Comme toi, je me sens très concerné par la prise en charge des enfants. Je ne suis peut-être pas père, mais j'éprouve toujours des sentiments mitigés quand je dois soigner de jeunes patients, poursuivit Matt.

— Des sentiments mitigés ? C'est-à-dire ? insista Hannah, surprise par cette confidence.

— J'aimerais qu'on puisse offrir un endroit plus rassurant, plus maternant, plus... doux, tout simplement. Je suis censé avoir une perception plus technique qu'émotionnelle de mon métier, et c'est le cas... en partie. Je refoule régulièrement mes émotions pour tenir le coup.

Hannah l'observa, touchée par ce que Matt partageait avec elle.

— Si tu laissais les émotions prendre le dessus, tu ne pourrais plus opérer les malades ou les blessés, tu serais submergé par la tristesse, la colère, la peur...

— Et je ne serais pas un bon chirurgien, compléta Matt. Exactement. Tu as tout compris.

Il regarda Hannah dans les yeux, et demeura silencieux quelques instants.

— J'ai aimé participer à toutes les épreuves de ce challenge, mais sincèrement, celle-ci est, pour moi, la plus difficile.

— Pour moi aussi, dit Hannah. Alors, que faisons-nous ?

Elle reprit son bloc-notes et désigna la feuille, vierge.

— On liste ?

Il acquiesça d'un signe de tête.

— Pour commencer, il faudrait prévoir l'achat de différents appareils d'exercices physiques...

— Des jeux de lumière pour modifier l'ambiance, un ordinateur et des enceintes de qualité pour diffuser de la musique... Peut-être un bassin ou une petite piscine utile pour la kinésithérapie...

— On aura besoin d'espace, renchérit Matt. Il nous faudrait une structure supplémentaire, une grande pièce, au moins une... Pourquoi ne pas installer un ou plusieurs modules préfabriqués quelque part dans le parc de l'hôpital ?

— Des préfabriqués ? J'ai connu ce genre de construction quand j'étais à l'école, et en hiver, on avait trop froid alors qu'en été, on étouffait ! fit remarquer Hannah.

— Les matériaux ont changé, assura Matt. Notre projet doit

être réalisable… Et sans lieu spécifique, ça ne sera pas possible. Or, je connais bien notre hôpital, tout comme toi, et je ne vois aucun endroit potentiellement exploitable.

— Tu as raison, dit Hannah en notant sur la feuille. Laissons aller notre imagination, et on verra bien où cela nous mène !

Croisant le regard de Matt, elle sentit son cœur battre plus vite. Il la contemplait avec une telle gentillesse… une telle intensité ! Si près… Trop près d'elle.

— Et pourquoi ne pas ajouter un espace extérieur où les enfants pourraient jouer quand le temps le permet ?

— Oui, un espace de jeux… Bonne idée. Il fait chaud, ce soir… On dirait qu'un orage se prépare, ajouta Matt en regardant en direction de la fenêtre.

— La nuit est tombée, mais pas la température !

Hannah se leva et s'étira.

— On pourrait retourner nager…

— Tu en as envie ?

— Non, en fait, dit-elle. Je suis trop fatiguée. Je crois que je vais plutôt prendre une douche fraîche.

Matt hocha la tête.

— Sage décision… Je ferai comme toi. Après toi. On n'a qu'une salle de bains.

— C'est vrai. Je serai rapide.

— Prends tout ton temps, Flash. Je vais en profiter pour continuer à réfléchir à notre super projet !

Hannah sourit.

— D'accord, Robin. À tout de suite…

Quand, à son tour, Matt sortit de la salle de bains, il trouva la jeune femme debout devant la fenêtre du salon.

Elle avait gardé son peignoir.

Comme lui.

Dorénavant, ils se sentaient tellement à l'aise l'un avec l'autre… C'était étonnant.

Il s'approcha d'Hannah, les yeux rivés sur le ciel d'encre

au-dessus de la ville. L'atmosphère restait lourde, et quelques éclairs se dessinaient à l'horizon.

— L'orage approche...

Hannah se tourna vers lui. Ses yeux brillaient.

— Oui. On l'entend gronder au loin. Alors ? poursuivit-elle. Tu as eu d'autres idées ? La douche ou un bain sont parfois propices à l'inspiration...

Matt sourit. Comment lui avouer que, sous la douche, il avait pensé à tout autre chose...

À elle... À son rire, son énergie contagieuse, sa bonne humeur naturelle, sa force.

— En l'occurrence, pas du tout. Je me suis détendu. On en a besoin.

— Oh ! oui !

Hannah alla s'asseoir sur le canapé, refermant machinalement les pans de son peignoir quand elle croisa les jambes. Ce petit mouvement discret produisit toutefois un effet surprenant sur Matt, enflammant son désir pour la jeune femme...

Un désir qu'il sentait sourdre en lui depuis longtemps, mais qu'il contenait, refoulait, ignorait systématiquement.

Le cœur battant, il s'avança vers Hannah et s'installa près d'elle.

Hannah, silencieuse, le regarda et sourit.

Dehors, un coup de tonnerre éclata soudain, et une pluie diluvienne se mit à tomber. Une brise fraîche s'engouffra à travers la fenêtre grande ouverte et, en quelques secondes, l'air de la pièce fut imprégné d'une bienfaisante humidité.

Matt voulut allumer la lumière, une lampe posée sur la table, mais Hannah lui saisit doucement le poignet pour l'en empêcher. Surpris, il la contempla.

— Gardons cette pénombre, c'est reposant, dit-elle. Sauf si ça te gêne...

— Rien ne me gêne, Hannah... Rien sauf, peut-être, l'envie que j'ai de toi.

Les mots lui avaient échappé, d'une franchise presque brutale. Hannah ne parut pourtant pas étonnée. Au contraire, elle ébaucha un sourire et lui effleura la joue du bout des doigts.

— Envie partagée, Matt.

— Vraiment ?

— Vraiment.

L'invitation était claire et irrésistible.

— On risque de le regretter..., dit-il en prenant la main d'Hannah dans la sienne.

Il lui caressa le creux de la paume et éprouva en même temps un long frisson. Depuis combien de temps n'avait-il pas autant désiré une femme ? Il n'aurait su le dire. Hannah était une collègue qu'il avait très peu connue avant qu'ils soient choisis pour représenter leur hôpital dans ce challenge télévisé... Auparavant, il la voyait de loin, quelques instants, ils se saluaient poliment, rien de plus. Elle était toujours pressée, la plupart du temps en compagnie de Sophie.

— On regretterait peut-être de ne pas profiter de l'instant présent, répondit Hannah sans retirer sa main.

Puis elle lâcha un petit rire légèrement moqueur.

— Sophie gagnera son pari...

— C'est-à-dire ?

— Oh... Disons que Sophie est tout mon contraire. Elle ne se pose pas trop de questions, elle vit à fond et savoure chaque moment...

— Et toi ?

— Moi, j'hésite, j'ai peur, je pèse le pour et le contre... Mais pas ce soir, justement. Pas ce soir, répéta Hannah en soutenant le regard de Matt.

Un silence régna, troublé par le bruit de la pluie battante à l'extérieur. Encore distant, l'orage continuait à se rapprocher.

— Ce serait un moment hors du temps... Hors de la réalité, ajouta Matt. Rien que toi et moi, une nuit... Seulement une nuit... Tu serais d'accord ?

En parlant, il commença, d'un doigt, à suivre le tracé de la gorge de la jeune femme, descendant vers l'échancrure de son peignoir.

Elle poussa un léger soupir de plaisir.

— Oui, je le veux. Une nuit. Un moment hors du temps. Rien que nous deux, sans aucune attente.

— Aucune... Viens dans mes bras, Flash...

Hannah se lova contre lui et lui tendit les lèvres.

Sans hésiter, Matt l'embrassa avec passion.

Quand Hannah se réveilla, elle frissonna de froid et mit quelques secondes avant de réaliser ce qui se passait.

Elle se trouvait dans la chambre de Matt...

Contre Matt...

Nue.

La fenêtre était grande ouverte, laissant entrer la fraîcheur de l'air.

Les premières lueurs de l'aube baignaient la pièce.

Ils avaient fait l'amour encore et encore... Et cette étreinte la laissait comblée. Elle avait éprouvé un plaisir inégalé, sans doute attisé par l'acceptation de ce qu'ils avaient voulu l'un et l'autre : il ne s'agirait que d'une nuit, rien qu'une seule nuit, et étonnamment, cela l'avait comme libérée.

Hannah remonta l'édredon sur son corps et se blottit contre Matt qui dormait profondément. Il lui enlaçait la taille d'un geste tendre et impérieux tout à la fois.

Dorénavant, plus rien ne serait pareil entre eux...

L'intensité de l'orage avait accompagné le voyage sensuel qu'ils avaient accompli ensemble. Ils s'étaient donné corps et âme... Juste pour quelques heures, en toute conscience.

Aucun regret ne serait possible.

Aucun regret ni aucune réflexion sur ce qui aurait pu être si les circonstances avaient été différentes. De toute façon, aujourd'hui, ils auraient beaucoup à faire, et c'était tant mieux.

Hannah se pencha vers Matt, lui passa les doigts dans les cheveux et lui embrassa la joue. Il ouvrit les yeux et sourit.

— Salut, murmura-t-elle, plus émue qu'elle ne l'aurait voulu.

— Salut... Quelle heure est-il ? Je n'ai pas entendu le réveil sonner.

— Il n'a pas encore sonné. Il est 6 heures.

— Parfait...

Matt ferma les yeux quelques secondes, la mine soulagée.

— On peut prendre notre temps... Et petit-déjeuner tranquillement... Peut-être revoir notre liste de propositions à présenter, qu'en penses-tu ?

— Bonne idée.

Hannah se serra tendrement contre lui, savourant la robustesse du corps de Matt. Il laissa échapper un petit rire.

— Pourquoi ai-je l'impression que tu aimerais faire autre chose ?

— Pas toi ? le taquina-t-elle en lui massant doucement le ventre.

Elle le sentit aussitôt réagir. Le désir était là, bien présent, à fleur de peau.

— Si, ô combien...

Matt lui effleura un sein puis l'autre, en caressant délicatement les aréoles qui durcirent entre ses doigts.

— Ma coéquipière possède tant de charmes que je ne sais plus par où commencer...

— Mon coéquipier a tant de talents que je ne peux rester de marbre...

Matt se mit à rire.

— Flash, ravissante Flash, tout ça n'était pas prévu du tout.

— Je le sais bien, Robin coquin... Mais tu es irrésistible et tu le sais.

— Absolument pas. En vérité, je n'ai pas tellement confiance en moi, répliqua Matt.

— Toi ?

Surprise, Hannah se redressa et prit appui sur un coude pour l'observer. Matt hocha la tête, l'air un peu gêné.

— Eh oui. Tu es étonnée ?

— Oui. Parce qu'on ne dirait pas... Tu donnes l'impression d'être très sûr de toi, et tu es si séduisant !

En parlant, Hannah laissa son index courir doucement autour d'une cicatrice sombre sur l'omoplate gauche de Matt. La forme était conique ; surprenante. Elle l'avait remarquée la veille mais n'avait pas osé poser de question.

— Cette marque..., murmura-t-elle. Que t'est-il arrivé ? Si ce n'est pas trop indiscret, bien sûr.

Matt se raidit imperceptiblement, et parut même vouloir s'écarter d'elle. Mais il ne le fit pas et, au bout de quelques secondes, se détendit de nouveau.

— À ton avis ?

Hannah hésita, prise de court.

— On dirait une brûlure... Une brûlure qui date d'il y a longtemps... Très longtemps.

Matt acquiesça d'un bref signe de tête.

— Une fois, sur un blessé, j'ai vu ce genre de lésion, reprit Hannah. La personne s'était accidentellement brûlée avec une pointe de fer.

— Une pointe de fer...

Matt resta songeur un court instant, avant de caresser doucement les cheveux d'Hannah.

— Oui, c'était un peu ça... Sauf que ce n'était pas un accident.

Hannah garda le silence, stupéfaite, hésitant à comprendre et admettre ce qu'il impliquait.

— C'était... volontaire ? Quelqu'un t'a fait mal ? Qui ?

— Mon père.

Abasourdie, Hannah prit la main de Matt dans la sienne et la serra fort.

— Dis-moi... Si tu veux, ajouta-t-elle.

— C'est une histoire tragique, tu sais... Mon père était violent et s'en prenait à ma mère, expliqua Matt en fixant le plafond de la chambre. Il a agi ainsi jusqu'à mes huit ans...

— Que s'est-il passé ensuite ?

— Un drame a tout fait basculer. Un jour, il est rentré plus tôt du travail. J'étais dans la cuisine avec ma mère, elle faisait du repassage... La porte d'entrée a claqué, elle m'a demandé d'aller jouer dans le jardin et elle a vite gagné le salon. Mais... ce jour-là, je n'ai pas obéi, poursuivit Matt. J'ai écouté à la porte. Mon père criait à ma mère qu'il avait eu un problème professionnel... Il ne se contrôlait plus. Je savais à quoi ça ressemblait quand il la frappait, j'en avais déjà suffisamment vu...

Il s'interrompit, visiblement bouleversé par les souvenirs.

La gorge nouée, Hannah se blottit doucement contre lui, espérant lui donner la force de continuer s'il le souhaitait.

Quelques secondes plus tard, Matt reprit la parole d'une voix sourde.

— Pour la première fois, je n'ai pas essayé de me cacher. J'ai foncé dans le salon et j'ai attaqué mon père qui, bien sûr, était bien trop fort pour moi ! Il m'a empoigné par le bras et m'a forcé à aller avec lui dans la cuisine. Il a refermé la porte derrière nous. De l'autre côté, ma mère pleurait... Elle le suppliait de me laisser tranquille, elle lui promettait d'accepter tout ce qu'il voulait s'il me libérait... Mon père l'a ignorée. Il m'a dit qu'il s'apprêtait à me faire quelque chose pour que je me souvienne... Pour que je sache que plus jamais je ne devrais m'interposer entre elle et lui...

— Il t'a brûlé. Avec le fer.

— Oui. Il m'a marqué. La douleur a été tellement atroce que j'ai hurlé et que je me suis presque évanoui... Puis j'ai entendu un bruit de verre qui se brisait. Ma mère avait fracassé la porte de la cuisine, et elle se tenait au-dessus de moi, tournée vers mon père, une bêche à la main. Elle l'a menacé de le tuer si jamais il me touchait une fois de plus. Elle était si différente, prête à tout comme...

— Comme une mère qui protège son enfant.

— Exactement. C'est la dernière fois que j'ai vu mon père. Il est sorti de la maison et ma mère m'a emmené à l'hôpital. Elle saignait parce qu'elle s'était coupée avec du verre. Elle n'a pas osé dire la vérité au médecin, je crois, elle a raconté une histoire... Bref, on nous a soignés tous les deux, puis elle m'a ramené à la voiture et m'a dit que nous ne retournerions plus jamais vivre chez nous. Elle m'a confié à un voisin le temps de préparer les valises et nous avons pris la route.

Hannah avait les larmes aux yeux.

— Et ensuite ?

— Ensuite, j'ai eu l'impression qu'on fuyait... Et c'était d'ailleurs la vérité. Ma mère a conduit longtemps, sans parler. On est venus à Londres. Et là...

Matt jeta un coup d'œil à Hannah.

— Ça va te paraître incroyable, mais c'est ici que nous nous sommes réfugiés.

— Ici ? répéta Hannah, perplexe.

— Oui, dans cet hôtel précisément ! Ma mère avait de la famille à Londres, mais elle craignait de les contacter. Mon père aurait pu nous retrouver… Donc on est restés ici pendant deux semaines, et j'ai espéré que ce serait le début d'une nouvelle vie pour nous, que j'aurais des amis, et que je fréquenterais une belle école… Mais ça n'a pas été le cas. On a vécu dans différents hôtels jusqu'à ce que nous ayons une petite maison, mais après quelques mois, nous avons appris que mon père était de nouveau sur notre piste. Cet enfer s'est poursuivi pendant longtemps, si bien que, tous les six mois, on déménageait…

Sidérée, Hannah garda le silence. Ces révélations l'émouvaient et la choquaient tout à la fois. Par quel étrange tour du destin Matt revenait dans cet établissement où, tant d'années plus tôt, sa mère et lui avaient connu un bref répit !

— Où est ta mère, maintenant ? Est-elle toujours…

— Vivante ? Oh ! oui. Et elle va plutôt bien ! Pendant mes études de médecine, elle a décidé de partir en France pour un an. Elle aimait Paris et s'y est installée quelque temps. Elle a écrit un livre, plus ou moins basé sur son expérience personnelle, et à sa grande surprise, il s'est bien vendu. Ça lui a donné confiance, et elle est revenue en Angleterre. Elle a commencé à s'impliquer dans une organisation caritative qui aide les femmes victimes de violences conjugales. Elle a obtenu un emploi de chroniqueuse pour un journal. J'ignore si elle se remettra vraiment de son passé, mais aujourd'hui, elle est tranquille et plus heureuse, c'est certain.

Hannah resta silencieuse, s'efforçant d'assimiler tout ce que Matt venait de lui apprendre. Ce lourd secret qu'il cachait sous une apparence de séducteur souriant et sûr de lui…

— J'aimerais lire son livre.

— Pourquoi pas, oui, à l'occasion. Je dois l'avoir chez moi dans mes affaires… Mais assez parlé de moi, maintenant, poursuivit Matt en serrant Hannah dans ses bras. On vient de passer une nuit merveilleuse, et je gâche tout en te racontant l'histoire de mon enfance sordide...

Il l'embrassa sur le front, le bout du nez, les lèvres. Mais lorsqu'il voulut approfondir son baiser, Hannah s'écarta doucement et, d'un geste tendrement ferme, le repoussa.

— On avait dit une nuit et rien qu'une nuit, pas vrai ? dit-elle, comme il l'observait d'un air surpris. Or, il fait jour... Et on a des choses importantes à accomplir aujourd'hui ! Flash et Robin doivent continuer d'assurer ! insista-t-elle, feignant d'être enthousiaste alors qu'au fond d'elle-même elle mourait d'envie de se lover contre Matt et de s'abandonner encore...

Mais c'était impossible.

Il fallait qu'ils respectent, l'un et l'autre, leur accord. Ils avaient consenti à vivre pleinement leur désir sans attendre quoi que ce soit en retour, sans espérer que cela continue. À elle, qui avait voulu ce moment hors du temps, de prouver qu'elle était à la hauteur de ce défi-là...

Un défi bien plus difficile que tous ceux qu'ils avaient affrontés et surmontés jusqu'à présent.

— Tu as raison, admit Matt à regret. Même si c'est très dur... J'aurais adoré poursuivre notre petite conversation amoureuse, pas toi ? Allez, avoue ! insista-t-il, comme elle restait silencieuse.

Mais, obstinée, Hannah secoua la tête.

— Robin, il est l'heure de se préparer à gagner, dit-elle en se levant.

Elle prit le drap et s'enroula dans le tissu, évitant de regarder Matt qui était encore allongé, nu...

Magnifique.

— Sacrée Flash..., murmura-t-il en la regardant fixement, une lueur admirative au fond des yeux. Toi, je ne t'oublierai jamais...

12

Ils prirent le temps d'apprécier leur petit déjeuner, servi dans une salle adjacente à celle du restaurant de l'hôtel, et restèrent à table, commandant davantage de café pendant qu'ils se répartissaient ce qu'ils avaient à accomplir.

Régulièrement, Matt sentait qu'Hannah le regardait et qu'elle s'efforçait de n'en rien laisser paraître. Tout comme lui, probablement. La nuit qu'ils venaient de passer marquait leurs traits... Ils étaient fatigués mais pleins d'énergie – emplis de cette vibration très particulière qu'il avait déjà ressentie après avoir fait l'amour...

Mais jamais à ce point-là.

Jamais il n'avait éprouvé un tel plaisir... Un plaisir partagé, il en était sûr. Hannah s'était abandonnée à ses caresses en manifestant une liberté et une audace qu'il n'aurait pas pu soupçonner. Elle s'était aussi montrée d'une sensualité et d'une volupté merveilleuses...

— On va dans la salle de documentation ? Matt ? J'aimerais qu'on peaufine notre liste de propositions.

Matt sursauta, gêné d'être surpris en flagrant délit de rêverie. La jeune femme le contemplait d'un air perplexe.

— Oui, bien sûr, allons-y. Désolé, j'avais la tête dans les nuages.

Hannah se contenta de sourire, et une lueur taquine traversa son regard. Avait-elle deviné à quoi il pensait ? Sans doute...

Quelques instants plus tard, gagnant la pièce spécialement aménagée pour accueillir les candidats désireux de mener des recherches, ils prirent place dans une sorte de cabine équipée d'un ordinateur portable.

Aussitôt, Hannah se connecta et, pendant plusieurs minutes, fit défiler des informations sur l'écran.

— Pour l'agencement des lumières qu'on imagine dans l'espace de bien-être, j'ai trouvé plusieurs fournisseurs intéressants, annonça-t-elle. Il y a un magasin à Streatham, on pourrait y aller.

— Bonne idée. Cherchons la même chose pour l'installation de préfabriqués. Je m'en charge, proposa Matt.

Il s'installa devant l'ordinateur, et tomba rapidement sur le site d'une entreprise de taille familiale située dans la région du Surrey, non loin de Londres. Il les appela aussitôt, et expliqua à la secrétaire ce qu'ils recherchaient.

— Nous intervenons dans le cadre du *Hospital Challenge*, auquel nous participons, donc tout ce qu'on entreprend est susceptible d'être filmé... Accepteriez-vous qu'on vienne sur place pour voir les modèles que vous fabriquez et étudier, avec vous, notre projet idéal ? Je suis le Dr Matt Lawson, chirurgien, et je fais équipe avec Mlle Hannah Green, infirmière et ambulancière.

— Oh ! oui, avec joie ! s'exclama son interlocutrice. Nous sommes tous fans du *Hospital Challenge !* On suit vos prouesses à la télévision... Malheureusement, M. James Laurent, notre P-DG, est absent aujourd'hui. Seriez-vous disponibles demain ?

Matt, qui avait mis le téléphone sur haut-parleur, échangea un coup d'œil avec Hannah et lui demanda son avis.

— Allons-y. J'espère qu'on ne perdra pas trop de temps, dit-elle.

— Moi aussi, mais courons le risque. Allô ! Demain matin 9 h 30 ? proposa Matt à la secrétaire.

Ce fut accepté à condition qu'il n'y ait pas d'enregistrement si des informations internes à la société, donc confidentielles, étaient échangées. De plus, ils auraient rendez-vous au siège social de la société, dans la demeure où résidait la famille Laurent.

— C'est parfait, on a la journée pour écrire le descriptif de l'espace, envisager les mesures, les dispositions, le matériel, et continuer à évaluer les coûts, s'enthousiasma Hannah.

Ils travaillèrent ainsi jusqu'à 18 heures, déjeunant sur place.

Puis, en fin de journée, Hannah s'éclipsa dans leur suite afin de téléphoner à Sam. Elle utiliserait la ligne de l'hôtel, ainsi que convenu préalablement.

— Attends-moi au restaurant, proposa-t-elle. Je n'en ai que pour cinq minutes !

Et affichant un sourire radieux, elle fila d'un pas rapide vers l'ascenseur.

Matt alla s'asseoir à leur table et patienta en étudiant le menu du soir. Les autres candidats s'installaient, eux aussi, échangeant quelques regards curieux entre eux. Matt leur adressa un signe amical et se plongea de nouveau dans l'examen de la carte...

Afin de ne pas se laisser envahir par l'inquiétude qui commençait à le gagner. Pourquoi Hannah ne revenait-elle pas ?

Au bout d'une vingtaine de minutes, n'y tenant plus, il finit par monter à l'étage.

La jeune femme ne se trouvait pas dans leur salon commun.

S'approchant de la porte de sa chambre, il perçut des sanglots étouffés.

Il frappa doucement.

Elle ne répondit pas.

— Hannah ? Il y a un problème ?

— Non... J'arrive dans une minute.

Elle avait une voix assourdie par l'émotion qu'elle s'efforçait manifestement de maîtriser.

— Je peux entrer ?

— Non, Matt, je t'en prie, laisse-moi. Je me recoiffe... On se retrouve en bas.

Il soupira. Que lui cachait-elle ?

Conscient qu'il aurait dû écouter Hannah et retourner au restaurant, il s'avança vers le canapé et s'assit.

Il fallut dix minutes à Hannah pour se recoiffer... ou finir de faire ce qu'elle avait entrepris. Quand elle émergea de la pièce, elle partit aussitôt en direction de la porte de la suite. Absorbée dans ses pensées, elle ne vit même pas Matt.

— Hannah ?

— Quoi, tu es là ? s'exclama-t-elle en pivotant vers lui.

Elle s'était effectivement recoiffée, mais ses yeux brillaient de larmes contenues.

— Je t'attendais.

— C'est gentil… Très gentil, répéta-t-elle en essayant de sourire. Tu viens ?

Elle ouvrit la porte et, comme Matt ne bougeait pas, lui adressa un regard perplexe.

— Qu'est-ce qu'il y a ? demanda-t-il.

— Rien.

— Rien ? Je te connais un peu, maintenant… Si ce n'était vraiment rien, tu me dirais ce que c'est.

Hannah hésita puis, en soupirant, referma la porte.

— Rien de grave… Rien qui puisse affecter notre performance, en tout cas.

Matt se leva et elle s'approcha de lui, soutenant son regard.

— Pourquoi tu ne m'expliques pas ? Je vois bien que tu as pleuré.

— Oh oui… C'est à cause de Sam.

— Qu'est-ce qui se passe ?

— Il a… du chagrin ! lâcha Hannah. Il a oublié un important devoir dans la cour de l'école, et comme il y a eu un orage et beaucoup de pluie, imagine…

Elle esquissa une moue attristée.

— Les pages sont complètement trempées, illisibles. Ma mère a tenté de le faire excuser en racontant la vérité à son instituteur, en vain. Sam a eu zéro… Zéro alors qu'il avait énormément travaillé. Il était tout chaviré, mon petit garçon… Sa distraction a été durement sanctionnée.

Matt sentit son cœur se serrer.

— Il apprend la vie…

— Oui, bien sûr. Sauf qu'il est encore bien jeune et que ça me paraît très injuste. Il pleurait au téléphone… J'aurais aimé être auprès de lui au lieu de…

— Au lieu d'être avec moi, dans mes bras ? compléta Matt.

Il voulut se rapprocher d'Hannah, l'enlacer pour la consoler, mais se souvint de leur promesse mutuelle. *L'affection, la tendresse, ce n'était que pour une nuit... Et rien qu'une nuit*, se rappela-t-il en un éclair.

— Oui, c'est un peu ça, admit Hannah. J'étais avec toi, et je ne pensais qu'à moi... Et à nous.

Elle haussa les épaules.

— Sam est fragile... En même temps, il grandit et, oui, tu as raison, il apprend la vie. Il a envie d'être indépendant. Tu vois, maintenant, quand je viens le chercher à l'école, je dois attendre au bout de la cour de récréation, je n'ai pas le droit d'aller jusqu'à la porte de la classe... Il dit que ça, c'est juste pour les petits !

Matt ne put s'empêcher de sourire.

— L'essentiel, je pense, est qu'il sache que tu es là quand il a besoin de toi, et que tu ferais n'importe quoi pour lui. C'est ce qui compte vraiment.

— Oui, c'est certain.

Hannah poussa un soupir.

— Je suis désolée, Matt, comparée à ce que tu as vécu quand tu étais enfant, une telle situation doit te paraître bien insignifiante, voire stupide.

— Pas du tout ! Au contraire, c'est une preuve d'amour maternel. J'apprécie cela... Et Sam a la chance d'avoir un foyer heureux et stable.

— Stable... Avec une maman et une grand-mère qui l'adorent, mais pas de père, répliqua Hannah. Nous sommes séparés depuis si longtemps...

Puis elle sourit, l'air un peu gêné.

— En fait, je ne veux pas parler de ma vie personnelle.

— Je comprends, dit-il. Je comprends même très bien.

— Merci. En tout cas, notre discussion m'a fait du bien. Tu m'as remonté le moral ! avoua Hannah en souriant. On va dîner, maintenant ?

Et comme si rien ne s'était passé, elle pivota sur ses talons et se dirigea vers la porte.

Ce soir-là, ils travaillèrent tard, préparant un dossier complet destiné à l'entreprise avec laquelle ils avaient rendez-vous le lendemain matin.

Quand ils eurent terminé, Matt se demanda comment se déroulerait ce moment où chacun devrait se rendre dans sa chambre respective...

D'autant plus qu'après sa conversation avec Sam, Hannah éprouvait sans doute de la culpabilité.

Mais contre toute attente, elle lui prit la main et lui chuchota à l'oreille qu'elle voulait rompre leur pacte... Et passer de nouveau la nuit avec lui.

— Tant mieux, murmura-t-il en s'autorisant enfin à la serrer dans ses bras. J'en meurs d'envie, moi aussi.

Ils firent l'amour, envahis d'un même désir, puis s'endormirent blottis l'un contre l'autre. En se laissant gagner par le sommeil, Matt eut vaguement conscience qu'il ne s'était pas senti aussi bien depuis vraiment très longtemps...

Ils se réveillèrent tôt, s'embrassèrent langoureusement, puis se préparèrent sans tarder. Matt alla s'habiller dans sa chambre, les lèvres encore chaudes de leurs baisers. Il revêtit le costume et la cravate qu'il avait apportés. Hannah le rejoignit, vêtue d'une robe sans manches boutonnée sur le devant. Elle portait une veste assortie, des escarpins, et ses cheveux étaient enroulés en un chignon haut, lisse et soigné.

— Tu es magnifique !

— Merci... Tu es pas mal, toi aussi...

Hannah ébaucha un doux sourire et Matt sentit son cœur battre plus vite. Se ressaisissant, il lui effleura tendrement le visage.

— Quel bonheur de faire équipe avec une femme comme toi...

— Je peux te retourner le compliment ! Tu es un homme très... agréable. Et sexy, ajouta-t-elle, une lueur coquine au fond des yeux. On y va ?

— On y va.

Ils descendirent prendre un rapide petit déjeuner, attirant des regards curieux de certains des autres concurrents qui, contrairement à eux, arboraient une tenue décontractée.

Comme prévu par le règlement du challenge, Cécile, une assistante de production, fut appelée pour les accompagner durant leurs différentes recherches du jour : il lui faudrait s'assurer qu'ils n'accompliraient rien qui enfreindrait les règles du jeu. Elle s'installa à l'arrière de la voiture de Matt, téléphone à la main, et resta discrètement silencieuse. Dès qu'ils émergèrent du parking souterrain, une camionnette les suivit avec, à son bord, une petite équipe de tournage.

— Heureusement qu'on a l'air conditionné, soupira Hannah. Il fait déjà si chaud ! Notre premier arrêt sera le magasin de Streatham. Ils vendent des éclairages de toutes sortes, et comme ils ne sont ouverts que le matin, on devra s'y arrêter d'abord.

— Pas de problème, dit Cécile.

— Allons-y, renchérit Matt. Une chance qu'il n'y ait pas trop de circulation à cette heure...

Ils ne tardèrent pas à rejoindre leur première destination.

Il ne leur fallut que quinze minutes pour examiner les lampes et spots proposés par le magasin. Ils repartirent en emportant de nombreuses brochures et quelques photos des équipements labellisés « bien-être ».

Ensuite, ils quittèrent Londres et empruntèrent l'autoroute pendant environ une heure avant de s'engager sur une petite route de campagne plutôt sinueuse. Le paysage était verdoyant et reposant, typique de la belle région du Surrey, songea Matt.

Il était à peine 9 h 30 quand ils se garèrent sur le parking du siège social de l'entreprise Laurent : une imposante demeure de style victorien, nichée dans un parc ensoleillé à l'extérieur d'un ravissant village. La camionnette de l'équipe de tournage n'était pas encore là.

— J'espère que notre rendez-vous sera concluant, murmura Hannah en se dirigeant vers le perron.

Matt lui emboîta le pas et, sans réfléchir, lui prit le bras. Hannah lui jeta un coup d'œil et sourit.

— Comment va mon super binôme ?

— Parfaitement bien… Et toi, mon super binôme ?

— Un peu nerveuse ! J'espère qu'on ne sera pas venus pour rien !

Une femme vêtue d'un élégant tailleur, impeccablement coiffée, les attendait dans le vaste hall climatisé.

— Mesdames, monsieur, soyez les bienvenus. Je suis Helena, la secrétaire de M. Laurent.

Matt reconnut la voix posée de la femme avec laquelle il avait parlé au téléphone la veille.

— Où sont les cameramen ? demanda Helena.

— Oh ! ne vous inquiétez pas, ils arriveront d'un instant à l'autre, assura Hannah. Voici Cécile, l'assistante de production.

Helena se tourna vers Cécile, qui avait suivi Matt et Hannah en silence.

— Je vais vous montrer où vous pourrez installer les caméras. M. Laurent vous recevra sur la terrasse, donc il n'y aura pas besoin d'éclairage supplémentaire.

De toute évidence, elle était habituée à s'occuper de tout.

À ce moment-là, une femme plus âgée, en jean, tennis et chemisier à fleurs, se précipita vers eux. Elle ôta ses gants de jardin qu'elle posa sur la table du hall tout en regardant ses visiteurs d'un air réjoui.

— Hannah et Matt ! s'exclama-t-elle. Comme je suis heureuse de vous rencontrer !

Matt observa discrètement Hannah. Si elle fut surprise par cet accueil chaleureux, elle n'en montra rien. Elle s'avança vers leur hôtesse pour lui serrer la main.

— Enchantée !

— De même. Je suis Patti Laurent. J'adore le *Hospital Challenge* ! Bonjour, Matt… Vous êtes encore plus grand en vrai !

Matt se mit à rire.

— Vous suivez l'émission ?

— Oh ! oui ! Chaque épisode ! confia Patti. Une fois, je crois que c'était au tout début des épreuves, j'ai vu Hannah accomplir une sorte de petite danse de la victoire avec un enfant, un garçon…

— Vraiment ? Ah oui, à la fin de la première ou deuxième

série, au démarrage du challenge, se rappela Hannah en croisant brièvement le regard de Matt. Ce petit garçon était mon fils.

— Oh ! je m'en doutais. Il a l'air adorable ! Quel âge a-t-il ?

— Sam a six ans. Je vous montrerais bien des photos, mais l'équipe a confisqué mon portable jusqu'à la fin du jeu !

— Vraiment ? Quelle idée !

Patti lança un coup d'œil désapprobateur à Cécile.

— Vous pensez vraiment qu'ils tricheraient ? Je me souviens qu'une fois Hannah et Matt ont renoncé à leur victoire pour aider un homme mal en point, vous savez, il avait été victime d'électrocution à cause d'un générateur défaillant... Ce sont des gens dignes de confiance !

— On n'en doute pas, dit Cécile, un peu gênée. Mais c'est le règlement.

— Eh oui... Dans un sens, ce règlement est positif parce que, si j'avais mon téléphone, j'appellerais mon fils très souvent, avoua Hannah. Sam me manque beaucoup.

— Je vous comprends, soupira Patti. J'étais exactement comme vous avec mes deux enfants quand ils avaient l'âge de Sam.

Puis elle s'adressa à Helena.

— Je m'occupe du thé, le plateau est prêt dans la cuisine. Vous voulez bien accueillir les cameramen quand ils arriveront ?

— Bien sûr.

D'un sourire, Helena invita Cécile à la suivre.

— Hannah et Matt, venez donc avec moi, reprit Patti.

Elle les conduisit vers le jardin, jusqu'à une grande terrasse, tout en bavardant avec Hannah qu'elle paraissait apprécier. Elle leur proposa de s'installer sur de confortables sièges en osier disposés autour d'une table vitrée, à l'abri du soleil.

— Je vous laisse un instant, le temps d'aller chercher le thé et prévenir mon mari.

Ce dernier apparut quelques instants plus tard. Comme son épouse, James Laurent paraissait décontracté, en pantalon de lin clair, chemise blanche et mocassins marine. Les cheveux blancs, le visage ridé et bronzé, il semblait gentil et accueillant, mais ses yeux, d'un bleu perçant, trahissaient la vigilance d'un homme d'affaires avisé.

Patti servit le thé et offrit des biscuits.

Helena revint avec un dossier en cuir qu'elle remit à M. Laurent qui la remercia en souriant. L'équipe de tournage venait de les rejoindre et s'était installée à l'autre bout de la terrasse, attendant qu'on leur donne le feu vert. D'un signe de la main, Helena indiqua à Cécile qu'ils pouvaient commencer à filmer.

— Alors, parlez-moi de ce beau projet pour le *Hospital Challenge*, dit M. James. Un projet... idéal, avez-vous confié à ma secrétaire ?

— Exactement. Parce qu'on nous autorise à rêver, à imaginer quelque chose d'idéal dans notre domaine si difficile, puisque c'est celui du soin et qu'on s'occupe de personnes en souffrance, dit Hannah.

Elle lança un coup d'œil à Matt qui l'invita à poursuivre. Elle s'exprimait clairement, et de toute évidence, avait capté l'attention de son interlocuteur.

— En vérité, tout est parti d'une expérience personnelle que j'ai vécue avec mon fils, Sam, alors bébé..., reprit-elle. J'aurais tant aimé qu'il existe un lieu, à l'hôpital, où nous aurions été à l'aise, où nous aurions éprouvé un réel bien-être... Un espace de bien-être, parallèle et complémentaire aux différents endroits où les patients sont soignés...

Matt la regarda, impressionné par la passion qu'Hannah exprimait tandis qu'elle énumérait tous les bienfaits de thérapies multisensorielles associées à des activités de kinésithérapie ou purement sportives. M. Laurent hochait la tête, l'écoutant, lui aussi, avec un vif intérêt.

— Je vois... Et avez-vous imaginé le genre d'espace, de bâtiment, qu'il vous faudrait ? Ma société propose des préfabriqués de grande qualité, des modules adaptables...

— Oui, nous avons vu ce que vous vendez sur Internet. Nous avons analysé nos besoins autant que possible.

Hannah se tourna vers Matt qui lui tendit le dossier qu'ils avaient apporté, avec tous les documents qu'ils avaient fini d'imprimer à minuit la veille au soir.

— Voici.

M. Laurent consulta attentivement les différentes pages. Son épouse offrit de nouveau des biscuits.

— Il ne vous a fallu que un jour pour concevoir ce projet ?

— Un jour… Et des années de réflexion, précisa Hannah. Je suis maman et je travaille comme infirmière et ambulancière depuis cinq ans. Matt est chirurgien depuis dix ans. Avant le *Hospital Challenge*, on se contentait de rêver sans oser imaginer de concrétisation à nos rêves… Le jeu auquel nous participons nous donne l'occasion d'y croire.

Excellente réponse, songea Matt.

De toute évidence, M. Laurent l'apprécia également car il esquissa un bref sourire avant de lancer un regard circulaire. Helena apparut aussitôt près de lui, comme si elle guettait ce signal.

— Les cameramen ont fini de filmer, annonça-t-elle. Ils ont respecté le souhait de confidentialité, et ont choisi des plans éloignés où l'on voit la réunion sans entendre les propos.

— Parfait. Offrez-leur donc du thé, je vous prie.

— Oui, monsieur.

Alors que sa secrétaire s'éloignait, M. Laurent prit le dossier en cuir posé sur la table et l'ouvrit en grand devant Hannah et Matt.

— Voilà ce que je peux vous proposer : notre toute nouvelle création, avec un design dont je suis très fier. Le module affiche une empreinte carbone proche de zéro, pour un espace configurable avec chauffage au sol et climatisation, ce qui est précieux quand il fait chaud comme aujourd'hui !

Il tendit une brochure imprimée sur papier glacé à Matt et Hannah.

— Vous trouverez le plan en sixième page, accompagné d'une note d'intention de notre architecte designer.

Hannah écarquilla les yeux en découvrant le dessin du bâtiment : en forme de L, doté d'une structure de bois, il évoquait un espace à la fois écologique et élégant. Divers diagrammes montraient comment le module préfabriqué pourrait être converti afin de répondre à pratiquement toutes les exigences.

— Nous exposerons ce modèle-ci, précisément, durant un

salon spécialisé, leur apprit M. Laurent. Après, il sera démonté et nous n'en aurons plus l'utilité… Plus du tout. Par conséquent, je serais heureux de vous le donner.

— Donner ? répéta Hannah, abasourdie. Vraiment ?

Elle regarda Matt et, d'un geste enthousiaste, lui saisit la main et la serra dans la sienne.

— Ce serait merveilleux, monsieur Laurent…

Le P-DG de la société les contempla d'un air ravi.

— Mais je suis pragmatique : encore faudrait-il que vous puissiez faire installer un habitacle de cette taille près de votre hôpital. Pensez-vous que ce soit possible ?

— Il existe un grand espace à l'arrière de l'établissement, intervint Matt. Je suppose qu'on aurait besoin d'un permis de construire…

— Je peux vous aider à l'obtenir, l'interrompit M. Laurent.

Il hocha la tête.

— Notre département de planification entretient d'excellentes relations avec les autorités locales dans tout le pays, et nos spécifications de construction sont conçues pour s'adapter de façon souple. Avec un peu de chance, la nécessité d'un permis de construire ne devrait pas être un problème.

Matt sourit à son tour.

— À ce niveau, monsieur, ce n'est plus de la chance… Il s'agit plutôt de compétences.

Voire de relations haut placées, acheva-t-il en son for intérieur, croisant le regard brillant d'Hannah.

— Monsieur Laurent, c'est incroyablement généreux de votre part ! s'exclama-t-elle. Merci infiniment…

Elle hésita. Matt ne la quittait pas des yeux, admiratif. Elle se tenait droite, fière et volontaire. Quelle battante !

— Vous savez, si nous ne gagnons pas le challenge, poursuivit-elle, nous ne posséderons pas l'argent nécessaire pour aménager le lieu. Mais nous pourrons toujours tenter de faire financer un projet moins ambitieux… N'est-ce pas, Matt ?

— Oui… Oui, bien sûr, Hannah.

Matt ne savait pas du tout ce qu'elle avait à l'esprit, mais comment aurait-il pu la contredire ? De toute façon, il avait confiance en elle. Au cours des dernières semaines, il avait pu constater à quel point elle était opiniâtre.

— On trouvera une solution... Il y a toujours des solutions, affirma-t-il.

— Si besoin, je me relèverai les manches et j'irai moi-même recueillir des fonds, insista Hannah. Je créerai une cagnotte sur Internet, par exemple. Tout est possible quand on est motivés ! Quand on sait qu'au final on aménagera un bel espace de bien-être pour nos patients, ça nous porte et nous propulse !

— Je le vois bien... C'est parfait, alors, déclara chaleureusement M. Laurent. Soyez donc assurés, chers Matt et Hannah, que ce module sera destiné à votre hôpital. Vous en ferez bon usage. Espérons quand même que vous gagnerez le challenge !

— Oh oui ! renchérit Patti, en souriant à son mari. Je suis si heureuse qu'on puisse modestement contribuer à votre généreuse dynamique ! On a besoin de gens comme vous !

— Et nous, de bienfaiteurs comme vous ! renchérit Matt.

— C'est vrai ! s'exclama Hannah.

La satisfaction et la joie se reflétaient sur son visage. Enthousiaste, il résista à l'envie de l'embrasser devant tout le monde...

Patti leur servit de nouveau du thé, des gâteaux, puis ils continuèrent à bavarder aimablement. Au bout d'un moment, toutefois, Matt consulta sa montre avec discrétion.

— Je suis désolé, il faudrait que nous reprenions la route. D'ailleurs, l'équipe de tournage n'est déjà plus là, remarqua-t-il.

— Le temps file ! soupira Patti. Nous sommes tellement emballés par votre projet... Et ce jeu, *Hospital Challenge*, est si passionnant !

— Nous vous soutenons, vous, les soignants, reprit son mari. Ma femme a failli être emportée par une crise cardiaque il y a trois ans, au milieu de la nuit. Une ambulance est arrivée, et les deux jeunes gens étaient...

Il secoua la tête, comme si les mots lui manquaient.

— À l'écoute ? Efficaces ? compléta Hannah.

— Absolument. Et si gentils !

— Ils m'ont vite emmenée à l'hôpital, poursuivit Patti. Ils m'ont sauvée... On m'a posé des *stents*, précisa-t-elle, regardant Matt d'un air entendu, supposant sans doute qu'il savait parfaitement de quoi il s'agissait.

— Vous vous êtes remise ? s'enquit-il, touché par ces confidences spontanées.

— Oh ! oui ! J'ai bien plus d'énergie qu'avant !

Patti lui adressa un sourire rayonnant.

— Ce jour-là, j'ai serré la main aux urgentistes, reprit M. Laurent. Je leur ai serré la main, oui, simplement serré... Pour les remercier comme je pouvais... Sans eux, Patti ne serait plus de ce monde ! J'aurais voulu leur exprimer davantage ma reconnaissance, mais impossible...

— Croyez-moi, ils savaient ce que vous ressentiez, affirma Hannah. Voir un proche souffrir d'une crise cardiaque, c'est terriblement effrayant et angoissant... Quand je secours quelqu'un et qu'on m'encourage en me serrant la main, je vous assure que ça donne de la force !

Un silence s'établit quelques secondes.

— Eh bien, encore une fois, merci à vous, répéta M. Laurent. Vous pouvez compter sur notre soutien...

— Un soutien indéfectible, renchérit sa femme. Et bravo de participer à ce challenge en plus de votre travail, c'est très courageux de votre part ! Tenez-nous au courant, surtout...

— Bien sûr, promit Hannah, visiblement émue. Nous vous remercions aussi beaucoup, du fond du cœur.

Dès qu'ils eurent quitté la terrasse, Matt enlaça la jeune femme par la taille.

— J'aimerais tant te serrer dans mes bras ! Tu as été géniale...

— Toi aussi, tu as été génial !

Elle se retourna pour saluer une dernière fois M. et Mme Laurent, puis ils se dirigèrent vers la voiture. Matt lui ouvrit la portière.

— Ils sont adorables. On n'est vraiment pas venus pour rien ! ajouta Hannah d'un ton exalté.

— Tu as su le motiver, dit Matt. Je suis fier de toi.

— Et moi, de toi !

— On a été performants tous les deux, alors...

— Oui...

Hannah le regarda dans les yeux.

— Tous les deux. C'est ensemble qu'on relève chaque défi depuis le début. Ensemble !

— Exact. On est imbattables !

Étrangement ému, Matt se glissa au volant. Quelques secondes plus tard, Cécile émergea de la camionnette des cameramen et les rejoignit.

— Où va-t-on maintenant ? s'enquit-elle.

— À Fulham. J'ai repéré un magasin qui vend toutes sortes de sièges thérapeutiques dont nous pourrions avoir besoin, et j'aimerais en essayer certains, expliqua Hannah. Ensuite, on rentrera à l'hôtel. Je pense qu'on réussira à définir l'équipement qui nous manquera en surfant sur Internet !

— Bien d'accord avec toi, dit Matt.

Il mit le contact et démarra. Tout en conduisant, il songea qu'Hannah s'était tellement engagée dans cette action solidaire qu'elle aurait du mal à accepter un échec...

Il faudrait qu'ils gagnent cette dernière épreuve. Coûte que coûte.

13

Quand arriva dimanche soir, Matt et Hannah travaillaient d'arrache-pied depuis vendredi matin.

Ils étaient tous deux épuisés.

Hannah avait réalisé un montage de photos, et Matt avait saisi les données chiffrées sur un tableur afin de vérifier s'ils respectaient leur budget. Ils avaient imprimé leur présentation en quinze exemplaires, et avaient fait relier les documents.

Ils terminèrent à 19 heures. Tout était prêt pour leur exposé le lendemain matin, devant le jury…

Soulagée et heureuse de ce qu'ils avaient réussi à accomplir en si peu de temps, Hannah téléphona à Sam, qui semblait aller bien mieux. Après quoi, le cœur léger, elle rejoignit Matt dans le salon de leur suite.

Il était étendu sur le canapé, les yeux mi-clos, dans une posture de détente totale. Dorénavant, entre eux, la complicité devenait absolue. *On se laisse aller…*, songea Hannah en lui déplaçant légèrement la jambe afin de s'asseoir près de lui, une main appuyée sur le genou de Matt.

Ils n'avaient plus mentionné leur accord initial… Comme s'ils n'en avaient plus envie. Au fond d'elle-même, Hannah savait pertinemment qu'ils vivaient pleinement le moment présent, et que cela changerait lorsqu'ils réintégreraient leur quotidien.

Tout serait comme avant… ou presque.

— Comment va ton fils ?

— Il est en pleine forme ! Ma mère l'a emmené au zoo aujourd'hui, et il s'est beaucoup amusé.

— Bonne nouvelle...

Matt lui prit la main et lui caressa la paume.

— J'ai tellement sommeil... Tu crois qu'on pourrait aller se coucher ?

— Oh oui ! Vu qu'on n'a dormi que deux heures la nuit dernière... En fait, j'ai l'impression d'être encore plus fatiguée que si nous avions travaillé d'une traite, sans aucune pause, ajouta Hannah en bâillant.

— Ne crois pas ça. Quelques heures de repos, c'est mieux que rien.

Matt lui sourit tendrement.

— Tu sais quoi ? Là, maintenant, j'ai très envie de t'emmener dans ta chambre, ou dans la mienne, et... de te déshabiller pour te faire l'amour !

— Tu aurais encore de l'énergie pour faire l'amour ? le taquina Hannah.

Matt hésita puis lâcha un petit rire.

— En réalité, pas sûr. J'ai bien peur que, ce soir, mon plus grand plaisir soit d'avoir terminé notre présentation ! Mais demain matin...

Il ébaucha un sourire malicieux.

— Je serai en pleine forme... pour nous et pour tout le reste !

Hannah se blottit contre lui. *Dormir dans tes bras, ce sera le paradis*, songea-t-elle.

— Merci, Robin. Je n'aurais rien réussi sans toi.

— Merci, Flash. Moi non plus, je n'aurais rien réussi sans toi.

Lundi matin, dès son réveil, Hannah eut la certitude que cette journée serait mémorable. Et pas seulement à cause des résultats du challenge. Pour cette dernière nuit, elle avait merveilleusement bien dormi, blottie contre Matt.

Impatiente mais heureuse, elle s'habilla de façon décontractée mais élégante malgré tout. Elle choisit un jean bleu marine, un chemisier à fines rayures, et des ballerines. Matt portait un costume clair et une chemise bleu ciel au col ouvert.

Avant de quitter leur suite, ils échangèrent un long baiser.

— Les dés sont lancés, dit Hannah. On a gagné ou perdu, à ton avis ?

Matt lui caressa tendrement la joue.

— N'y pensons pas maintenant… Allons retrouver tout le monde et espérons le meilleur pour notre équipe de choc ! Notre équipe de rêve, ajouta-t-il en la serrant de nouveau contre lui. Une équipe de rêve pour un projet idéal… Quels que soient les résultats du challenge, je n'oublierai jamais ce qu'on a vécu.

— Moi non plus, assura Hannah.

Mais sa gorge se noua. Soudain, la perspective de ne plus partager ses journées – et ses nuits – avec Matt lui paraissait insupportable.

Ils gagnèrent la salle de conférences de l'hôtel, où tous les participants s'étaient rassemblés. Les membres du jury, constitué de responsables de l'organisation du *Hospital Challenge* et de quelques associations caritatives, avaient pris place sur une estrade. L'un après l'autre, ils s'adressèrent aux participants en évoquant les projets que ceux-ci venaient de présenter, sans émettre le moindre jugement : les dossiers de présentations avaient été remis en temps et en heure, il leur fallait maintenant les étudier et se réunir pour en débattre et voter.

On rendit les téléphones aux candidats. Son portable à la main, Hannah dut contenir son impatience : dès que possible, quand Sam serait rentré de l'école, elle émettrait un appel vidéo et, ainsi, lui montrerait l'hôtel, leur suite… Son fils adorerait une visite virtuelle des lieux !

— Je te laisse un instant, je vais voir s'il y a des collègues, dit Matt.

— Entendu.

Comme prévu, les hôpitaux avaient envoyé des représentants afin de discuter, avec le jury, de la faisabilité des diverses propositions présentées par les candidats.

À un moment, Hannah repéra le Dr Gregson, directeur et

président du conseil d'administration de leur établissement à Hamblewell.

Matt venait de le rejoindre, et tous deux commencèrent à discuter. Elle les laissa ensemble quelques instants avant de s'approcher d'eux.

— Hannah...

Jovial, le Dr Gregson lui tendit la main.

— Vous et Matt avez déployé des efforts extraordinaires pour notre hôpital. Nous vous en sommes tous extrêmement reconnaissants. Que vous ayez gagné ou perdu, l'essentiel est d'avoir participé !

— C'est vrai, dit Hannah, plus intimidée qu'elle ne l'aurait souhaité.

— Hannah a brillamment convaincu M. Laurent, le P-DG de l'entreprise dont je viens de vous parler, de nous offrir le bâtiment préfabriqué qui pourrait héberger notre espace de bien-être, précisa Matt.

— Vraiment ? Félicitations ! lança le Dr Gregson.

— Disons que je me suis assurée qu'il nous attribuerait le module préconstruit même si nous ne gagnions pas le concours, expliqua Hannah. Je lui ai dit que si nous ne remportions pas le challenge nous n'aurions pas les moyens de réaliser tout ce que nous avions prévu, mais je lui ai promis d'essayer de recueillir moi-même des fonds pour réussir à utiliser l'espace quoi qu'il arrive ! Si le conseil d'administration et vous-même étiez d'accord, naturellement...

— Je vois. Eh bien, c'est très audacieux de votre part !

Le Dr Gregson réfléchit quelques instants.

— En tout cas, vous avez tout mon soutien. Je suis certain que les autres membres du conseil ne seront pas difficiles à convaincre de l'intérêt de votre projet. Il s'avère que j'ai déjà parlé avec certains d'entre eux au téléphone, et ils sont ravis de vos idées.

Hannah poussa un soupir de soulagement.

— C'est une bonne nouvelle, n'est-ce pas, Matt ?

— Excellente, dit Matt en souriant.

Le Dr Gregson hocha la tête d'un air bienveillant.

— Je suis peut-être partial, mais à mon sens, dans la mesure où j'ai pu jeter un coup d'œil aux propositions concurrentes, la vôtre est, de loin, la plus intéressante et la meilleure… Quoi qu'il en soit, nous en reparlerons quand nous saurons si vous avez gagné ! À tout à l'heure…

Sur ce, il s'esquiva et rejoignit des confrères un peu plus loin.

Emplie de fierté, Hannah regarda Matt. Il ne s'était presque pas exprimé durant son échange avec leur directeur.

— Alors ? Tu es content, Robin ?

— Très content, Flash. Toutes mes félicitations.

— Pourquoi ?

— Tu as été parfaite. Tout comme tu l'as été quand tu as en quelque sorte charmé M. Laurent pour qu'il t'offre ce précieux bâtiment préfabriqué, ajouta Matt.

— Charmé ? Mais je n'ai charmé personne ! Premièrement, c'est à notre hôpital qu'il a attribué ce magnifique cadeau, pas à moi… Deuxièmement, inutile de séduire qui que ce soit, notre projet parle de lui-même.

— Avec tes mots et ta voix, insista Matt.

— Et ton soutien logistique, ta présence… Ainsi que tout le reste !

Leur confiance mutuelle, leur complicité qui s'était approfondie au fil des épreuves et des moments de tendresse, de désir partagé, de sensualité incroyable entre eux. *Oh ! Sophie, si tu savais…*, songea Hannah, pensant soudain à sa collègue et amie.

— Oui, tout le reste, répéta Matt d'un air entendu. Vraiment tout.

Il marqua une petite pause puis sourit de nouveau.

— Quelle aventure entre nous, pas vrai ? Inoubliable… Bon, je vais aller lire mes mails, poursuivit-il, changeant brutalement de sujet. J'ai l'impression d'avoir été coupé du monde pendant une éternité ! Et toi, tu vas appeler Sam ?

Hannah jeta un coup d'œil sur sa montre.

— Ah, oui, tout de suite… Je veux lui parler avant la proclamation des résultats !

Lorsqu'elle retourna dans leur suite, téléphone à la main afin de proposer à Matt de dire un mot à Sam, Hannah remarqua tout de suite qu'il avait changé d'humeur. Peut-être avait-il découvert une mauvaise nouvelle dans ses mails ? Il était assis sur le canapé du salon et contemplait le mur d'un air sombre.

— Tout va bien ?

— Oui, oui…

Hannah n'insista pas. Un court instant plus tard, Matt parut se réjouir de parler brièvement avec Sam. Peut-être s'était-elle inquiétée pour rien.

— Je descends filmer les lieux et offrir une visite virtuelle à Sam, dit-elle quand il lui rendit son portable. On se retrouve dans un quart d'heure pour la proclamation des résultats ?

En guise de réponse, Matt lui sourit en croisant les doigts.

Le rejoignant un moment plus tard dans la salle de conférences, Hannah eut l'impression qu'il avait retrouvé son énergie et sa bonne humeur habituelles.

Ils s'assirent et regardèrent les organisateurs achever leurs préparatifs. Matt prit la main d'Hannah dans la sienne et la serra tendrement. Ils étaient tous deux nerveux, mais le fait de partager leur anxiété allégeait en quelque sorte la situation.

Enfin, Andrew Mikey, le président du jury, prit le micro, et un lourd silence s'installa. Il faisait chaud malgré la climatisation, et Hannah sentait de la sueur perler dans son dos. Ce n'était pas seulement à cause de son impatience, elle le savait très bien. En plus de son trac, elle ressentait tant d'émotions à côté de Matt…

— Mesdames, mesdemoiselles et messieurs, soyez les bienvenus ! Je vous épargnerai un long discours car vous avez tous hâte de connaître les noms des gagnants. Je tiens avant tout à vous remercier d'avoir participé et soutenu notre *Hospital Challenge*, poursuivit Andrew Mikey. Les projets que vous avez créés en si peu de temps font tous preuve d'imagination et d'intuition remarquables, et prouvent à quel point vous connaissez les besoins de votre hôpital. J'ai cru deviner que plusieurs de vos projets seront réalisés d'une manière ou d'une autre, qu'ils soient gagnants ou perdants, et je ne peux qu'applaudir la détermination et l'ingéniosité de tous les participants ici présents...

Le cœur battant, Hannah regarda Matt. Il lui sourit et lui pressa gentiment la main.

— Alors, qui a gagné ? reprit Andrew Mikey en ouvrant lentement une enveloppe. Nous allons le découvrir dans quelques secondes...

Il prenait tout son temps, c'était évident !

— Il s'agit de... Mlle Hannah Green et du Dr Matt Lawson, de l'hôpital d'Hamblewell ! proclama-t-il. Hannah et Matt, bravo !

Soudain, Hannah eut l'impression de ne plus pouvoir respirer. Son cœur se mit à marteler sa poitrine.

C'était trop beau pour être vrai...

— Venez ! appela Andrew. Rejoignez-nous vite sur le podium !

Hannah se leva et sentit ses jambes flageoler. Dans la salle, les applaudissements crépitaient, se transformant en roulement sonore à ses oreilles.

— Hannah... Flash... C'est à nous ! Viens ! dit Matt.

Les joues brûlantes, Hannah se dirigea vers l'estrade. Matt marchait à côté d'elle et, ensemble, ils parvinrent devant les membres du jury rassemblés pour les saluer.

Ils commencèrent à serrer des mains, et encore des mains... Puis Andrew Mikey tendit une grande enveloppe dorée à Hannah.

— Encore une fois, toutes mes félicitations !

— Merci...

Hannah n'osa pas ouvrir le pli, ni même regarder à l'intérieur, comme si elle craignait que cette merveilleuse récompense s'évapore au premier coup d'œil...

Matt prit le micro et se lança dans de nombreux remerciements avant de se tourner vers elle.

— Ma partenaire se joint bien sûr à moi... Bon, là, je ne vais pas lui demander de faire un discours, elle est trop émue !

Il lui adressa un sourire de connivence et, dans le public, quelques rires bienveillants s'élevèrent. Hannah garda le silence, consciente qu'elle ne réussirait qu'à bafouiller lamentablement devant tout le monde. Elle fit signe à Matt de poursuivre.

— Pour ma part, j'ai besoin d'ajouter quelque chose, déclara alors Matt. Ce challenge a duré plusieurs semaines, et ça n'a pas été de tout repos, vous vous en doutez. Mais figurez-vous que c'est ma coéquipière, Hannah, qui m'a lancé les défis les plus compliqués ! J'ai essayé d'être à la hauteur...

Il la regarda, et Hannah sentit son pouls s'accélérer follement.

— Merci d'avoir été ma partenaire... Une partenaire absolument merveilleuse. Tu m'as permis de progresser... Et même si nous n'avions pas gagné ce challenge, ce qui aurait été impensable mais bon, comment ne pas y penser, eh bien, Hannah, sache que tu m'as vraiment obligé à donner le meilleur de moi-même à chaque étape ! Du fond du cœur, merci.

Hannah refoula les larmes qui lui piquaient les paupières. Devinant son émotion, Matt lui entoura les épaules d'un geste affectueux et elle s'appuya contre lui, comme pour reprendre des forces.

Ensuite, il y eut d'autres mains à serrer, encore et encore, et lorsque le Dr Gregson vint les féliciter, elle plaqua l'enveloppe dorée dans la paume de Matt afin qu'il la garde. Des boissons furent distribuées mais elle n'avala qu'une gorgée de champagne, trop étourdie pour boire davantage.

Peu à peu, l'assemblée commença à se disperser. Les participants venant de régions éloignées resteraient à l'hôtel ce soir-là, mais ceux dont le trajet de retour était plus court partaient déjà.

Matt lui fit signe, Hannah le suivit hors de la salle, et ils regagnèrent leur suite.

Dès que la porte se referma derrière eux, elle l'enlaça.

— On a réussi !

— Oui. On a relevé le défi, que dis-je, tous les défis... Et on est franchement les meilleurs !

Matt lui sourit, l'embrassa au coin des lèvres puis s'écarta rapidement. Hannah l'observa. Ne semblait-il pas de nouveau soucieux ?

Un peu déconcertée, elle résista à l'envie de le questionner. Peut-être pensait-il à la route qui les attendait, et au retour à la réalité...

Les quatre derniers jours avaient été tellement merveilleux, fantastiques… Ni l'un ni l'autre n'avaient eu le cœur d'envisager le futur, même proche. Sauf que maintenant, ils devaient y faire face. Leur douce bulle complice s'apprêtait à disparaître…

Et lorsqu'elle se serait évaporée, ils se retrouveraient loin l'un de l'autre, de nouveau sur leurs chemins respectifs.

— Tu es prête à rentrer chez toi ? demanda Matt, en écho des pensées d'Hannah.

— Bien sûr. Et toi ?

— Moi aussi, dit-il sans enthousiasme. Je vais faire ma valise… On part dans une demi-heure ?

Ils prirent congé de tout le monde, remerciant une fois de plus l'équipe de production, et serrèrent la main des participants qui n'étaient pas encore partis. Puis ils s'en allèrent, quittant cet hôtel où Matt avait déjà tant de souvenirs.

Il conduisit en silence, se concentrant visiblement sur la route. De temps en temps, Hannah lui jetait un coup d'œil, consciente qu'il restait pensif, l'air inquiet, même.

Peut-être parleraient-ils lorsqu'ils seraient arrivés ? Elle voulait qu'il sache à quel point il pouvait compter sur elle… S'il le souhaitait.

Matt avait un passé très douloureux. Or, avec une incroyable ironie, le destin l'avait ramené à un endroit où, autrefois, il avait vécu des moments éprouvants avec sa propre mère.

Ils n'avaient plus jamais évoqué les confidences auxquelles Matt s'était livré. Par discrétion autant que par manque d'occasion, Hannah ne lui avait pas posé d'autres questions.

Oui, peut-être dialogueraient-ils encore un peu, cœur à cœur, après leur retour…

Quand ils quittèrent l'autoroute, empruntant des routes familières, Hannah commença à se sentir plus calme, plus certaine de ce qu'elle voulait…

Et plus déterminée.

Non, entre Matt et elle, ce ne serait pas la fin de leur histoire.

Leur amitié – amitié amoureuse ? – perdurerait... Elle le souhaitait tant !

Matt se gara devant la maison d'Hannah et, un court instant, sembla contempler avec une pointe de nostalgie le petit jardin qui entourait l'habitation. La nuit s'annonçait mais l'air demeurait doux.

— On prend cinq minutes rien que tous les deux ? proposa Hannah.

Matt lui lança un coup d'œil surpris.

— Tu n'es pas pressée de retrouver Sam ?

— Si, bien sûr, mais à cette heure, il est couché et dort à poings fermés ! Comme j'ignorais à quelle heure on reviendrait, je lui ai annoncé que je rentrerais tard et que je le verrais demain matin. Faute de quoi, il aurait essayé de rester éveillé.

Matt hocha la tête, songeur.

— Alors oui, je veux bien qu'on s'accorde un moment ensemble. Il faut que je te dise quelque chose d'important.

Sans rien ajouter, il sortit de la voiture, alla prendre les bagages dans le coffre et les porta jusqu'à la porte de la maison.

La mère d'Hannah les accueillit à bras ouverts.

— Vous voilà enfin ! Vous êtes des champions ! Bravo !

Elle embrassa Hannah puis regarda Matt avec hésitation avant de se dresser sur la pointe des pieds et de lui planter un baiser affectueux sur la joue. Il se mit à rire.

— Votre fille est une pure championne !

— Dis donc, sans toi, je n'aurais pas gagné ! rappela Hannah.

Sa mère leur sourit puis chuchota que Sam avait décidé de se coucher plus tôt, ce qui lui permettrait de se lever de bonne heure afin de retrouver sa mère.

— Il a bien fait, admit Hannah. Je reviens dans une minute...

Et, rapidement, elle grimpa à l'étage.

Une douce pénombre baignait la chambre de Sam. Elle resta sur le seuil et, du bout des doigts, souffla un baiser attendri à son fils endormi.

Lorsqu'elle redescendit, sa mère la serra affectueusement dans ses bras. Matt se tenait en retrait, le visage un peu sombre.

— Ma chérie, je suis décidément très fière de toi… Et de ton partenaire ! ajouta-t-elle en adressant un sourire amical à Matt.

— Merci, madame Green. J'ai été ravi de vous rencontrer, répondit-il poliment.

— Moi aussi ! J'espère vous revoir !

— Oh… Maman, on va faire un petit tour, prévint Hannah. À plus tard !

— Prenez tout votre temps, je suis tranquille maintenant que Sam dort !

Hannah fit signe à Matt de la suivre. Elle se dirigea vers un chemin qui serpentait devant la résidence et filait en direction d'un ruisseau qui formait comme une frontière entre la ville et la campagne.

— Comment tu vas ? demanda-t-elle dès qu'ils se furent suffisamment éloignés.

— Pourquoi ?

— Tu as l'air soucieux.

— Je le suis.

Matt marchait les mains dans les poches de son pantalon.

— Que se passe-t-il ?

— Il se passe qu'on m'a offert un poste dans un hôpital londonien. Je l'ai appris tout à l'heure en découvrant mes messages dans ma boîte mail.

— Ah bon ? Et alors ?

— Alors je dois accepter…

Hannah garda le silence, choquée.

Puis, en une fraction de seconde, la tristesse la submergea.

Matt savait-il qu'il allait déménager quand ils avaient fait l'amour ? Sans doute…

Mais ne s'étaient-ils pas promis que justement, eux deux, ce ne serait que pour une seule nuit ? Ils avaient largement dépassé cet accord-là… Ils étaient allés plus loin, main dans la main, complices comme…

Comme un vrai couple.

Illusions !

En vérité, Matt avait probablement déjà prévu de quitter

Hamblewell, de larguer les amarres, de vivre ailleurs pour continuer à fuir des souvenirs douloureux...

— Je vois, dit finalement Hannah, la gorge nouée. Tu comptes t'en aller bientôt ?

Matt croisa son regard et hocha la tête.

— Rien n'est encore fixé, mais prochainement, oui...

— Et tu ne m'en as pas parlé.

Hannah avait énoncé cette évidence sans reproche, tel un constat objectif prouvant qu'il n'avait pas fait attention à elle.

— J'aurais pu te mettre au courant, Hannah, mais il s'agissait d'une candidature que j'ai posée il y a déjà quelques mois, et je n'y songeais plus vraiment, avoua-t-il.

Hannah s'immobilisa pour le contempler.

— Vraiment ?

Matt soutint son regard quelques secondes puis détourna le visage, l'air malheureux.

— Hannah... J'aurais préféré ne pas recevoir cette proposition de poste. J'aurais préféré ne pas te rencontrer, parce que je pensais que j'étais incapable d'aimer une femme, et pourtant...

Il la regarda de nouveau, la mine sombre.

— Pourtant, ce n'est pas le cas. Du moins je crois.

— Tu crois ? C'est-à-dire ? demanda-t-elle, le cœur battant. J'ai rêvé notre tendresse ? J'ai rêvé cette si belle complicité entre nous ?

— Non, tu ne l'as pas rêvée. Pas de regret, surtout... Je ne t'oublierai jamais, Hannah. Tu es une femme merveilleuse et...

Une soudaine colère envahit Hannah.

— Moi, je préférerais t'oublier, Matt. Parce que même si on ne s'est pas promis la lune, même si, au contraire, on a voulu cadrer notre petite aventure en se jurant que ce ne serait que pour une nuit, eh bien, pour moi, finalement, ça a été plus important...

Matt voulut s'approcher, mais elle recula.

— En réalité, pour toi, c'était aussi un jeu, pas vrai ? accusa-t-elle. Si tu m'avais un peu respectée, tu m'aurais dit que tu avais l'intention de partir et...

Hannah s'interrompit brutalement. Matt ne lui devait rien,

n'est-ce pas ? Rien du tout ! Elle était en train de lui faire des reproches comme s'ils avaient formé un couple...

Alors qu'ils n'avaient été que des amants censés être insouciants.

Le visage de Matt se crispa.

— Tu as raison. Peut-être qu'au fond je ne t'aime pas, répliqua-t-il d'un ton calme.

Stupéfaite, Hannah le dévisagea. Tout à coup, c'était comme si Matt était un étranger. Elle ne le reconnaissait plus. Ses traits s'étaient durcis, il la regardait de façon détachée...

— D'accord, murmura-t-elle, la gorge serrée. Message reçu. Bonne chance pour tout, et au revoir.

Sur ces mots, elle fit demi-tour et retourna chez elle d'un pas vif.

Peut-être la suivrait-il...

Peut-être la rattraperait-il et lui avouerait qu'en fait il l'aimait, oui, ou qu'il l'aimait bien quand même et voulait garder le contact, être encore un peu avec elle, juste un peu...

Quand elle parvint devant sa maison, Hannah jeta un coup d'œil par-dessus son épaule.

Matt se trouvait derrière elle, à quelques mètres, mais il repartait vers sa voiture.

Il ouvrit la portière, se glissa à l'intérieur, alluma les codes et démarra.

Les larmes aux yeux, Hannah le regarda s'éloigner.

Puis elle fit le tour de la maison et s'assit lourdement sur les marches menant au jardin. La nuit était tombée, et une constellation d'étoiles brillait dans le ciel d'été. Hannah éprouva alors un tel vide qu'elle enfouit le visage dans ses mains et éclata en sanglots.

— Qu'est-ce que tu as ? répéta Sophie en pianotant sur le volant de l'ambulance. Je te connais, quelque chose te tracasse.

Hannah ne répondit pas. Elle aurait vraiment préféré que son amie ne dise rien, ne remarque rien… Elle avait déjà les nerfs à vif, et se confier, aujourd'hui, ne la tentait pas du tout.

— Hannah ? Tu m'as entendue ? reprit Sophie d'un ton impatient. Si tu veux, tu peux agir comme ça avec Sam, même si ce ne serait pas drôle pour lui, mais bon, il est ton fils… Tu peux aussi faire la tête à ta mère si ça te chante, mais franchement, s'il te plaît, pas de ça avec moi !

Hannah leva les yeux au ciel et, lentement, déballa son sandwich.

— Et pourquoi donc ?

— Parce que je dois te supporter toute la journée ! Et je suis ton amie, pas vrai ? Alors, qu'est-ce qu'il y a ? Que s'est-il passé ?

Hannah soupira.

— Désolée, je suis juste un peu fatiguée. Le week-end a été difficile et éprouvant.

— Je comprends, mais depuis, tu as pu récupérer, non ? Et tu as gagné, ça ne te rend pas heureuse ?

Hannah garda le silence, le cœur serré.

Non, elle n'avait rien gagné. L'hôpital entier fêtait la victoire de son équipe avec Matt, mais pas elle.

— Visiblement, non, ça ne te réjouit pas, constata Sophie. Pourquoi ? C'est bizarre…

De toute évidence, elle continuerait d'insister.

Tôt ou tard, Sophie découvrirait le fin mot de l'histoire, Hannah le savait.

— Entre Matt et moi…

Elle poussa de nouveau un long soupir, gênée, mortifiée, tellement blessée !

— Tu as gagné ton pari, lâcha-t-elle en jetant un bref coup d'œil à Sophie.

— C'est-à-dire ?

— Eh bien…

Hannah haussa les épaules.

— J'ai craqué. On était ensemble, lui et moi, dans ce bel hôtel, dans cette… suite luxueuse, et…

— Vous avez passé la nuit ensemble, compléta Sophie. Ah, ah !

Elle laissa échapper un petit rire victorieux.

— Excellente nouvelle ! Tu as accepté de vivre pour toi ! Bravo, Hannah !

— Oui... et non. Car figure-toi que Matt va partir. Il a trouvé un poste à Londres.

Sophie la contempla d'un air perplexe.

— À Londres ?

— Oui.

— Ma foi, c'est sa carrière, non ? Il t'a fait des promesses par rapport à un quelconque avenir ?

— Aucune. On a décidé de passer un bon moment ensemble, rien de plus, sauf que...

Hannah sentit des larmes lui piquer les paupières. Dans un sens, elle avait honte d'avoir été aussi naïve, d'avoir cru à l'impossible.

— Sauf que je me suis stupidement attachée à lui, et évidemment, j'ai imaginé que c'était réciproque. J'ai fantasmé ! Il faut dire qu'il s'est montré tellement gentil, tellement attentionné... J'ai bêtement supposé qu'il tenait un peu à moi !

D'un geste affectueux, Sophie lui serra la main.

— Si tu veux, j'irai lui dire deux mots, à ce beau parleur qui...

— Non ! Ce n'est pas un beau parleur, protesta Hannah.

— Il n'a pas profité de toi, peut-être ?

— Autant que j'ai profité de lui ! J'étais consentante... On s'était même promis qu'entre nous ce ne serait que pour une nuit, une seule nuit... Mais comme on s'entendait bien, heure après heure, minute après minute, j'ai eu l'illusion qu'autre chose se produisait, ce miracle que j'espère, peut-être inconsciemment, depuis que John a disparu de ma vie...

— Matt est au courant pour le père de Sam ?

— Plus ou moins. On n'a pas trop parlé de ma vie, avoua Hannah. En revanche, je sais que Matt a beaucoup souffert durant son enfance.

— Pourquoi ?

Hannah lança un bref coup d'œil à son amie.

— Un père violent, une mère isolée qui s'est enfuie avec Matt petit... Matt a été agressé par son père, précisa-t-elle. Le jour où il a voulu défendre sa mère, il a été victime d'un acte violent horrible… Ensuite sa mère et lui n'ont pas cessé de déménager, et c'est probablement pour cette raison que Matt a souvent besoin de déménager… Enfin, c'est ce que je suppose.

Sophie hocha la tête.

— Tu le défends… Tu l'aimes.

Hannah garda le silence.

N'était-ce pas la vérité ? N'était-elle pas tombée amoureuse de Matt ? Complètement, éperdument, bêtement amoureuse ?

— Oui… Je pense que oui, avoua-t-elle. Résultat, je suis malheureuse. Et seule. Plus seule que jamais.

— Non, pas si seule puisque je suis là pour t'aider et essayer de te remonter le moral ! Et si on allait faire un bon footing pour suer et faire sortir toute cette tristesse de ton corps ? proposa Sophie d'un ton énergique.

Hannah soupira de nouveau.

— Sincèrement, je n'aurai pas le courage d'aller courir. Je suis trop fatiguée. Même si je sais que rien ne vaut une bonne séance de jogging pour retrouver le moral !

— Bon, ce sera une autre fois. De toute façon, tu sais que tu peux compter sur moi.

— Merci… Tu es importante pour moi. Ma meilleure amie.

Hannah prit Sophie dans ses bras, et toutes deux se serrèrent affectueusement.

— Au fond, que demander de plus ? dit-elle en s'écartant. Tu es là, ma mère est là et en bonne santé, mon fils est un amour… Il va falloir que je me ressaisisse et que j'accepte d'avoir rêvé… pour rien.

— Ce n'est pas pour rien. Tu t'es fait du bien en t'accordant un peu de plaisir dans la vie… Tu en avais besoin, poursuivit Sophie. Et n'oublie pas tout ce que tu as pu te prouver à toi-même pendant cet incroyable *Hospital Challenge* ! Tu as repoussé tes limites, encore et encore, et tu as gagné !

— Avec Matt…

— Oui, mais sans toi, il n'aurait pas vécu ce succès, n'est-ce pas ? Pense à toi, Hannah, à toi, et à tout ce que tu as accompli. Tu es une mère exemplaire, une infirmière exemplaire, tu réussis tout ce que tu entreprends… Tu te remettras de cette… petite déception amoureuse !

Hannah hocha la tête.

— J'aimerais avoir autant de certitudes que toi… En tout cas, je ferai de mon mieux, c'est sûr.

En prononçant ces mots, elle fut submergée par un mélange d'émotions contradictoires, colère et déception tout à la fois. « Peut-être qu'au fond je ne t'aime pas », avait lancé Matt. Telle était la réalité.

Il ne l'aimait pas.

Donc oui, il faudrait qu'elle relève vite la tête et qu'elle poursuive son chemin…

Elle tournerait la page.

Elle oublierait…

Avec le temps.

14

Une semaine s'était écoulée depuis qu'il s'était si cruellement séparé d'Hannah.

« Peut-être qu'au fond je ne t'aime pas... »

Dès que les mots étaient sortis de sa bouche, Matt s'en était voulu.

C'était faux, totalement faux... Et cruel.

Il n'avait lancé cette phrase que pour obliger Hannah à s'éloigner de lui et à rompre de manière radicale.

Si Hannah le détestait, alors peut-être ne souffrirait-elle pas autant que lui, voilà ce qu'il avait pensé.

Mais c'était lâche...

Et impossible.

Pour commencer, jamais il ne quitterait la ville sans lui avoir dit au revoir, à elle et, bien sûr, à Sam.

Ensuite, au fil des jours et presque malgré lui, Matt ne put s'empêcher d'espérer que, dans la mesure où ils avaient réussi à gagner le *Hospital Challenge*, peut-être parviendraient-ils à s'entendre quand même, autrement, amicalement...

Ou plus ?

Et s'il offrait des fleurs à Hannah ?

Un samedi en fin de journée, Matt se rendit chez un fleuriste et regarda longuement les bouquets présentés. Mais aucune des compositions florales, en dépit de leurs couleurs éclatantes, ne lui sembla assez belle pour Hannah...

Sans doute parce qu'il souhaitait avant tout lui demander pardon.

Oui, il voulait impérativement parler avec Hannah et s'excuser.

Si, par bonheur, la jeune femme ne ressentait ni amertume ni rancune à son égard, alors ensemble, ils réussiraient à bâtir une nouvelle relation. Ils seraient amis… Ou amants. Il accepterait ce qu'elle se sentirait capable de donner.

Ce samedi soir-là, Matt se gara devant la maison d'Hannah.

La nuit commençait à tomber, l'atmosphère était tranquille, douce.

La voiture de la mère d'Hannah n'était pas visible. Peut-être que Mme Green s'était rendue à son club de lecture.

Matt sortit de son véhicule et, le cœur battant, s'approcha de la porte d'entrée. À cette heure, Sam devait être au lit, ou sur le point d'aller se coucher… Tant mieux car il voulait voir Hannah seule.

À ce moment-là, il l'aperçut de l'autre côté de la baie vitrée du salon.

Hannah était assise dans un fauteuil avec Sam, en pyjama, sur ses genoux. Tendrement penchée vers lui, elle lui lisait un livre.

Matt sourit, imaginant sans peine à quel point ce devait être doux, bon, heureux pour eux deux. Combien de fois avait-il rêvé de partager ce genre d'instants familiaux, magiques…

Si par miracle il réussissait à se faire pardonner par Hannah, que se passerait-il ensuite ? Il n'avait pas l'habitude du bonheur. Il ne savait même pas ce que c'était. Son enfance malmenée et son adolescence mouvementée ne lui avaient offert aucun repère. Il avait grandi et s'était formé seul. Il savait être seul… Mais saurait-il aimer, et être aimé, tout simplement ? Il n'en était pas sûr…

Pas sûr du tout.

Il aurait tant voulu changer – changer en profondeur –, mais comment ?

La gorge nouée, debout dans l'obscurité, Matt fut soudain submergé de doutes. Là, maintenant, Hannah possédait tout ce dont elle avait besoin. Même si elle élevait Sam seule, elle avait trouvé une forme d'équilibre. Ne valait-il pas mieux qu'il la laisse poursuivre sa vie ainsi ? Un jour, elle rencontrerait un homme qui l'aimerait comme elle le méritait !

Mais imaginer Hannah dans les bras d'un autre lui fut insupportable... À en avoir un goût amer dans la bouche.

Il se détourna, retourna à sa voiture, ouvrit la portière et, machinalement, se glissa au volant.

Tel un papillon de nuit attiré par la flamme d'une bougie, Matt contempla encore la fenêtre éclairée du salon. Combien de temps resta-t-il ainsi, immobile, à regarder la maison d'Hannah ? Il aurait été incapable de le dire. Il ne réagit que lorsqu'il vit la fine silhouette de la jeune femme bouger, puis la lumière à l'étage s'allumer. Il sut alors qu'il devait partir...

Partir avant d'être tenté d'aller frapper à la porte, sachant que Sam serait au lit et Hannah seule. Il mit le contact et démarra.

Durant les quatre semaines suivantes, Matt travailla sans relâche et ne reçut aucune nouvelle d'Hannah.

Il ne chercha pas à en obtenir.

Il avait pris la décision d'accepter le poste à Londres et commença sans tarder à organiser son déménagement et son installation.

Dans un premier temps, il garderait la maison d'un ami pendant quelques mois, ce qui lui donnerait le temps de trouver un endroit à lui. Il fit appel à une entreprise pour transporter sur place l'essentiel de son mobilier et de ses affaires. Le reste, peu volumineux, il s'en chargerait lui-même. Cela remplirait à peine le coffre de sa voiture.

Matt avait toujours voyagé léger.

Jusqu'à présent, cette habitude l'avait aidé à se sentir libre, nomade comme il l'aimait...

Sauf qu'à présent, sans Hannah, cette liberté lui paraissait peu savoureuse, comme si elle ne signifiait plus grand-chose.

Ce jour-là, un vendredi après-midi, Matt entreprit de terminer les rangements en prévision de son déménagement définitif. Lorsqu'il entendit sonner à la porte d'entrée, il ignora l'éventuel visiteur. Il n'avait pas de temps à perdre.

La sonnette retentit de nouveau.

Matt ramassa différentes affaires, les entassa dans des cartons, bien décidé à ne pas répondre. Mais quelques instants plus tard, on sonna encore. Agacé, il finit par aller ouvrir.

— Qu'est-ce que...

Il s'interrompit brutalement.

Sur le seuil se tenait Hannah...

Hannah, vêtue d'une robe blanche au corsage légèrement échancré, la peau bronzée, les cheveux noués en un chignon fluide.

Elle souriait d'un air un peu provocateur.

— Désolée de te déranger... J'ai vu ta voiture et j'en ai déduit que tu étais chez toi.

— Je suis là... Et très occupé, ajouta Matt, conscient des battements désordonnés de son cœur.

Elle était si jolie...

Sa présence soudaine, là, devant lui, le bouleversait. S'il s'était écouté, il aurait pris la jeune femme dans ses bras et l'aurait serrée passionnément.

— Donc je te dérange. Tu as quand même quelques instants à me consacrer ? demanda Hannah.

— Bien sûr. Entre... La maison est vide mais j'ai encore deux chaises, et de quoi t'offrir un thé ou un café.

— Parfait !

En lui adressant un petit sourire, Hannah entra dans le salon et jeta un rapide coup d'œil à la pièce aux murs blancs, dénuée de tout mobilier. Il restait un tapis et des cartons.

— Tu pars bientôt ?

— Oui. Dans deux ou trois jours.

Hannah soutint le regard de Matt.

— Dans quel hôpital as-tu été embauché ? Je ne crois pas te l'avoir demandé...

Matt haussa les épaules.

— Ce n'est pas grave. Je travaillerai à l'hôpital général, à Hampstead.

— Tu as trouvé un logement ?

— Pas encore. Je vais être hébergé chez un ami qui part en

mission humanitaire et me prête sa maison. C'est une chance... Ça me laissera le temps de chercher une location.

— Bien sûr.

Hannah prit une inspiration, comme pour maîtriser son émotion.

— Je voulais te voir avant que tu partes. C'est dommage qu'on...

— Très dommage, renchérit-il.

— Tu ne sais pas ce que je vais te dire !

— Non, mais moi, je veux que tu saches que je suis désolé, que je m'en veux beaucoup de t'avoir dit quelque chose que je ne pense pas.

Hannah l'observa d'un air interrogateur et attendit qu'il poursuive.

— Je t'ai dit, l'autre fois, que je ne t'aimais pas... Je croyais que ça faciliterait les choses, pour qu'on se sépare sans regret, mais...

Matt secoua la tête.

— C'était faux.

— Faux ?

— Entièrement faux. J'éprouve des sentiments pour toi... Et je tiens à toi, avoua-t-il.

— C'est vrai ?

— Bien sûr.

Hannah le dévisagea fixement, comme pour lire en lui, puis elle esquissa un pas vers lui.

Il fit de même.

— Tu éprouves des sentiments ? murmura-t-elle. Je suis heureuse de l'entendre... Parce que moi aussi.

— Toi aussi, Flash ?

L'appeler par ce pseudonyme, tellement chargé de tendresse dorénavant, c'était comme lui confier implicitement à quel point il l'aimait...

Troublé, profondément ému, Matt s'éclaircit la voix. Il avait la sensation d'être sur le point d'enjamber un précipice, de s'engager sur un chemin absolument nouveau, où il ne possédait aucun repère fiable. Il ne savait pas ce qui l'attendait...

Il savait juste qu'il voulait poursuivre ce trajet en compagnie d'Hannah. Mais comment un tel miracle pourrait-il advenir ?

— Oui, moi aussi, dit Hannah. Robin...

Elle lui sourit, presque timidement, ce qui ne lui ressemblait pas.

— Quand j'ai appris qu'hier c'était ton dernier jour de travail à l'hôpital, j'ai décidé de venir te voir pour te dire...

Elle hésita un court instant.

— ... Que je ne voudrais pas qu'on se perde de vue. Je tiens à toi. Beaucoup.

— Autant que moi, tu crois ? dit-il en souriant.

— Peut-être plus !

— Impossible. Je pense à toi chaque jour, chaque heure, chaque minute, poursuivit Matt en s'approchant.

Il lui effleura tendrement le visage.

— Tu es si belle... Belle à l'intérieur, belle à l'extérieur... J'ai eu de la chance de rencontrer une femme comme toi. Et tu es une maman tellement attentionnée !

Hannah resta silencieuse, les yeux brillants de larmes contenues.

— Merci. Je fais de mon mieux.

— Justement, je ne voudrais pas déséquilibrer ce que tu as réussi à mettre en place avec ton fils.

— Déséquilibrer ? Pourquoi ce serait le cas ?

Matt s'efforça de réfléchir pour trouver les mots justes. Elle se blottit alors doucement contre lui.

— Je t'aime, Matt.

— Moi aussi, je t'aime... Je t'aime comme je n'ai jamais aimé aucune femme.

Hannah leva les yeux vers lui.

— Tu me dis la vérité ?

— Bien sûr. Tu le sens, non, que je t'aime ? Peut-être depuis le premier jour...

— Comme moi.

Elle le dévisagea d'un air grave.

— Alors si on s'aime, que faisons-nous ? On se sépare ou on apprend à être ensemble ?

— On sait déjà être ensemble... Un peu, en tout cas. Mais je dois apprendre à goûter le bonheur de vivre, Hannah. Je suis prêt à me faire aider si besoin, ajouta Matt.

— Je t'aiderai...

— Je crois que j'aurai surtout besoin d'un bon psychothérapeute. Tu ne peux pas être à la fois mon amour, ma femme, ma meilleure amie, et ma psychologue... Il faut que je me prenne en main.

— Et tu pourras toujours compter sur moi... Toujours !

Hannah enlaça Matt.

— Je suis certaine que si nous restons ensemble nous pourrons accomplir des merveilles... Et soulever des montagnes. On est Flash et Robin, pas vrai ?

Flash et Robin... Prêts à tout affronter.

En guise de réponse, Matt l'embrassa passionnément en la serrant dans ses bras comme s'il ne voulait plus la laisser s'éloigner... Plus jamais...

Et ce serait le cas. Dorénavant, ils seraient inséparables.

Épilogue

Six mois plus tard

Rien n'avait été facile, mais les obstacles ne les avaient pas empêchés d'aller de l'avant et de bâtir, ensemble, leur nouvelle vie.

L'amour les avait portés et leur avait donné un élan merveilleux. À deux, main dans la main, ils avaient pu soulever des montagnes et créer les miracles dont ils avaient rêvé.

Matt avait entamé une thérapie afin de se débarrasser du fardeau de son traumatisme d'enfance…

Semaine après semaine, il avait effectué les longs trajets entre Hamblewell et Londres, et passé des nuits solitaires à l'hôpital ou dans le logement qu'il occupait provisoirement.

Hannah l'appelait tous les jours, parfois plusieurs fois durant la journée quand elle le pouvait, et son cœur battait fort quand elle entendait la voix de l'homme qu'elle aimait tant.

Un an plus tôt, aurait-elle pu imaginer un tel bouleversement dans sa vie ? Impossible… Tout était arrivé si vite, au moment où elle s'y attendait le moins !

Les craintes qu'elle avait d'abord éprouvées à propos de son fils – accepterait-il totalement Matt ? – s'étaient peu à peu dissipées. Quant à la mère d'Hannah, elle s'était réjouie tout autant, assurant qu'il était temps, pour elle, de transformer également son quotidien.

« Ne t'inquiète pas, où que tu sois avec Matt et Sam, je viendrai vous rendre visite ! » avait-elle promis.

Sophie avait affirmé la même chose tout en nuançant ses propos : elle était tombée amoureuse d'un médecin urgentiste et ne viendrait voir Hannah et Matt que lorsqu'elle serait libre.

« Je crois que moi aussi je vais passer à une autre étape de ma vie ! avait-elle confié en riant. Une étape plus sérieuse ! Finies, les rencontres trop brèves et décevantes ! »

Hannah s'était profondément réjouie pour sa meilleure amie.

Le temps passait et, soudain, tout semblait plus facile, plus doux…

Désireuse d'en savoir plus sur l'enfance de Matt, elle avait lu le livre de sa mère de la première à la dernière page. Elle avait été émue aux larmes par ces confidences racontées avec précision et pudeur.

Un jour, Matt l'avait emmenée, avec Sam, dans le Devon pour rencontrer sa mère. Celle-ci avait accueilli Hannah avec une évidente affection, visiblement très heureuse du bonheur de son fils qui, enfin, commençait à mener une existence plus paisible.

Peu de temps après, Matt avait invité Hannah pour un long week-end en Italie, dans la région de la Toscane, romantique à souhait… Ce séjour avait été idyllique. Ils avaient fait l'amour, ils avaient nagé dans l'eau tiède de la Méditerranée et s'étaient promenés sur la plage main dans la main… Matt l'avait demandée en mariage et, lorsqu'ils étaient rentrés à la maison, il avait parlé avec Sam, lui expliquant qu'il voulait épouser Hannah… Si, bien sûr, le petit garçon était d'accord.

Sam avait sauté de joie… Et s'était jeté dans les bras de Matt.

Et tout cela nous a menés ici…, songea Hannah, émerveillée.

Elle se tenait sur le seuil de la jolie maison où ils vivraient désormais.

Ils avaient choisi de s'installer dans une banlieue verdoyante de Londres, proche d'un parc. L'école se trouvait au bout de la rue, et Sam s'y était déjà rendu afin de rencontrer les enseignants et ses futurs camarades.

Hannah jeta un coup d'œil à la façade de la maison, récemment rénovée. Le jardin était planté d'arbustes et de fleurs. Oui, tout était parfait, même si l'intérieur avait encore besoin de travaux.

Matt prit la clé dans sa poche, la remit à Sam et souleva le petit garçon afin qu'il puisse atteindre la serrure.

— À toi l'honneur...

— C'est vraiment chez nous ?

Matt se mit à rire.

— Vraiment, oui ! D'ailleurs, il y a une surprise pour toi.

— C'est quoi ?

Impatient, Sam déverrouilla la porte, et Matt le reposa par terre.

L'enfant se précipita, regarda dans le salon puis courut vers l'escalier menant aux chambres, à l'étage.

Hannah glissa un bras sous celui de Matt, et ils franchirent le seuil de leur nouvelle demeure.

Si les murs avaient été repeints, le vieux parquet aurait besoin d'être ciré et il n'y avait pas encore de meubles. La cuisine serait modernisée, mais l'aménagement actuel ferait l'affaire jusqu'à ce qu'ils puissent se permettre de le changer. Dès qu'ils avaient visité cette vaste maison de style victorien, Hannah et Matt avaient su que c'était l'endroit où ils voulaient élever une famille et vieillir ensemble.

Consciente que Matt tenait à être le meilleur père possible, elle lui avait suggéré de décorer la chambre de Sam, et il avait aussitôt sauté sur l'occasion... Toutefois, elle n'avait pas encore vu ce qu'il avait réalisé.

— Waouh, c'est cool ! s'exclama Sam, à l'étage.

Hannah sourit à Matt et ils montèrent à leur tour.

Sam se tenait sur le seuil de la chambre principale, la leur, inondée de soleil. Un grand lit recouvert d'un édredon blanc comme neige trônait au milieu, orné de coussins moelleux. Une commode, une armoire et une coiffeuse complétaient le mobilier assorti, en pin clair verni.

— Tu as déjà tout acheté ! C'est magnifique ! s'enthousiasma Hannah.

Ils avaient présélectionné plusieurs meubles sur un catalogue et Matt avait choisi ceux qu'elle préférait.

— J'ai un lit, moi aussi ? demanda Sam.

— Va voir ! répondit Matt.

Sam fila vers la pièce qu'il avait choisie comme chambre. Hannah s'attendait à l'entendre réagir mais, au contraire, son fils demeura complètement silencieux. Inquiète, elle jeta un coup d'œil à Matt.

— Viens, dit-il en lui prenant la main.

Le cœur battant, Hannah le suivit.

Elle découvrit une pièce entièrement repeinte, le sol recouvert de moquette bleu océan. Une constellation d'étoiles décorait une partie du plafond avec, suspendues au bout de fils translucides, des maquettes de toutes les planètes du système solaire. Il y avait des étagères, des poufs, un coffre à jouets, une chaise d'enfant. Contre le mur se trouvait le lit, orné d'une couette décorée de lunes et d'étoiles.

— Alors, Sam, ça te plaît ? demanda Matt d'un ton un peu nerveux, comme s'il doutait de lui-même.

Sam acquiesça d'un signe de tête puis se tourna vers lui. Un immense sourire illuminait son visage.

— C'est trop beau ! Je peux dormir ici ce soir ?

— Bientôt, promit Hannah, émue. Moi aussi j'aimerais rester ici, mais nos affaires sont encore dans notre autre maison.

— Pourquoi ? Je vis dans cette maison, maintenant ! protesta Sam.

Hannah se mit à rire.

— Bientôt. On reste ce soir, mais demain, nous devrons retourner à Hamblewell. Les décorateurs travailleront ici encore toute la semaine. On emménagera le week-end prochain.

— Cool ! Merci, Matt... Euh, papa !

Puis Sam commença à explorer sa chambre.

— Je crois que je viens d'être promu, chuchota Matt à l'oreille d'Hannah.

Si le petit garçon avait accepté que Matt soit son père, c'était la première fois qu'il l'appelait ainsi.

En souriant, comblée de bonheur, Hannah se blottit tendrement contre son mari.

— Tu l'as bien mérité... Je t'aime, Robin.

— Je t'aime, Flash.